KB242967

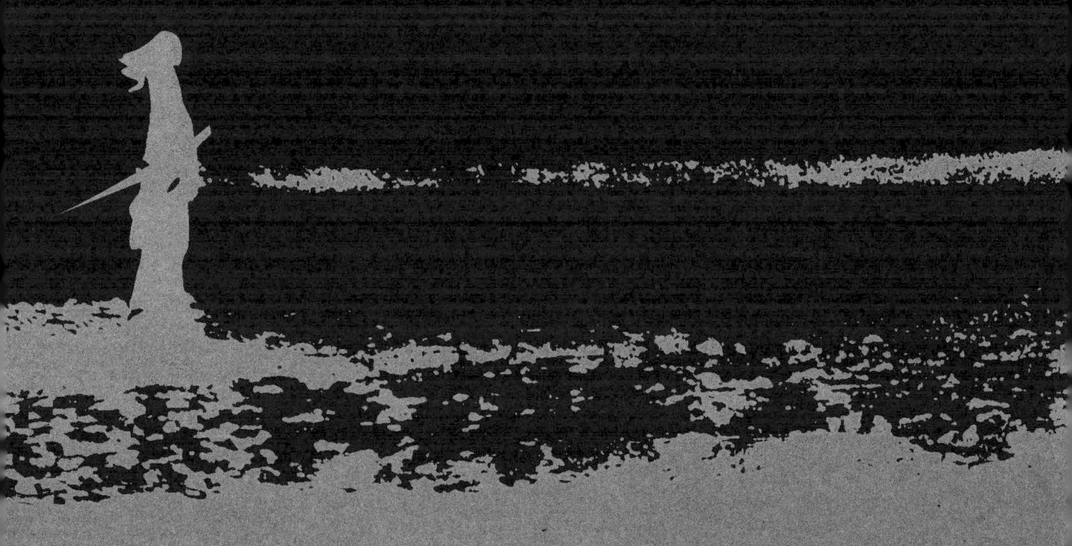
청평조
清平調詞

구름 닮은 옷차림 꽃과 같은 생김새
봄바람 난간을 스쳐 가고 이슬 맺힌 꽃 짙어만 가네
만약 군옥산 머리에서 만나지 않았다면
정녕 요대의 달빛 아래서 만날 수 있으리

雲想衣裳花想容
春風拂檻露華濃
若非群玉山頭見
會向瑤臺月下逢

Fantastic Oriental Heroes

요담 新무협 판타지 소설

귀령마안

귀령마안 3

요담 新무협 판타지 소설

초판 1쇄 찍은 날 § 2005년 8월 9일
초판 1쇄 펴낸 날 § 2005년 8월 19일

지은이 § 요담
펴낸이 § 서경석

편집장 § 문혜영
편집책임 § 김민정

펴낸곳 § 도서출판 청어람
등록번호 § 제1081-1-89호
등록일자 § 1999. 5. 31
어람번호 § 제2-0667호

주소 § 경기도 부천시 원미구 심곡1동 350-1 남성B/D 3F (우) 420-011
전화 § 032-656-4452 팩스 § 032-656-4453
http://www.chungeoram.com
E-mail § eoram99@chollian.net

ISBN 89-5831-593-8 04810
ISBN 89-5831-590-3 (SET)

Fantastic Oriental Heroes
요담 新무협 판타지 소설
귀령마안
3
요안, 꿈속을 헤매다
도서출판 청어람

목차

◈ 第一章 ◈

숨결과 근육

놈은 기다란 고검을 이젠 아예 어깨에 걸친 채 히죽 웃고 있었다.

그 고검에 잘린 머리카락이 햇빛에 반짝이며 허공 중에 흩뿌려지는 그 짧은 순간, 향문월의 동공에 두 개의 상이한 빛깔이 틀어박히듯 선명하게 떠올랐다.

놈의 눈알은 확실히 묘한 데가 있다고 향문월은 생각했다.

파랗고 잿빛인 두 눈.

눈동자 빛깔만 다른 것이 아니라 그 안에 깃든 감정 역시 낯설었다.

제법 한가락한다는 놈들의 눈은 흉포함이나 잔인함으로 번질거렸고, 그것도 아니라면 비열하든지 간특한 빛으로 번뜩이곤 했는데 이놈은 그것도 아니었다.

살풋 가볍게 내려앉은 눈꺼풀 사이로 엿보이는 눈망울은 그저 재미난 장난감을 보듯 호기심으로 반짝이고 있었다. 그리고 그 느낌이 맞다면 놈의 장난감은 바로 향문월 자신이었다.

'설마, 아니겠지.'

숙인 고개를 들고 짧고 강한 호흡을 들이키며 향문월은 생각했다.

하지만 지금 마주치고 있는 두 눈빛은 그렇다고 말하고 있었다.

그래서 향문월은 굽혔던 무릎을 폈다. 그 반동으로 몸이 가볍게 떠올랐고 발바닥으로 땅을 가볍게 밀자 몸이 뒤로 밀려났다.

그 짧은 틈 사이로 길고 가느다란 호흡을 토하고는 가슴을 폈고 허리를 세웠다.

적어도 기세가 무엇인지 아는 놈이었다. 싸움을 아는 놈이었다. 아니, 그것을 넘어 적을 어떻게 다뤄야 한다는 것을 아는, 능숙함을 넘어 아예 도가 통한 놈이었다. 화끈한 싸움에.

그리고 자신의 잘려진 머리카락이 땅에 닿는 순간, 요안의 요사스런 눈동자가 반짝이는 순간, 그 모든 것을 잠재우는 딱딱하고 무거운 목소리가 튀어나왔다.

"멈춰라."

범우(范愚)였다.

요안 소이보의 고개가 돌아가 범우를 보았다. 향문월 역시 굳어진 숨결을 토해내며 범우를 쳐다보았다.

범우는 한발 앞서며 소이보 대신 자신이 향문월을 맡겠다는 뜻을 나타냈다.

'그랬어야지.'

향문월은 그렇게 생각하며 주위를 둘러보았다.

눈앞에 서 있는 요안이란 존재도 껄끄럽지만, 그 뒤로 보이는 낯짝

들도 만만치는 않았다.

커다란 철곤을 비켜 든 채 산만한 덩치로 눈알을 부라리며 철탑같이 서 있는 둔비(屯臂), 졸린 듯 반쯤 눈을 감은 채 신경을 곤두서게 만드는 비도로 손톱을 다듬고 서 있는 지반월(池伴越), 커다란 활을 비스듬히 세워 들고는 짧은 호흡을 골라 내쉬고 있는 곽예주(郭霓珠), 반대로 호흡을 가라앉힌 채 고요히 서 있는, 그래서 뽑아 들지 않은 장검보다 더 날이 곤두선 사검정(査劍庭)까지.

하지만 이들은 아니었다.

강호에 명성이 높은 혈랑대였지만, 그중 적어도 자신과 급수를 맞추기에 적당한 사람은 범우 정도밖에 없었다.

비록 향문월 자신보다 위치는 한 단계 처졌지만, 그것은 범우 탓이 아니라 강요맹이란 걸출한 사람이 범우 위에 있기 때문이었다. 직위의 고하가 곧 무공의 고하를 말해 주는 것이 아니었기 때문이다. 그러나 이어지는 범우의 말이 향문월의 가슴을 답답하게 만들고 있었다.

"죽여선 안 된다."

범우의 말은 요안을 향한 것이었고, 그 말은 곧 소이보가 향문월을 죽일 거란 뜻이었다.

요안의 반응은 없었다. 기다란 고검을 어깨에 멘 채 건들거리는 것 역시 같았다. 하지만 조금 더 짙어진 웃음과 함께 한쪽 눈썹이 미묘하게 꿈틀대고 있었다.

마치 범우의 지금 한 말이 그리 마음에 들지 않는다는 것처럼.

그래서 범우가 또 한 번 말했다.

"죽이긴 아까운 사람이다. 뒤에 벌어질 일도 커지고."

향문월은 차라리 크게 웃고 싶었다.

‘도발인가?’

죽인다니. 어디서 굴러먹던 놈인지 알지도 못하는 놈에게 이 철웅패권(鐵雄覇拳) 향문월(向文越)이 죽다니.

자신이 아는 범우는 절대 같은 말을 두 번 하는 사람이 아니었다. 하지만 저 요안에겐 친절하게 설명하듯 연거푸 말을 건네고 있었다.

적어도 범우 말이 한 가지는 맞았다.

요안이 향문월 자신을 죽일 수 있다는 것은 틀렸지만, 뒤에 벌어질 일이 커질 거란 말은 옳았다.

아래 것들끼린 투닥대고 싸우다 죽일 수 있지만, 적어도 군림가의 백골당(白骨堂) 당주나 요선보의 혈랑대장이 상대 손에 죽는다면 곧 전쟁을 뜻했다.

범우의 걱정은 그것이었다. 전쟁을 두려워하는 것은 아니었다. 단지 전쟁의 결정은 윗사람이 해야 한다고 생각했기에 한 말일 것이다.

그것을 증명이라도 하듯, 요안이 어깨를 으쓱하고 뒤로 물러서자 범우가 앞으로 걸어 나오며 포권을 취했다.

키는 비록 작았지만 범우가 내뿜는 기도까지 작은 것은 아니었다.

두 손을 올려 정중히 포권을 취할 때에도 범우의 터질 듯한 근육이 아우성치듯 꿈틀거리고 있었다.

잔인한 전쟁이 아니다. 그저 정중하게 깨끗한 비무를 원하는 것뿐이다. 범우의 근육이 그렇게 말하고 있었다.

그래서 향문월이 말했다.

“나도 겨루어보고 싶지만…….”

향문월은 턱을 한 손으로 간질였다. 생각에 잠길 때의 독특한 버릇.

그러나 말은 범우를 향했지만 향문월의 시선은 요안을 향했다.

싱긋. 요안이 웃었다. 이번엔 그것을 본 향문월의 눈썹이 꿈틀거렸다.

'끄응…….'

향문월이 속으로 한숨을 삼키며 시선을 옮겼다.

그러자 거기엔 요사스런 요안보다 더 마주치기 싫은 얼굴이 있었다.

흡사 뭘 보냐는 듯 커다란 왕방울만한 두 눈알을 부라리며 둔비가 서 있었기 때문이다.

'미련한 놈.'

턱을 쓰다듬는 향문월의 손가락이 좀 더 신경질적으로 움직였다. 아니, 미간까지 좁혀 인상을 쓰며 한쪽 손을 들어 뒤를 가리키며 말했다.

"나야 겨루어보고 싶지만… 저놈이 신경 쓰이니……."

향문월의 독특한 버릇인 말을 길게 끌어 끝맺음이 분명치 않은 말이었지만, 누구든지 알 수 있었다.

향문월의 손가락 끝이 가리킨 곳, 그곳엔 붉은 선 하나가 길게 늘어지고 있었기 때문이다.

홍안자(紅顔子), 아니, 이젠 혈면수라(血面修羅)가 되어버린 부홍(符弘)이었다.

향문월이 뜻하는 것은 간단했다.

계속 부홍이 길길이 날뛴다면 전쟁을 피할 수 없다. 전쟁이 아니라면 대련이든 뭐든 다 받아주겠다. 단, 저 미쳐 날뛰는 놈부터 진정시킨 후에.

범우 역시 향문월의 뜻을 알았고, 그래서 멀리 뒤떨어져 있는 곽예주를 쳐다보았다.

미쳐 날뛰는 부홍을 진정시킬 수 있는 유일한 사람이 바로 곽예주였기 때문이다.

그러나 곽예주의 생각은 범우와 다른 게 틀림없었다.

곽예주는 손가락을 짝 펴든 손등을 눈앞에 가져다 대고는 투덜거리고 있었기 때문이다. 예쁜 종달새 같은 목소리로.

"아이 씨, 손톱이 부러졌네."

눈앞에 일보다 자신의 손톱이 부러진 게 더 신경 쓰인다는 태도였지만, 실은 범우와 시선을 마주치기 싫어서라는 것을 모르는 사람은 없었다.

그리고 그 행동은 범우에게 '난 전쟁을 원해요. 저 자식들은 꼭 한번 손봐줘야 한다구요' 라고 말하는 게 분명했다.

범우의 콧구멍이 벌렁거렸다.

성녀가 사라졌다. 그것은 큰일이었다. 군림가와 전쟁은 언제고 각오한 것이지만 그러기엔 현재 상황이 좋지 않았다. 범우가 중요시하는 것은 명령과 규칙. 거기엔 군림가와의 전쟁은 들어 있지 않았다.

그러나 범우는 별다른 말 없이 고개를 돌렸다. 굳이 곽예주가 아니더라도 미쳐 날뛰는 혈면수라를 제압할 수 있는, 그것도 별 힘들이지 않고 할 수 있는 사람 하나를 알기 때문이었다.

범우가 소이보를 쳐다보자 소이보가 다시 웃었다.

하지만 범우는 웃지도, 콧구멍을 벌렁거리지도 않았다.

그저 말없이 소이보를 쳐다볼 뿐이었다.

소이보는 어쩔 수 없다는 듯 어깨를 으쓱해 보이고는 발길을 돌려 군림가 무인들을 향해 걸어갔다.

물론 그사이 향문월을 파랗고 잿빛인 두 눈동자로 쏘아봐 주는 것을 잊지 않았고, 향문월의 어금니가 또 한 번 으드득거리는 소리를 만들어 냈지만.

사천당문(四川唐門)의 소가주인 당소유(唐素留)의 시선은 소이보와 향문월 쪽으로 향하지 않았다. 무엇이 그리 재미있는지 부어오른 두 눈 사이의 눈동자를 반짝이고 있었다.

당소유의 관심은 정작 다른 곳에 있었다. 요안을 처음 볼 때보다 더 신기한 물건을 보았기 때문이다.

곽예주가 던져 주고 간 선물.

바로 혈면수라 부홍이었다.

사천당문의 장기는 암기와 독이었고, 당소유는 사천당문의 모든 정화를 고스란히 이어받은 사람이었다. 독과 암기는 그 어떤 것보다 사람의 몸에 정통해야만 했다. 하지만 더욱 중요한 것은 사람의 정신과 마음이었다.

예상하지 못한 방법으로 마음속 빈틈을 찾아 하독(下毒)하고 암기를 풀어내야 성공했다.

그런 면에서 보자면 부홍이란 존재는 당소유의 흥미를 너무도 자극하고 있었다. 어떤 과거인지는 몰라도, 예전에 피에 얽힌 충격적인 기억 하나가 부홍을 저렇게 만든 게 틀림없었다.

그래서 당소유의 두 눈은 호기심을 담뿍 담은 채 붉은 연기처럼 백골당 무인들 사이를 휘도는 혈면수라에게 고정되어 있었다.

빨랐다.

빠른 만큼 잔인했다.

잔인한 만큼 철저히 적들을 혼란에 빠뜨렸다.

군림가, 아니, 정확히는 그 아래 속해 있는 백골당 무인들이 갈피를

못 잡고 우왕좌왕하는 모습을 당소유는 재미있다는 듯 느긋하게 앉아
서 구경하고 있었다.

당소유 주위 삼 장여 거리 안엔 아무도 없었다. 아니, 아예 다가가지
않기 위해 발버둥 치고 있었다. 아무리 담이 큰 사람도 필기삼괴(必忌
三怪), 그중에서도 아예 마주치지도 말라는 당소유 곁으로는 올 생각을
하지 못했다.

삼팔구는 이미 겪어서 아는 사실이었고, 군림가 무인들은 귀로 우레
처럼 들어서 잘 아는 사실이었다.

어쩌면 군림가 무인들의 혼란에는 혈면수라뿐만 아니라 가까운 곳
에서 버티고 앉아 있는 당소유 자신도 한몫 거들고 있는지도 몰랐다.

당소유는 한참을 지켜보다 고개를 가로저었다.

염소는 틀렸다. 아무리 턱밑에 수염을 떨며 고함을 쳐봐야 귀담아들
을 사람은 없었다.

초의혈수(焦依血袖) 염량(廉亮)이 제 별호대로 소매를 불붙은 듯이
화려하게 움직여 봐야 붉은 안개로 변한 혈면수라 부홍이 잡힐 리 없
었다.

도리어 염소를 놀리듯 이리저리 피해 종횡으로 움직이고 있었다.

붉은 연기가 빠르게 눈앞으로 밀려오면, 살기에 감응한 말들의 울부
짖음과 갈피를 못 잡고 길길이 뛰어대는 말발굽 소리가 어지러이 귀청
을 긁었다.

그러나…

쐬애액—

공기를 가르는 소리와 함께 귀기 어린 몸짓으로 빠르게 다가가 손톱
으로 몸을 가른 후, 그렇게 만든 틈으로 두 손이, 작은 어깨가, 조그마

한 몸통이 사라졌다.

잠시 후, 한 호흡도 채 내쉬기 전에 말의 울부짖는 소리가 먼저 들려왔고, 그리고 나면 어김없이 몸통의 다른 면을 비집고 더욱 붉어진 두 손이, 작은 어깨가 나오는 광경 앞에선 명령 따위는 먹히지 않았다.

혈면수라 부홍의 몸짓이 꼭 직선으로 오가는 것만도 아니었다.

가벼운 몸이 발끝으로 땅을 차 튕기듯 날아올랐다. 허공 중에 한 점으로 잠시 멎어 있는 그 순간, 당소유는 혈면수라가 미소를, 그것도 차갑고도 잔인한 미소를 짓는 모습을 얼핏 본 것 같았다. 그리고는 빠르게, 아니, 허공 중에서 맴을 돌듯 어지럽게 내리 꽂혔다.

작고 붉은 꽃잎 하나가 나풀나풀 내려와 사람 머리 위로 떨어져 얹혔다. 나비의 날갯짓처럼 살풋이, 아무런 무게조차 없는 듯 가벼운 몸짓으로 내려앉아 곧 골수를 뭉개고 목뼈를 부러뜨린 후, 더 깊이 내려가 척추를 비틀어 두 쪽으로 갈라내는 사이(邪異)한 광경.

그리고는 말발굽 아래에서 피어난 흙먼지와 허공에 점점이 뿜어진 핏줄기가 뒤엉킨 사이로, 태양 빛이 부서지며 묘한 광채를 만들어내었다.

방금 전까지 너무도 왕성한 생명을 보여주었던, 두 콧구멍으로 더운 김을 뿜어내던 한 사람의 무인이 너무도 가볍고 부드러우며 재빠른 몸놀림 하나에 무너져 내리는 모습이 묘하게도 감성을, 본능을 자극하고 있었다.

몸을 가늘게 떨며 당소유가 부푼 입술을 혀로 핥는 순간에도 부홍은 움직이고 있었다.

빠르게 발을 놀려 옆으로 통통 튕기듯 달렸다.

달리는 중간에도 혀를 내밀어 기다란 손톱을 핥으며 부홍은 미소 짓고 있었다.

사이한 미소를……

2

“놈!”

초의혈수(焦依血袖) 염량의 소매가 별호와는 달리 핏빛 불꽃 대신 분노로 바르르 떨렸다. 그렇게 화를 내는 염량의 얼굴은 영락없이 화내는 수컷 염소를 닮아 있었다.

벌써 일곱이었다. 그리고 여덟 번째 살인을 만들기 위해 부홍은 빠르게 몸을 튕겨 한 사람을 향하고 있었다.

이번에 부홍이 택한 무인은 제법 강단이 있는 자였다.

말을 돌려 부홍과 마주 서고는 곧 말의 목 옆으로 기다란 창을 재빠르게 찔렀다.

부홍의 몸이 순간 길게 늘어났다. 아니, 그렇게 보였다.

발끝으로 땅을 찍고 허리를 펴고는 몸을 허공에 띄웠다.

점과 점을 잇는 단 하나의 선 위로 부홍의 빠른 몸이 얹히자 그 몸놀림이 귀신처럼 보였다.

흡사 연희를 펼치는 줄타는 광대처럼, 담장 위를 살금살금 타넘는 밤 고양이처럼, 종종걸음을 걷는 계집아이처럼 발끝으로 창을 연이어 밟고는 빠르게 무인에게 다가갔다.

하지만 이번엔 염소가 빨랐다.

염량이 부홍과 마찬가지로 발끝으로 창 끝을 차고 튀어 올라 부홍의 어깨를 내려쳐 갔다.

무인에게 향하던 부홍의 몸이 허공에서 빙글 돌았고, 그 옆으로 염량의 일장이 스치듯 지나갔다.

허공에서 그렇게 스치듯 지나갈 것 같던 두 사람의 어깨가 얽혔고, 곧 부홍의 핏빛으로 젖은 손톱이 뻗어나왔다.

염량은 거의 눈에 보이지도 않을 만큼 빠른, 그래서 믿어지지 않는 부홍의 손놀림에 맞추어 부지런히 두 손을 움직였다.

다행히 그동안 수련한 철사장(鐵砂掌)이 헛되지 않았는지 부홍의 기다란 손톱을 견뎌내고 있었다.

불을 지핀 가마솥 안에 아주 고운 모래와 가는 조약돌을 넣고 두 손을 연달아 집어넣고 빼내던 고통스러운 수련이 이 순간만큼 고마웠던 적이 없었다.

더욱이 달궈지다 못해 벌겋게 익은 문드러진 손 위에 비밀리에 전수된 약물을 바를 때의 엄청난 고통이 이 순간만큼은 달디달게 느껴졌다.

철사장의 수련 법은 널리 알려졌으나, 철사장의 위력과 비밀은 바로 그 약물에 있었기 때문이다.

하지만 그것도 잠시뿐, 손바닥은 멀쩡했지만 정작 팔뚝이 문제였다.

몇 수 지나지 않아 제일 먼저 소매가 찢어졌고, 그 뒤 팔뚝엔 생채기가 나기 시작했다. 처음엔 가느다란 혈선이었던 것이 조금씩 핏물이 배어 나오다가 점점 갈라지기 시작한 것이다.

'팔꿈치까지 밀어 넣었어야 했나? 아니, 아예 몸을 몽땅?

가마솥 안에 그저 두 손뿐만 아니라 온몸을 디밀어 넣었어야 했다는 엉뚱한 생각이 떠올랐다. 아니, 다른 생각을 할 틈이 없었다. 현란하게 돌아가는 핏빛 손톱은 너무나 빨랐다. 그러나 다행히 잘 돌아가지 않는 염량의 머리 대신에 쫑긋이 세운 귀는 제 역할을 하고 있었다.

귀가 떨어져 나갈 것 같은 파공성과 함께, 그 소리만으로도 묵직한 무언가가 자신의 머리를 노리고 떨어지고 있었다.

고력(古力)의 참마도가 바람을 가르는 소리였다.

염량의 몸이 뒤로 훌쩍 날았다. 오랜 경험을 통해 이젠 한 몸처럼 움직이는 고력과 염량이었다.

고력이 노린 것은 염량의 머리가 아니었다. 염량이 재빠르게 피하고 나면 그 자리를 대신하고 있을 부홍의 머리였다.

"킥~!"

재미있다는 듯 처음으로 부홍의 입술을 비집고 웃음이 새어 나왔다. 그리고 그 웃음보다 빠르게 염량과 고력의 참마도 사이의 작은 공간을 비집고 튕기듯 튀어나갔다.

'제길!'

염량은 뿌연 안개처럼 튕겨 나가는 부홍의 붉은 등판을 보며 이를 악물었다.

놈은 자신과 고력이 펼친 연수합격을 너무나 수월하게 빠져나간 것이다.

염량이 땅을 박차고 앞으로 튀어나갔다. 고력 역시 참마도의 손잡이를 힘껏 다시 부여 쥐었다.

그러나 두 사람의 움직임은 어느새 거짓말처럼 멎어 있었다.

자신들이 쫓던 부홍의 움직임이 멈춰 있었기 때문이다.

누군가의 손에 의해서.

놈은 눈에 익은 놈이었다. 적어도 염량에겐 지울 수 없는 기억을 남긴 놈이었다.

속에 입은 잿빛 옷 바깥으로 짧으면서도 품은 커서 축 늘어진 붉은 옷을 걸친 훤칠한 청년.

그 청년이 부홍의 목을 움켜쥐고 있었다.

너무도 단순했고, 그만큼이나 간단해 보이는 손짓 한 번으로.

"킥~ 킥~ 킥~"

부홍은 요안의 손아귀에서 벗어나기 위해 연신 버둥거리며 마치 상처 입은 동물처럼 신음성을 토해냈다.

먼저 부홍의 날카로운 손톱이 요안 소이보의 가슴을 훑으려 했다.

하지만 거기에 맞선 소이보의 대처 방법은 그저 움켜쥔 손을 길게 펴는 것이었다.

부홍의 몸은 작았고 팔다리 역시 짧았다.

소이보의 키는 보통 사람보다 큰 편이었고, 차연 팔다리 역시 길었다.

소이보가 목을 움켜쥔 손을 펴자 부홍의 손은 소이보의 가슴에 닿을 수가 없었다.

"켁~!"

부홍은 원숭이의 비명처럼 크게 내지른 뒤, 곧 목을 움켜쥔 소이보의 팔뚝을 긁으려고 했다. 하지만 거기에 대한 소이보의 대처 역시 간단한 것이었다.

그저 움켜쥔 팔을 한차례 털어냈을 뿐이었다.

흡사 손에 쥔 빨랫감을 크게 흔들어 먼지를 털듯 뿌리쳤고, 부홍은 젖은 빨랫감처럼 땅바닥에 처박혔다.

그러나 부홍의 몸은 마치 탄력있는 공처럼 다시 튕겨 올랐다.

소이보의 품 안으로.

염량이 자랑하던 불타오르는 소매를 거덜 낸 손동작이 또 한 번 현란하게 발휘되고 있었다. 요안의 얼굴을 향해.

하지만 이번에도 소이보는 부홍을 내팽개쳤던 손 하나만을 들어 상대하고 있었다.

부드럽게 얽었고, 나른하게 튕겼다.

감싸 안았고, 잡아끌었다.

빠르게 끊어갔으며, 느릿하게 동작을 이어갔다.

그 간단한 몇 가지 손동작에 부홍의 손가락이 막히고 다시 울대가 붙잡혔다.

무당의 면장(綿掌). 그것도 다름 아닌 별림의 노인에게서 이어져 온 면장이었다.

그 간단한 손동작 안에서 벗어날 물건은 세상에 몇 되지 않았다.

소이보의 눈길이 움켜쥐고 있는 자신의 오른팔을 바라보았다.

짧은 붉은 옷 위로 삐죽이 나와 있는 잿빛 소매가 칼로 예리하게 갈라진 것처럼 찢겨져 있었다.

그리고 그 사이로 보이는 창백한 살결 위로는 가느다란 혈선 한 가닥이 가로질러 있었다.

소이보의 웃음이 사라졌다. 부홍이 버둥거렸다. 손을 들어올리고 소이보의 얼굴을 긁으려고 했다.

하지만 조금 전과는 달리 소이보는 아무런 행동도 취하지 않았다. 그저 멍하니 자신의 오른팔, 정확히는 소매를 내려다볼 뿐이었다.

노인이 손수 빨래를 하고, 입혀주고, 바라보며 환하게 웃었던 옷이었다. 범우 역시 그 뜻을 이해했기에 붉은 혈랑대 옷을 겉에 걸치라고 말한 바로 그 옷이었다.

이제 한 가닥 남은 노인과의 추억을 이어주는 옷이었다.

그 옷이 미쳐 날뛰는 종자 손톱 아래 찢겨진 것이었다.

부홍의 손톱이 소이보의 얼굴을 향해 뻗어 나오는 순간 소이보의 고개가 돌아가 부홍을 쳐다보았다.

순간 부홍의 날카롭게 뻗어가던 손이 멎었다.

부홍의 온몸이 떨리기 시작했다.

입으론 연신 꺽꺽 소리를 내며 게거품을 물었다.

마치 처음 온몸에 피를 쏟았을 때 경련을 일으키던 모습과 다르지 않았다.

요안의 두 눈.

파랗고 잿빛인 두 눈동자가 부홍의 눈동자를 노려보았기 때문이다.

더 이상 그 눈동자를 마주 대하지 못하겠다는 듯, 부홍은 눈까지 까 뒤집고 온몸을 축 늘어뜨렸다.

하지만 요안은 눈빛을 거두지 않았다.

뒤에서 지켜보던 염량과 고력의 몸에 소름이 돋고 있었다.

"이게 뭐야."

둔비가 중얼거렸다.

저도 모르게 흘러나온 말이었지만, 적어도 이 평야 위에 있는 사람들 중 못 들은 사람은 없었다.

잔뜩 기대했던 일이 어이없이 허물어졌을 때의 탄식이었다.

무언가 더 굉장한 일을 기대하고 있었음이 틀림없다.

범우가 소이보에게 부홍의 처리를 맡겼으니, 저 괴상한 눈빛의 종자가 크게 다치는 일 따위는 없을 게 분명했다.

적어도 둔비가 아는 범우는 일 처리 하나는 분명했으므로.

그러나 저렇게, 숨 몇 번 몰아쉬지 않아 끝날 거라곤 생각하지 못했다.

명륜지연(命輪之宴). 정확히는 명륜지연을 빙자한 신고식을 가장 떠들썩하게 마친 것이 부홍이었기 때문이다.

그야말로 요선보를 한 번 들었다 놨을 만큼 큰 소란이었고, 끝내 범우까지 튀어나와서야 일이 해결되었다.

하지만 범우 역시 미쳐 날뛰는 부홍을 힘들여 제압했을 뿐 진정시킬 수는 없었다.

아니, 그때 본 부홍은 미친 망나니였고, 요선보 사람들은 죽이는 재주만 알지 미친 사람 제정신 찾게 해주는 재주는 그 누구도 가지고 있질 않았다.

나중엔 곽예주가 나서서 '네놈이 죽나 내가 죽나 한번 해보자' 며 맞서 길길이 뛰었고, 그제야 부홍을 어떻게 진정시키는지 알 수 있었다.

각궁을 내뻗고 있는 곽예주의 가슴팍으로 파고들어 젖무덤 한가운데 얼굴을 파묻고는 마치 아기처럼 쌔근쌔근 잠들었기 때문이다.

범우가 진정시켜야 할 게 또 하나 늘었다. 이번엔 곽예주였다.

범우의 신속한 일 처리가 아니었다면, 얼굴이 붉어진 곽예주가 부홍의 이마 한가운데 바람구멍 수십 개를 만들었을 것이다.

그렇게 힘들게 부홍에 대해 알아갔다.

그러나 진정시킬 방법을 안다는 것과 그 일이 쉽다는 것은 전혀 다른 일이었다.

한번 부홍이 미쳐 날뛰면, 곽예주가 생명을 걸고 부홍을 감싸 안아야 했다.

만약 낯익은 곽예주의 냄새가 아니었다면, 아니, 그 냄새가 부홍의 어미 품에서 나던 냄새와 닮지 않았다면 곽예주의 몸 역시 두 쪽으로 갈라졌을 게 분명했다.

그런데 저 요안은 그걸 너무도 쉽게 해내고 있었다.

그것도 팔 한 짝과 두 눈알만을 가지고.

그러니 둔비의 콧구멍에서 바람 빠지는 신음이 토해질 수밖에 없었다.

요안의 고개가 천천히 돌아가 이번엔 둔비를 쳐다보았다.

둔비의 눈알이 몇 번 뒤룩거렸지만, 그 한가운데 있는 커다란 동공은 왠지 불안한 듯 떨리고 있었다.

요안이 부홍을 향하던 눈빛을 아직 지우지 않은 것이다.

"됐다."

다행히 그때 범우의 말이 토해지지 않았다면, 요안을 지켜보던 다른 사람들은 숨을 토해낼 수 없었을 것이다.

소이보의 요안이 이번엔 범우를 향했다.

하지만 범우는 부홍처럼 눈을 까뒤집지도, 둔비처럼 불안한 듯 눈동자를 떨지도 않았다.

그저 바라봤을 뿐이었다.

골을 잔뜩 내며 형을 쏘아보는 개구쟁이 동생을 대할 때의 눈빛으로.

그러자 소이보의 눈빛이 변했다.

눈빛을 지운 것도 모자라 히죽 웃기까지 했다.

그리곤 손에 든 부홍을 범우를 향해 던졌다.

부홍은 마치 손에서 굴려진 공깃돌처럼 범우를 향해 날아가다 땅에 떨어지고는 그 뒤로도 땅에 끌린 긴 자국을 남기며 미끄러지다 범우의 몇 발자국 앞에서 멈췄다.

범우는 아무 말 없이 부홍의 몸을 내려다보다가 고개를 돌려 곽예주를 보았다.

하지만 이번에도 곽예주는 손등, 아니, 정확히는 활짝 편 손톱을 보며 중얼거렸다.

"아이, 손톱이……."

하지만 곽예주의 말은 이어지지 않았다.

손등을 펴드는 그 짧은 순간, 범우의 콧구멍이 벌렁거리는 것을 보았기 때문이다.

"휴우……."

곽예주는 한숨을 토하고는 천천히 걸어와 부홍을, 마치 떨어진 빨랫감을 집어 올리듯 들고는 느리게 뒷걸음을 쳤다.

범우의 짧고 굵은 목이 돌아가 향문월을 향했다.

그리고는 말했다, 짧고 굵은 목소리로.

"내가 이기면."

뒷말은 안 들어도 뻔했다. 이대로 물러나라. 아니면 재미없다. 그 뜻이 짧고 간결한 몇 마디 말 안에 담겨 있었다.

향문월이 그제야 턱을 간질이던 손을 내리며 대답했다.

"일단 이기고 나서."

향문월 역시 답답했던 모양이다.

어느덧 왼 주먹을 오른 손바닥으로 감싸 문지르며 웃고 있었기 때문이다.

나중 일은 나중의 일, 크게 문제될 게 없으면 지금 한번 시원하게 붙
어보자는 뜻이었다.

개성은 다르지만 좋아하는 것은 닮은 모양이었다.

시원하게 팔과 팔이, 근육과 근육이, 뜨거운 숨결과 숨결이 맞부딪
치는 승부.

그것이 바로 범우와 향문월이 좋아하는 것이었기 때문이다.

◈第二章◈
복면인

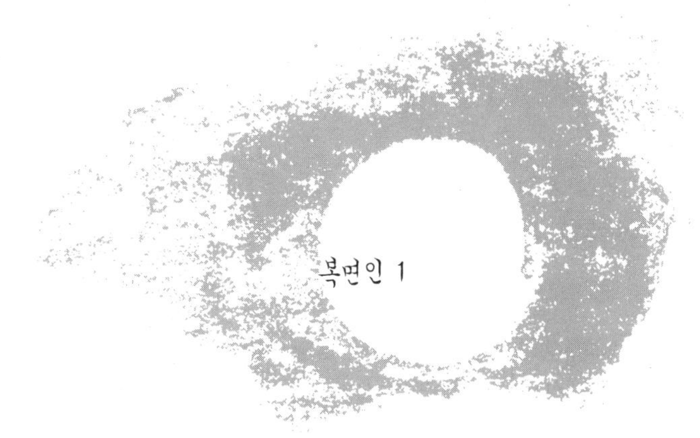

범우에겐 명분이 있었다.

적어도 요선보 세력 안에서 다른 세력이 활개를 치는 모습은 있어선 안 되었다. 그렇다고 불필요한 살상이 군림가와 요선보의 전쟁을 가져와서도 안 되었다.

성녀의 일은 그래서 뒤로 밀려났다.

아니, 성녀의 일을 처리하기 위해서라도 지금 눈앞에 있는 군림가를 밀어내야만 했다.

지금 범우의 혈랑대가 아니더라도 먼저 출발한 이화림의 비림이 있었고, 그들 역시 성녀를 미친 듯 찾아다니는 중일 것이다.

그저 자신은 여기서 군림가의 발을 붙잡고 있기만 해도 큰 역할을 하는 것이다.

적어도 비무를 가장한 전투였고, 또 예전부터 한번 겨뤄보고 싶은 상대이기도 했다.

그래서 앞으로 한 걸음 걸어 나와 포권을 취하는 범우의 태도는 당당했다.

향문월 역시 마찬가지였다.

염량에게 듣기론 이들 역시 사라진 성녀를 찾아다니는 길이라고 했다. 이들 옆에 붙어 있다는 것은 성녀에게 좀 더 가까이 다가갔다는 말 역시 되었다.

그러나 그 이유에서 범우와의 비무를 원한 것만은 아니었다.

철웅패권 향문월을 언급할 때면 항상 연이어 튀어나오는 이름이 바로 범우였다.

적어도 뼈와 뼈가 부딪치는 박투술을 두고 말할 때, 그 누구도 두 사람 중 누가 낫다는 말을 하지 못했기 때문이다.

그걸 가장 알고 싶은 사람이 바로 향문월 자신이었고, 그래서 범우의 포권에 가볍게 고개를 끄덕였다.

향문월의 고갯짓에 범우가 말했다.

"그럼……."

말보다 사람이 빨랐고, 사람보다 주먹이 빨랐다.

부우욱~

공기를 찢어내듯 갈라오는 주먹이 노린 것은 향문월의 머리였다.

살기는 담겨 있지 않았다. 별다른 변초도 없는 그저 깨끗한 주먹질에 지나지 않았다.

그저 대련에 임해, 예의상 내가 먼저 시작하겠다는 뜻을 표하는 간단한 한 수에 지나지 않았다.

그래서 향문월은 뒤로 한 걸음 물러 나오는 것으로 깨끗하게 해소하고는 천천히 두 손을 내뻗었다.

향문월의 장기 역시 박투술이었다.

고매한 손짓과 발짓보다는 실전적으로 잡고 으깨고 분질러 버리는 편이 성격에도 맞았다.

성격뿐만 아니라 향문월의 몸 역시 박투에 어울렸다. 길면서 단단했고, 단단한 만큼 유연했다.

어떤 고매한 명분으로 감싸고 유식한 말로 대거리질이 오간다 한들 싸움은 결국 한판 드잡이질이라 믿었고, 향문월이 경험하기엔 실제 그렇기도 했다.

유현(幽玄)한 검법을 자랑하는 어떠한 사람도 검과 사람 사이엔 틈이 존재했다. 그 틈을 비집고 갈라 들어가면, 결국 남는 건 몸뚱이 둘 뿐이었다.

몸뚱이를 비교하자면 향문월은 항상 자신있었다.

원래 바탕도 좋았지만, 몸통을 둘러싼 물건 때문에 더욱 그랬다.

천천히 앞으로 내뻗은 향문월의 팔뚝엔 검고 길쭉한 물건이 감싸고 있었고, 숨을 들이켜 팽팽하게 당겨진 가슴과 배엔 거무칙칙한 철판이 둘려져 있었다.

철완갑(鐵腕鉀)과 호신갑(護身甲)이었다.

얇은 연철을 덧대어 넓게 펴 소매를 감싸는 투수(套袖)로 삼고, 강한 묵철을 이용해 투수와 연결해 팔을 덮는 비호(臂護)를 만들었다. 그게 철완갑이었다.

호신갑은 손에 끼운 철완갑보다 더욱 신경 써 만든 것이었다.

연철과 강철을 맞대고, 사이사이마다 가죽을 덧대 웬만한 내가기공에도 견딜 수 있도록 했다. 단순히 충격에 견디는 것이 아닌, 음유(陰

柔)로운 침투경(浸透勁)에도 대비한 물건이었다.

몸통과 팔은 물론 허벅지에 감은 슬군(膝裙)과 정강이를 둘러싼 적퇴(吊腿)도 있었다.

단단한 몸을 부드럽게 무두질한 가죽과 얇게 편 철로 감쌌으니, 만약 맨몸으로 붙을 수만 있다면 그 어떤 상대와도 자신이 있었다.

물론 이때까지 그래 왔고, 그래서 군림가의 세 손가락 안에 들어가는 위치까지 오르게 된 것이지만.

향문월의 두 주먹이 범우의 두 주먹과 부딪쳤다.

쿵!

묵직한 충격과 함께, 서로가 충격 때문에 몸이 기우뚱 기운다 싶었을 때, 이번엔 어깨와 어깨가 부딪쳤다.

쿵!

다시 한 번 굉음이 두 어깨에서 튀어나왔고, 밀린 듯 멀어진 두 사람이 동시에 발을 차올렸다.

이번에 부딪친 것은 정강이와 정강이였다.

쿵!

두 사람은 한 사문에서 무공을 익힌 것처럼 동일한 몸동작을 보여주고 있었다.

그리고 향문월은 양미간을 잔뜩 찌푸려야만 했다.

다리가 저려왔다. 어깨는 쩍 갈라진 것처럼 쑤셨다. 주먹은 욱신거렸다. 뼈가 시렸다.

그러나 자신과는 달리 범우의 얼굴엔 표정이 없었다.

처음 포권을 취했을 때처럼 민둥머리 아래로는 딱딱하게 굳은 얼굴뿐이었다.

범우의 동작은 결코 현란하지 않았다.

동작은 깔끔했고 군더더기가 없었다.

덮혀진 피와 피가, 튀어나온 굵은 힘줄과 힘줄이, 거친 숨소리와 숨소리가 부딪치고 깨지다가 팅겨 나왔다.

어찌 보면 더 이상 무식할래야 무식할 수가 없었다.

거칠고 투박했다.

하지만 그래서 화려한, 내실 없는 동작보다 더 아름답고 실용적이었다.

범우의 팔이 빙글 돌아 앞으로 뻗어 나왔고, 그 주먹을 따라 어깨가 따라와 향문월의 팔과 부딪쳤다.

쿵 하는 소리와 함께 향문월의 철완갑이 깨져 나갔다.

그 어떤 내가기공에도 꿈쩍 않던 철완갑의 표면이 비스듬히 날아 팅겨진 범우의 어깨 한 방에 깨어나간 것이다.

'이건 괴물 아닌가!'

향문월은 뒤로 물러서며 속으로 비명을 질렀다.

자신의 근육 또한 만만한 게 아니었다. 그리고 그 겉을 감싼 철완갑 역시 공을 한두 해 들인 게 아니었다.

하지만 그런 철완갑을 깨고 자신의 근육과 힘줄을 뚫고 들어와 뼈까지 아리게 만든 범우의 어깨는, 그저 잠시 하얀색으로 변했다가 다시 검은빛으로 돌아와 꿈틀대고 있었다.

마치 힘껏 달리는 종마의 어깻죽지보다 더 단단해 보이는 근육이었다.

'그래, 그렇군!'

향문월은 그런 범우의 어깨를 보고서야 깨달을 수 있었다.

‘장난질을 친 거야! 내 힘에, 내 재주에 자신이 없으니.’

향문월은 무섭게 가라앉은 범우의 눈을 보며 생각했다.

자신이 팔에 철완갑을 단 것이 그저 잔재주에 지나지 않았다는 것을 깨달았기 때문이다.

범우는 스스로를 믿었다.

자신과 상대, 그 둘을 믿었고, 그 둘이 부딪치면 무언가 하나는 깨져 나간다는 것을 믿었다.

그리고 그 깨져 나가는 것이 상대라는 것을 믿었다.

거기에 따라 몸을 단련했고, 움직였고, 상대와 부딪친 것이었다.

순수한 염원, 단단한 믿음, 꺾이지 않는 의지.

그것이 근육이 철완갑을 깨고도 위력이 남아 자신의 뼈까지 저리게 만든 것이었다.

그저, 충격을 비켜 흘리기 위해 몸에 장난감 같은 것을 만들어 붙인 자신과의 차이가 그것이었다.

‘부끄러운 짓이다.’

향문월은 가쁜 숨을 쉬며 그렇게 생각했다.

천천히 몸을 일으킨 향문월이 손에 감은 철완갑을 풀었다.

검은빛이 도는 철완갑은 어느새 뭉툭하게 변해 있었다.

범우의 탄력있는 근육이 부딪친 충격 때문이었다.

향문월은 씁쓸하게 웃으며 가슴의 호신갑과 무릎과 종아리에 감은 슬군과 적퇴도 천천히 풀었다.

호신갑이 땅에 떨어지며 둔탁한 소리를 만들어냈다.

몸에 감은 쇠붙이가 떨어져 내리는 순간, 향문월은 한 단계 더 앞선 깨달음을 얻었다.

향문월이 범우를 보며 웃었다. 범우가 천천히 고개를 끄덕였다.

진정한 싸움은 지금부터였다.

두 사람 다 순수하게 부딪치길 원했고, 깨끗하게 부수어지길 갈망했다.

불타오르는 투지를 두 눈 가득 담고 두 사람이 새로운 싸움을 시작하려 하고 있었다.

"그럼 우리도 놀아봐야지?"

뾰족한 목소리로 종달새가 울었다.

그리고 그 종달새, 즉 곽예주의 눈길이 향한 곳은 염량과 고력이었다.

염량의 염소수염이 파르르 떨렸다.

곽예주의 뜻, 그것은 윗사람들 싸움 구경보다는 직접 드잡이질을 해보자는 뜻이었다.

그것을 아는 염량이 고력을 보며 침을 꿀꺽 삼켰다.

요선보보다 유명한 게 혈랑대였고, 혈랑대보다 더 유명한 게 바로 삼팔구였다.

부딪치기는커녕 쳐다보기도 싫은 물건들이었다.

더구나 삼팔구 종자들이 어떠한가는 조금 전 눈으로 볼 수 있었다.

혈면수라 부홍.

그 예쁘장하고 작고 귀엽게 보였던 인간이 미쳐 날뛰는 것을 직접 본 것이다.

그런 부홍을 마치 작고 귀여운 고양이 한 마리 키우듯 품에 안고 쓰다듬는 인간이 바로 곽예주였다.

염량이 고력과 향문월을 번갈아 보며 일을 확 저질러 버려야 하는지 고민하고 있을 때였다.

"저건 뭐지?"

사검정이었다. 사람 자체가 날이 선 장검과도 같은 사내는 말이 없기로 유명했다.

그래서 사검정이 입을 열어 한마디하자, 숨 가쁜 비무를 준비하던 향문월마저 사검정 쪽으로 고개를 돌려야 했다.

하지만 사검정의 시선은 향문월을 향하고 있지 않았다.

그저 먼 언덕 너머를 지켜볼 뿐이었다.

그러자 향문월도 뻐근한 가슴을 어루만지며 저도 모르게 사검정의 보고 있는 곳으로 시선을 돌렸다.

'좋지 않군.'

곧 향문월의 눈가가 잔뜩 찌푸려졌다.

향문월은 볼 수 있었다. 넓은 평야 저편으로 먼지구름이 피어나는 것을.

2

처음엔 그저 먼 하늘 저편에서 웅장하게 하늘을 덮는 구름처럼 보였다.

지평선을 다 덮을 만큼이나 넓게, 그리고 그만큼이나 얕게 퍼져 피어나는 먼지구름 때문이기도 했지만, 정작 향문월을 놀라게 한 것은 그 사이로 은은하게 퍼지는 뇌성벽력이었다.

"휘—이—이익—"

처음엔 작고 약한 울림에 지나지 않았다. 하지만 그 소리가 조금 커
진다 싶었을 때, 가장 먼저 느껴진 것은 발뒤꿈치를 간질이는 진동이었
다.

깊고 나지막한 소리가 점점 가까워질수록 땅을 흔들고 하늘을 가득
채우며 점차 크기를 키워갔다.

흡사 천 길 폭포수가 강바닥을 때리듯이, 흑룡이 먹구름 사이에서
부르짖듯 소리는 하늘과 땅은 물론 서 있는 사람들의 내장까지도 뒤흔
들었다. 그러고도 힘이 남았는지 끝내 날카롭게 날을 곤두세운 채 하
늘을 베어낼 듯 떨쳐 올랐다.

"이건!"

눈가를 찌푸리고 서 있던 항문월이 저도 모르게 크게 외쳤다.

드디어 소리의 정체가 무엇인지 알아차렸기 때문이다.

"휘이익—"

고막을 터뜨릴 것 같은 소리.

믿어지지 않게도, 아니, 도저히 믿을 수 없었지만 자신의 귀가 잘못
되지 않았다면 그건 분명 휘파람 소리였다. 입술을 얇게 오므려 혀와
입천장 사이로 바람을 내쉬는 짧고 날카로운 소리.

당연히 휘파람을 부는 방법은 항문월 자신도 알고 있었지만, 지금
귀에 들리는 소리가 바로 그 휘파람 소리라는 것을 도무지 믿을 수 없
을 정도였다.

소리는 점점 크기와 높이를 키우다 끝내 땅을 뒤흔드는 낮고 무거운
둔탁한 소리로 변해 호호탕탕 몰아치고 있었다.

드디어 먼지구름 사이로 작은 점이 나타났다.

검은 점은 점점 크기를 키워 점 아래로 두 개의 다리가, 위로는 머리가 자라는 듯싶더니, 눈을 몇 번 깜박일 시간 동안 완전한 사람의 모습을 갖춰가고 있었다.

곽예주의 커다란 활에 화살을 매겨 쏘아 보낸다 해도 닿지 못할 거리를 숨 한 번 들이쉴 시간 동안에 빠르게 압축해 다가온 존재는 믿어지지 않게도 검은 복면을 한 괴인이었다.

가공할 만한 경공술로 보아 앞서 들려온 호탕한 휘파람 소리를 불어낸 사람이 바로 저 괴인임에 틀림없었다.

"서, 설마……."

항문월의 눈가가 파르르 떨렸다.

세상을 뒤덮는 정도의 휘파람 소리와 눈으로 지켜보면서도 믿을 수 없는 빠른 경공술.

저 정도의 깊은 내공과 무공을 지닌 사람이 세상에 존재하리라고는 생각할 수 없었다. 아니, 존재하긴 했다.

순간 항문월의 머리 속을 가득 채우고 일곱 개의 이름이 떠올랐다.

하지만 그 즉시 항문월은 고개를 가로젓고는 다섯 개의 이름을 지워버렸다.

지워 버린 다섯 개의 이름은 사람들이 꿈으로나 꾸어볼 수 있는 경지에 오른 이름들이었다.

하지만 남아 있는 두 개의 이름에 비하자면 태양 아래 반딧불에 지나지 않았다.

두 개의 이름.

그것은 이미 인간이라 볼 수 없는, 하늘 밖의 또 다른 하늘이었고,

그 이름만이 지금 눈앞으로 빠르게 다가오는 존재를 설명할 수 있었다.

"세, 세상에……."

향문월의 두 눈이 부릅떠졌다.

두 사람 중 한 사람의 힘만으로도 무림을 뒤흔들 수 있었다.

둘 중 누가 천하제일인이라고 분명히 말할 수는 없었지만, 천하제일인이 두 사람 중 하나라는 점은 너무나 분명한 사실이었기 때문이다.

'그러나 왜…….'

향문월이 아랫입술을 질겅 씹으며 의문에 휩싸였다.

그중 한 사람은 여기에 올 이유가 너무나 분명했지만, 복면을 쓸 이유는 없었다.

또 다른 사람은 복면을 쓸 이유는 너무나 분명했지만, 여기에 나타날 이유가 없었다.

향문월의 짧은 생각이 머리 속에서 교차하는 사이 괴인은 어느덧 요선보와 군림가가 대치하고 있는 한가운데 사뿐히 내려섰다.

휘파람은 오래전에 멈추었고, 광풍처럼 휘몰아온 속도가 믿어지지 않을 만큼 사뿐히, 먼지 한 톨 일지 않는 깔끔한 마무리와 함께 그림 속 주인공처럼 멈추어 서 있는 것이었다.

온몸을 검은 옷으로 휘감고 얼굴까지 검은 복면으로 감싸, 들여다볼 수 있는 것은 오로지 두 눈뿐이었다.

눈빛은 맑았다.

시린 겨울 아침, 얇게 언 얼음을 깨고 들여다본 개울물처럼 차고 맑았다.

눈가에 얽힌 가느다란 주름은 복면인의 나이가 손가락 몇십 번을 꼽아봐야 할 나이란 것을 나타내 주었지만, 떡 벌어진 어깨와 곧추선 허리는 한창때의 청년보다 더욱 균형 잡힌 우람한 덩치였다.

건장한 체구의 복면인은 맑은 눈동자를 들어 주위를 훑어보았다.

아무런 말 없이, 갑작스런 등장에 얼어붙은 듯 숨소리도 내지 못하는 사람들의 얼굴을 하나하나 그렇게 들여다보고 있었다.

그런 복면인 뒤로 먼지구름이 밀려들고 있었다.

얇게 퍼져 땅을 핥듯 피어오르는 먼지구름의 정체는 또 다른 한 떼의 인영이었다.

군림가 기마병들이 잿빛 그림자로 다가왔다면, 이번에 몰려든 인원은 숫자는 적을지 몰라도 색채의 다양함에선 앞서 있었다.

대략 수가 오십여 명을 헤아리는데, 앞서 사기가 엄정하고 정렬된 모습을 보여준 군림가와는 달리 어찌 보면 조잡해 보이기까지 했다.

어떤 사람은 말에 올랐고, 또 어떤 사람은 말에 뒤지지 않는 속도로 발을 놀려 뛰었다. 또 무슨 굉장한 행차를 준비한 듯 누구는 울긋불긋 화려하고 보기 좋은 옷을 걸쳤는가 하면, 또 다른 사람은 자다가 뛰쳐나온 것처럼 의복도 채 갖추지 못했다.

그 수가 오십여 명에 지나지 않았고 또 오합지졸을 모아놓은 듯 보이는 모습은 우스웠지만, 범우는 내심 안도의 한숨을 내쉬었다.

맨 앞에서 붉은 옷을 나부끼며 달려오는 사람이 요선보의 림주(林主)인 이화림인 걸 알아보았기 때문이다.

하지만 범우의 얼굴은 곧 딱딱하게 굳어졌다.

이화림의 얼굴은 몸에 걸친 옷보다 더욱 붉게 달아올라 있었던 것이다.

눈은 부릅떠 정면을 노려보고 있었고, 말고삐를 잡아채는 손놀림엔 다급함이 묻어 있었다.

이화림이 쏘아보고 있는 곳, 바로 그곳엔 앞서 믿어지지 않는 모습을 보여주었던 복면인이 여유있는 태도로 서 있었다.

"미친년이 오는… 어서 오시오, 림주!"

항문월이 혼잣소리처럼 중얼거리다가 얼추 거리가 가까워지자 크게 외쳤다.

원래부터 이화림을 미친년이라 불렀는지는 모르겠지만, 지금 이화림의 모습은 그렇게 불려져도 할 말이 없을 정도였다.

제법 격식을 갖추어 붉은색 비단옷과 머리 장식, 그리고 신발에까지도 화려하게 수를 놓아 신었지만, 옷은 구겨지고 머리는 헝클어진 데다가 얼굴엔 당황의 기색까지 언뜻 엿보였기 때문이다.

소이보는 그때 비림(秘林)을 처음 보았다. 아니, 정확하게는 비림을 이루는 사람들을.

이화림이 이끄는 두 세력은 요화림(妖火林)과 비림이었고, 그중 요화림의 사람들, 정확히는 자객들로 키워지는 여자들은 보았지만 비림의 세력은 처음 보는 것이었다.

비림이 무슨 일을 하는지는 몰라도 그 구성원은 다채로웠다.

아직 눈매에 반항기를 주렁주렁 매달고 코밑에 솜털이 가시지 않은 소년에서부터, 이제 얼마 후면 곧 관 뚜껑을 열어젖혀야 할 할망구까지, 거기다 어떤 사람은 파르라니 머리를 깎은 비구니도 있었고 그 옆엔 소를 때려잡다 나왔는지 한 손에 날이 선 커다란 칼을 잡고 나온 춘류(春流:소고기, 혹은 푸줏간을 뜻하는 은어) 일을 하는 털보에다가 셈을 치르지 않고 도망간 손님을 쫓아 나온 듯한 손엔 커다란 주판을 들고 있는 회계까지…….

떠들썩한 시전의 상인부터 두메산골의 무지렁이까지, 더 나아가 깊은 산중에서 향불에 불심(佛心)을 태우는 비구니마저도 싹싹 긁어온 듯, 사람들의 차림새와 모습은 각기 달랐다.

두 눈에 호기심을 잔뜩 담은 소이보와는 달리 이화림의 안색은 옷만큼이나 붉게 달아올라 있었다.

향문월의 인사도 받지 않은 채 급하게 뛰어와 고삐를 제치듯 잡아당겼다.

다급하게 뛰어왔는지 입에 거품까지 문 말이 급히 멈추어 서며 앞다리를 들고는 길게 울부짖었다.

갈기를 쓰다듬어 말을 진정시키는 동안에도 이화림은 계속 복면인을 쏘아보고 있었다. 다른 것은 눈에 들어오지도 않는다는 듯, 기마와 함께 맞상대하고 있는 향문월 따위는 중요치도 않다는 듯 멀리서부터 복면인을 쏘아보았던 이화림이 붉은 입술을 열고 말했다.

"성녀가… 아니, 성녀를……."

다급함 때문인지, 아니면 경황이 없어서인지는 몰라도 이화림은 말을 잇다 말고 고개를 젖고는 다시 복면인을 쏘아보며 분명한 어조로 말했다.

"아무튼 사로잡……."

일단 복면인을 사로잡으라는 말임에 틀림없었다. 하지만 이화림의 말은 이어지지 않았다.

자그마한 붉은 덩어리가 콩이 튀듯 빠른 속도로 통통 튕겨 올라 복면인을 덮쳐 갔기 때문이다.

혈면수라 부홍이었다.

이미 이성을 잃어버린 부홍이 복면인을 덮쳐 간 것은, 이화림의 의도를 알아차렸다기보다는 가공할 만한 복면인의 기세에 반응한 것이 틀림없었다.

빠르게 덮쳐 가는 부홍의 몸이 작게 부들부들 떨리고 있는 것만 보아도 알 수 있는 일이었다.

짧고 빠른 몸놀림. 그사이로 사이한 검은빛을 그려내는 기다란 손톱.

일 장여 거리를 순간적으로 좁혀가는 부홍을 복면인은 아예 쳐다보지도 않았다.

무언가를 열심히 찾는 듯 고개를 이리저리 저으면서도 용케 한 손을 들어 부홍의 조공(爪功)을 맞부딪쳐 갔다.

부홍의 손톱이 복면인의 펴진 손바닥을 찔렀다. 순간 복면인의 손바닥이 움츠러들며 부드럽게 부홍의 손등을 움켜쥐었다.

커다란 한 손만을 써서 부홍의 양 손목을 차꼬(足枷:지난날 중죄인(重罪人)을 가두어둘 때 쓰던 형구(刑具)의 한 가지. 두 개의 긴 나무토막으로 두 발목을 고정시켜 자물쇠로 채우게 되어 있음)를 채우듯 움켜쥔 것이다. 그것도 부홍 쪽은 단 한 번도 쳐다보지 않은 채!

그리고 그 순간 복면인의 맑은 눈에 이채가 어렸다.

부홍과 맞붙은 그 순간부터 단 한 번도 부홍 쪽으론 시선도 돌리지 않던 복면인의 눈이 반짝였다.

그리고 소이보는 복면인의 반짝이는 눈이 자신을 지켜보고 있다는 것을 알았다.

마치 실을 이어 맨 듯 소이보의 눈과 마주친 복면인의 눈동자는 단 한 번도 깜빡이지 않은 채 떨어질 줄을 몰랐다.

쌔액~!

두 손목을 잡힌 채 사악하게 웃는 부홍의 입술 사이로 짧고 가파른 숨소리가 튀어나왔다.

연꽃이 피듯, 족쇄를 채운 듯 잡힌 두 손의 손가락이 미묘하게 벌어지며 복면인의 손목을 감싸 쥐었다.

긁어버리는 것으로도 모자라 아예 뼈까지 잘라 잡아 빼버리겠다는 뜻이 틀림없었다.

그러나 복면인은 관심없다는 듯, 아니, 귀찮기라도 한 것처럼 손가락으로 부홍의 두 손목을 다시 얽어매고 풍차를 돌리듯, 아니, 돌을 끈에 묶어 돌리듯 머리 위에서 빙글 돌리고는 땅에 패대기치듯 내팽개쳤다.

쿵!

둔탁한 소리와 함께 땅에 처박힌 부홍의 목을 복면인이 한 발을 들어 밟았다.

쌔액~!

부홍의 입술 사이에선 다시 한 번 새차고 짧은 숨소리가 튀어나왔고 두 팔과 몸은 꿈틀거리며 벗어나려 했지만, 마치 굵은 나무 밑에 깔린 것처럼 복면인의 발 아래에서 빠져나오지 못한 채 버둥거리고만 있었다.

복면인의 시선은 부홍이 다가와 허공으로 솟고, 다시 땅바닥에 패대기쳐질 때까지 단 한 번도 부홍을 향하지 않았다.

아니, 무언가를 찾는 것처럼 이리저리 둘러보던 복면인의 시선은 소이보를 향한 뒤로는 바위에 박힌 화살처럼 소이보의 눈에서 떨어질 줄을 몰랐다.

복면인의 고개가 의외라는 듯 갸우뚱거리며 한쪽 어깨에 얹혀지는 듯하더니 곧 입을 열어 낮고도 부드러운 목소리로 물었다.

“요안?”
복면인의 물음에 소이보가 웃으며 고개를 끄덕였다.
소리없이 히죽 웃는 특유의 웃음이었다.

◆ 第三章 ◆
소림무치(少林武痴)

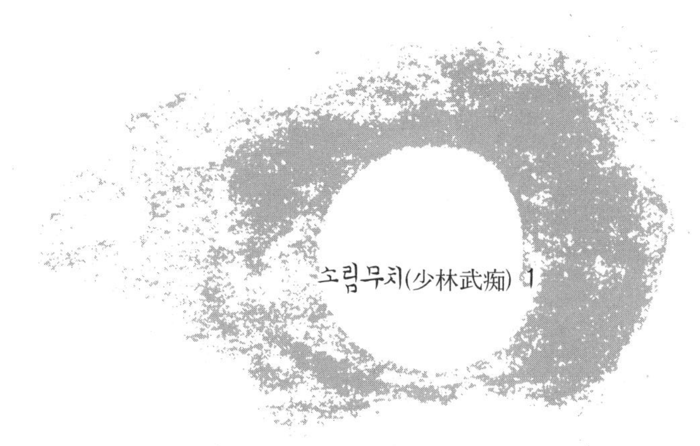

조용했다. 누구도 숨소리 하나 내지 않았다.

군림가의 무인들도, 그 군림가를 이끄는 향문월과 그 아래 염량과 고력 역시 놀라움을 눈에 가득 담고 복면인을 쳐다보고 있었다.

복면인을 급히 뒤쫓아온 게 분명한 이화림과 비림의 사람들 또한 마찬가지였다.

복면인의 무공에 기가 막힌 듯, 아니, 아예 질려 버린 듯 멍청한 눈빛으로 복면인과 복면인 발밑에 깔려 버둥거리는 부홍을 번갈아 쳐다볼 뿐이었다.

복면인이 됐다는 듯 고개를 끄덕이고는 손바닥을 펴 제 눈앞에 가져다 대었다.

"성녀가 말했다. 요안은 성녀를 받들러 오라. 내 너와 함께 대도(大道)를 펴리라."

흡사 갓 글을 깨우친 어린아이가 더듬거리며 책을 읽듯 복면인의 말은 어눌했다.

몇 글자를 힘겹게 말한 복면인이 제대로 알아들었냐는 듯 고개를 돌려 소이보를 쳐다보았다.

소이보가 복면인을 향해 히죽 웃었다.

의외라는 듯 복면인의 눈동자가 동그랗게 변하더니 곧 머리를 벅벅 긁으며 고개를 갸우뚱거렸다.

복면인은 다시 한 번 손을 들어 눈앞에 가져다 손바닥을 활짝 펴고는 더듬거리며 말했다.

“성녀가 말했다. 요안은 성녀를 받들러 오라. 내 너와 함께 대도(大道)를 펴리라.”

소이보는 다시 웃었다. 이번에 웃은 것은 정말 웃겼기 때문이다.

복면인이 누군지 몰라도, 손바닥에 글을 적어놓고 떠듬거리며 읽을 만큼 어리석은 사람이었다.

단순한 몇 글자를 잊을까 걱정되어 손바닥에 적어놓을 정도였으니.

하지만 복면인의 손바닥에는 요안이란 두 글자가 적혀 있었고, 그 말은 곧 자신을 찾아 여기에 왔다는 걸 나타내 주고 있었다.

복면인이 다시 허리를 세우고 가슴을 펴며 소이보를 쳐다보았다.

하지만 역시나 소이보의 입가에 웃음이 떠올라 있는 것을 보고는, 아니, 성녀란 말이 튀어나온 이후 웃음이 더욱 짙어진 것을 보고는 곧 혹스럽다는 듯 미간을 찡그렸다.

복면인이 손가락을 펴들고는 소이보를 가리켰다.

“요안.”

복면인의 손가락이 이번엔 스스로의 가슴을 가리키며 말했다.

"간다, 함께. 나랑 함께."

더 이상 확실할 수 없다는 듯 뜻을 확실히 전한 복면인의 눈동자엔 의기양양함마저 떠올라 있었다.

그 모습을 쳐다보던 향문월의 표정이 허옇게 변했다.

너무도 분명한 사실이 복면인의 몸짓과 말에서 드러났기 때문이다.

"설마……."

향문월의 입술을 비집고 감탄성과도 같은 신음이 천천히 흘러나왔다.

그 소리에 이화림이 굳어진 얼굴로 고개를 끄덕이며 말했다.

"아마도."

범우가 이화림을 쳐다보며 물었다.

"치승(痴僧)?"

짧은 물음. 위아래 질서와 규율을 중요시하는 범우로서는 예의를 어기고 윗사람에게 툭 던진 물음이었지만 아무도 탓하는 사람은 없었다. 아니, 탓할 수가 없었다.

치승(痴僧). 아니, 보다 정확하게는 무치(武痴) 혹은 무치승(武癡僧)으로 불리는 존재.

조금 전 향문월의 머리 속을 채우던 두 사람의 이름 중 하나의 이름이었기 때문이다.

이화림의 눈빛이 아득해졌다. 천천히 고개를 끄덕이고는 다시 입을 열었다.

"아마도."

이화림의 말이 끝나기가 무섭게 도무지 믿지 못하겠다는 듯 향문월이 입을 쩍 벌렸다.

"설마……!"

향문월은 믿을 수 없다는 듯, 아니, 아예 믿기 싫다는 듯 고개까지 절레절레 젓고 있었다.

예전, 아주 오랜 예전에 어린 스님, 즉 동자승이 있었다.

강보에 싸여 일주문(一柱門:산사(山寺)에 들어가는 첫 번째 문) 앞에 버려진 탓에, 배꼽이 채 떨어지기도 전에 승려가 돼버린 아이는 남과 다른 점이 있었다.

시주하러 온 여인들에게 젖동냥으로 키워지고, 젖을 뗀 이후 발우공양(鉢盂供養:승려들의 식사를 이르는 말. 발우는 승려의 밥그릇)을 끝낸 동자승이 다시 머리를 깎고 되돌아와 퍼질러 앉았을 때부터 뭔가 이상했다.

자신이 밥을 먹었는지조차 까먹는 아이.

착하고 어질기도 했지만, 그보다는 뒤처지고 어리숙하다는 것을 그때 절의 모든 승려들은 알 수 있었고, 동자승은 그때부터 굉보(宏補)란 법호 대신 바보 승려, 즉 치승(痴僧)으로 불리기 시작했다.

기초 중의 기초인 권장법(拳掌法) 세 초식을 걷기 시작했을 때부터 배워, 나이 열둘에야 간신히 끝낼 수 있었다.

어린 탓도 있었지만 다른 사람에겐 길어야 석 달 안에 끝내는, 그것도 겨우 세 개의 초식으로 이루어진 권장법을 끝내는 데에 십이 년이나 걸렸다는 것은 어쩌면 치승에겐 당연한 일이었는지도 몰랐다.

정작 문제는 곤(棍)이었다.

창보다는 훨씬 짧고, 빨랫방망이보다는 조금 긴 나무토막에 지나지 않는 곤.

구하기 쉬운 데다 휘두르고 내려치고 감아 돌리는 모든 묘용이 들어 있어 절의 무공은 곤으로 시작하여 모든 십팔반 무기를 거친 이후에 다시 곤으로 와 끝맺음을 했다.

처음 시작된 곤과 끝맺은 곤은 같은 곤이되 그래서 달랐고, 그래서 절의 무공은 곤으로 대표되었다.

하지만 치승의 무공은 곤에서 좀체로 나아가지를 못했다.

같은 동반들은 물론이고 뒤늦게 시작한 동반들이 곤에서 다음 봉으로 넘어갈 때도 곤의 처음 초식인 마천대루도 끝내지 못했다. 봉에서 도로 넘어갈 때에야 겨우 마천대루를 끝내고 이대강산에 도달할 정도였다.

세월이 삼 년이 지나 다른 사람들 중 제법 빠른 진도를 보이는 사람이 다시 곤으로 돌아왔을 때에야 겨우 제삼식인 달마요동에 도달했을 정도였다.

너무도 늦었고, 너무도 어리석었다.

아침에 가르쳐 준 내용을 점심 공양 끝내기도 전에 잊어먹기 일쑤였다.

다시 가르쳐 줘봐야 저녁 공양을 시작하기도 전에 또다시 까먹으니 가르쳐 주는 스승까지도 두 손 두 발 다 들 정도였다.

하지만 기함할 일은 그 다음에 일어났으니, 결국 대웅보전 앞에서 무공을 더 배울 욕심도 버린 채 그저 한가히 비질로만 소일하던 무치에게 같은 항렬 중의 제일 고수라는 굉지(宏智)가 장난 삼아 등을 떠밀었을 때부터 시작되었다.

굉지를 알아본 무치가 웃으며 빗자루로 굉지의 머리를 툭툭 내려쳤고, 굉지가 빗자루를 치우려 두 손으로 휘저었지만 빗자루가 묘한 궤적과 함께 내려와 다시 꾕지의 가슴을 쓰다듬었다.

곤법의 네 번째 초식인 당상오대.

이미 신물나도록 봐온 수법, 손에 익어 진이 빠질 정도로 익숙한 초식임을 알아본 꾕지가 웃으며 다시 손으로 치우려 했지만 빗자루는 다시 빙글 돌아 꾕지의 오른쪽 어깨를 쳤다.

곤법의 여섯 번째 초식인 봉당례불.

꾕지의 표정이 그때부터 변했다. 그 뒤 아무리 모든 수법을 써도 빗자루는 단지 여섯 개의 초식으로 절의 일흔 하고도 두 가지의 무공 중 열 개를 넘어 다섯 개를 더 통달했다는 꾕지의 손에 잡히지 않은 것이다.

도리어 이리저리 휘돌아 꾕지의 뒤통수부터 무릎까지 열일곱 번을 쓸고 지나가기까지 했으니 꾕지의 놀라움은 극에 달했다.

바로 그때부터 꾕보란 법명보다 무치란 별명이 절의 산문을 넘어 울려 퍼졌고 윗어른들의 관심을 받게 되었다.

그 후 십오 년. 무치가 드디어 소림 곤의 모든 초식을 떼었을 때, 절 안에서 무치의 상대가 될 수 있는 사람은 손에 꼽을 정도였다.

그 후 삼십 년이 지나고 나서야 무치는 권(拳), 각(脚), 지(指) 등 두세 가지의 권법을 간신히 뗄 수 있었고, 칠십이종의 무공 중 단지 서너 가지만 알고 있는 무치를 넘어설 상대는 절 안에 아무도 없었다.

결국 승려는 무치란 법호 아닌 법호로 강호에 알려지게 되었고, 무치가 깃들어 있던 소림사의 크나큰 홍복이 되었다.

소림사(少林寺)의 최고수(最高手).

나아가 구파일방(九派一幇)의 최고수.

더 나아가 예영당의 당주인 동무군(董武君)과 함께 전 무림의 천하제 일인 자리를 다투는 단 한 사람.

그 사람이 바로 소림무치(少林武痴)였고, 말로만 듣던 그 사람을 지 금 눈앞에서 직접 보고 있는 것이다.

하지만 복면인은 큰일날 소리라는 듯 펄쩍 뛰며 두 손바닥을 훼훼 저었다.

"아니다! 나 무치 아니다!"

복면 사이로 보이는 동그랗게 뜬 눈. 어리숙한 말투와 함께 예닐곱 살 어린아이처럼 손바닥을 젓는 태도.

그 모든 것이 말과는 달리 소림무치라는 것을 너무도 확실하게 나타 내 주고 있었다.

빨갛게 달아오른 얼굴로 지켜보던 이화림이 기다란 채찍, 즉 흡정편 을 펴 공중에 휘두르며 날카롭게 외쳤다.

"확인해 보면 알겠지!"

이화림의 채찍이 무치를 향해, 보다 정확히는 무치일지도 모를 복면 인을 향해 쏘아져 갔다.

흡정편은 끝이 말려 올라가 복면인의 목을 휘감았다.

당연한 일이었다. 상대는 소림의 무치였기에 이화림은 이 한 수에 모든 내공을 불어내어 서른여섯 번의 변초를 섞었기 때문이다.

치고 꺾고 돌아가 팽팽히 당겨졌다가 허공에 열두 개의 매듭을 맺는 그 모든 행위가 어쩌면 너무 수월해 보일 정도로 공간을 휘돌다가 끝 내 가벼운 움직임과 함께 복면인의 목을 감아든 것이다.

하지만 복면인은 도리어 눈알을 데루룩 굴리더니 한 손을 들어 목 에 감긴 흡정편을 잡고 다른 손으론 흡정편의 중앙을 잡고는 잡아당졌다.

가볍게 물건을 잡아채는 듯한 행동.

그러자 흡정편이 이화림의 손에서 빠져나와 복면인 손으로 들어갔다.

복면인은 그렇게 수월히 뺏은 흡정편을 양손에 쥐고는 흥미롭다는 눈으로 지켜보았다.

"흠."

재미있다는 듯 콧구멍으로 바람을 내쉰 복면인이 양손에 채찍을 나눠 잡고는 양쪽으로 잡아당겼다.

징~

흔히 보는 채찍과는 전혀 다른 재질로 이뤄졌는지, 복면인의 심후한 내공에도 흡정편은 잘라지지 않았다.

복면인이 다시 고개를 갸우뚱거리더니 다시 힘을 주어 양쪽으로 잡아당겼다.

찌이익~

그제야 채찍에서 이상한 소리가 들렸다.

하지만 복면인이 힘을 더 북돋웠는데도 채찍은 잘려지지 않았다. 그 대신 흡정편의 겉면이 조금씩 밀려나 껍질이 벗겨지기 시작했다.

말로만 듣던 천잠사는 아닐지라도, 흡정편의 겉은 질기디질긴 그 무엇으로 만든 게 틀림없었다. 흡사 곤충이 껍질을 벗고 허물을 만들듯, 흡정편의 거죽은 천천히 밀려나 찢어지려 하고 있었다.

자연 지켜보던 이화림의 두 눈이 크게 부릅떠졌다.

어쩌면 채찍을 놓친 것보다 지금의 광경이 믿어지지 않는 모양이었다.

흡정편을 놓친 것은 어쩔 수 없는 일이었다.

사실 놓친 것이 아니라 어쩔 수 없이 놓아버렸다는 게 옳았다.

흡정편을 타고 전해지는 복면인의 가공할 내력이 손바닥을 쩌르르 울리는 것으로도 모자라 심장까지 옥죄었기 때문이다.

단 한 수에 흡정편을 뺏어 드는 솜씨는 예영당의 당주라도 쉽게 할 수 없는 일이었고, 또 예영당의 당주라면 흡정편을 저렇게 무식하게 다루지도 않았을 것이다.

"잡아야 해! 놓치면 안 된다구!"

이화림의 입에서 비명처럼 한마디가 토해졌다. 다급한 나머지 자신의 말이 잘 전해졌는지, 또 제대로 알아들은 것인지 확인해 보지도 않은 채 말을 박차고 허공으로 떠올랐다.

이화림의 신형은 그대로 복면인을 향해 쏘아져 갔다.

길고 흰 손가락이 허공 중에 묘한 궤적을 만들어내며 복면인의 머리 위로 내려앉았다.

병기란 무인의 또 다른 팔과 다리였다. 오랜 세월 수련을 거쳐 자신의 몸의 일부라고 여겨져야만 병기를 다룰 수 있었고, 자연 병기의 움직임과 성격은 무인의 심성과 재주를 닮을 수밖에 없었다.

흡정편이 보여주던 까다로운 움직임과 미묘한 동작은 모두 이화림에게서 나온 것이었다. 자연 이화림의 손과 손목, 그리고 손가락의 신랄하게 가로젓는 동작은 빨랐고, 둥글게 휘감다가 직선으로 내리 꽂히는 기기묘묘한 동작은 현란하기 짝이 없었다.

하지만 복면인에겐 그 모든 것이 그저 귀찮은 일인 듯했다.

시선은 흡정편을 보면서도 한 손을 머리 위로 들어 이화림의 공격을 한 갈래 한 갈래 풀어헤쳤다.

그리 큰 동작이 아니었다. 단순하고 깨끗한 몇 번의 손놀림이 화려

한 이화림의 손을 밀었다가 곧 튕기고는 한쪽 손목을 단단하게 낚아챘
다.

이화림의 신형이 복면인의 손짓에 따라 허공 중에서 빙글 돌았다.

조금 전 홍안자, 아니, 혈면수라 부홍이 당한 깨끗한 한 수가 다시
발휘된 것이다.

이화림의 신형이 복면인의 손에 들려 땅으로 곤두박질칠 때, 드디어
범우가 땅을 박차고 뛰어올랐다.

2

범우의 어깨 근육이 꿈틀거렸다. 검은 종마(種馬)보다도 더욱 탄탄
해 보이는 근육들이 물결치듯 꿈틀거렸다. 단단하게 부풀어 오르며 한
점에 모이듯 응축했다가 폭발할 듯 튀어나갔다.

부웅~

매서운 주먹이 공기를 가르며 복면인의 얼굴을 향한 시간은 벼락이
치는 순간보다도 짧은 듯했다.

부홍과 이화림의 공격에도 시선조차 돌리지 않았던 복면인이 크게
외쳤다.

"좋구나!"

흥이 난다는 듯 고개까지 끄덕인 복면인이 매섭게 다가오는 범우의
주먹을 손바닥으로 맞아갔다.

하지만 좋다는 복면인의 말과는 달리, 범우는 곧 좋지 못한 상황으

로 접어들었다.

복면인의 손바닥이 곧 흐릿해지는 듯하더니 다시 제 모습을 갖추었을 때는 어느덧 범우의 주먹을 힘껏 쥐고 있었다.

그렇게 감싼 범우의 주먹을 힘있게 끊어 내렸다.

기다란 줄을 끊을 때, 양손으로 잡고 순간적으로 힘을 주어 끊어내듯이 범우의 주먹을 감싼 복면인의 손길이 짧고 단단한 움직임을 보여주었다.

"큽!"

처음으로 범우의 입술을 비집고 짧고 둔탁한 신음이 흘러나왔다.

범우의 짧고 강렬한 고통이 이화림에겐 한숨 돌릴 기회를 만들어주었다.

몸을 비틀어 복면인에게 잡힌 손을 빼내고는 곧 손가락을 펴 찌를 듯 뻗어내었다. 다른 손으로는 복면인 손목에 감긴 흡정편을 잡아채려는 듯 호선을 그렸다.

복면인은 순간적으로 이화림의 손목을 놓쳐 텅 비어버린 손을 들어 올리고는 이화림의 지공에 맞서 손가락을 세웠다.

이화림이 감히 맞받을 자신이 없었는지 손을 물리고 발을 들어 복면인의 머리를 내리찍었다.

내력에서도 초식에서도 밀리는 상태에서 감히 소림의 일절인 탄지신공(彈指神功)을 받아낸다는 것은 불가능한 일이었기 때문이다.

범우 역시 이화림의 동작에 손발을 맞추듯, 잡힌 손목을 비틀며 동시에 다른 주먹을 처음보다 더욱 빠른 속도로 복면인의 관자놀이를 향해 뻗었다.

고수 둘을 맞아 약간 버거웠는지 복면인의 신형이 뒤로 조금 물러나려 하자, 그 뒤를 둔비의 편곤이 육중하게 떨어졌다.

무거운 장병기라 그런지 편곤은 길게 호선을 그렸고, 편곤 끝에 매달린 자편(子鞭)이 철그럭거리는 소리를 내며 공간을 갈랐다.

하지만 둔비의 편곤보다 더욱 빠른 물건이 있었다.

벼락이 어둠을 가르듯 빠르고 하얀 그 무엇이 편곤이 그려내는 호선 사이를 매섭게 파고들었다.

곽예주의 화살과 지반월의 비도.

이질적이면서도 기묘하게 어울려 보이는 몸짓과 함께 두 가지 물건이 어느 게 먼저랄 것 없이 복면인의 머리와 어깨, 그리고 넓은 등판을 향해 공기를 압축하듯 쉬익 하는 소리와 함께 밀려들고 있었던 것이다.

복면인의 눈빛이 순간 반짝였다.

앞에는 범우의 권(拳)과 이화림의 지(指)가, 뒤에는 둔비의 곤(棍)과 곽예주의 시(矢), 그리고 지반월의 도(刀)가 빠르게 밀려들고 있었다.

진퇴양난(進退兩難). 글자 그대로 앞으로 나설 수도, 뒤로 물러설 수도 없어 보이는 순간, 바로 그때 복면인의 손이 미묘한 호선을 그려내기 시작했다.

붉은 노을이 너울져 퍼짓듯 복면인의 손은 한가하게 허공을 갈랐다.

부드러우면서도 힘이 잠재된 움직임이 기이한 각도로 빙글 돌자 복면인의 양 손아귀엔 어느새 범우의 손목과 이화림의 손목이 각각 끼워져 있었다.

복면인의 움직임엔 한 점의 머뭇거림도 없었고, 그대로 양 손바닥을 흡사 큰 박수를 치려는 듯 마주쳐 갔다. 그러자 한 손에 매달려 있던 범우의 신형은 끝내 다른 손에 얽어매어진 이화림의 몸과 허공에서 부딪쳤다.

쿵!

커다란 굉음과 함께 범우와 이화림의 신형이 한데 합쳐졌다가 곧 뒤로 튕겼다.

양손에 북과 북채를 나눠 잡고 북채로 북을 두드리듯, 복면인의 간단하고도 군더더기없는 깨끗한 손짓 한 번에 변변한 반항 한 번 못한 채 나가떨어진 것이다.

복면인은 몸을 돌리지 않은 채 이번엔 등을 긁듯 오른손을 뒤로 돌려 아래위로 움직였다. 여유있는 단 한 번의 손짓이 끝나자 매섭게 짓쳐들던 하나의 화살과 세 개의 비도가 허공 중에서 사라졌다.

사라진 그것들은 복면인 손가락 사이에 끼워진 채 조용히 움직임이 멎어 있었다.

그제야 천천히 몸을 돌린 복면인이 왼손을 들어 막 머리에 닿으려는 둔비의 거대한 편곤을 움켜쥐었다.

순간 둔비의 커다란 눈이 부릅떠졌고 콧구멍을 벌렁거리며 거친 숨을 내뿜었지만, 복면인의 손에서 편곤을 빼내올 수는 없었다.

도리어 복면인이 손목을 까딱거리자 편곤이 천천히 들리며 거대한 둔비의 몸까지 늘려 올라가기 시작했다.

복면인이 흡사 도리깨질을 하듯 편곤을 허공에 빙글 돌리자, 그 끝에 매달린 둔비의 커다란 몸 역시 커다란 반원을 그리며 허공에 떴다가 곧 나머지 반원을 그리며 떨어져 내렸다.

쿵!

땅이 들썩거릴 정도의 커다란 굉음과 함께 둔비의 몸이 내동댕이쳐지자 복면인이 편곤을 자신 옆에 세워 들고는 땅에 박아 넣었다.

퍽!

땅이 갈라지는 소리와 함께 위력적인 움직임을 보여주었던 편곤이

바닥으로 꺼지듯 파고들어 무릎 위 정도의 길이만 남겨놓은 채 박혀들었다.

복면인이 그 옆으로 오른손을 가볍게 움직이자 가벼운 소리와 함께 땅에 세 개의 구멍과 깃털이 생겼다.

세 개의 구멍은 지반월의 비도가 파고든 흔적이었고, 기다란 대궁 역시 땅에 박혀 겨우 땅 위로는 깃털만 살짝 나온 정도였다.

비도는 아예 그 끝을 볼 수도 없이 텅 빈 구멍만을 만들어냈으니 얼마나 깊이 파고들었는지 상상이 되지 않을 정도였다.

가공할 신위 앞에서 둔비는 신음성도 토해내질 못했다.

온몸으로 느껴지는 고통보다도 눈으로 보고도 믿지 못할 엄청난 일에 그저 퍼렇게 변한 입술을 벌린 채 멍하니 있을 뿐이었다.

모든 것이 그저 숨 한 번 몰아쉬는 것처럼 간단한 일이라는 듯 복면인의 무심한 두 눈이 다시 한곳을 향했다.

파랗고 잿빛 두 눈동자를 향해.

복면인은 그렇게 소이보를 쳐다보다 깜빡 했다는 듯 다시 손을 눈앞에 들어올렸다.

"성녀가 말……."

거기까지 말한 복면인의 눈빛에 당혹감이 감돌았다. 눈동자가 흔들리며 소이보의 눈과 자신의 손바닥 사이를 몇 번이고 오가다가 펴든 손바닥으로 뒤통수를 벅벅 긁었다.

분명 손바닥에 적어 넣은 글이 몇 수 나누는 동안에 지워진 게 틀림없었다.

소이보가 그 모습이 재미있다는 듯 웃고는 껄끄러운 목소리로 말했다.

“성녀가 말했다. 요안은 성녀를 받들러 오라. 내 너와 함께 대도(大道)를 펴리라.”

소이보의 말에 복면인이 반색하며 손바닥을 마주쳤다.

“옳다! 그거다! 성녀가 말했다. 요안은… 요안은… 아무튼 그거다!”

마치 잃어버린 장난감을 되찾은 어린아이처럼 손바닥까지 마주치며 즐거워하는 복면인을 보며 소이보가 고개를 끄덕였다.

‘미련하긴 해도 독한 놈은 아니군.’

소이보의 생각이 옳았다. 만약 복면인이 독심(毒心)을 품었다면 이화림과 범우를 부딪치게 만드는 대신, 도리어 뒤로 돌려 방패 삼아 비도와 화살에 꿰뚫려 죽게 만드는 길을 택했을 것이다.

끄덕이던 소이보의 고개가 멈추는 듯하다가 곧 좌우로 저으며 말했다.

“요안이 말했다. 성녀는 지랄하지 마라. 내 너의 가랑이를 찢어버리리라.”

껄끄러운 목소리에 퉁명스런 욕설.

하지만 정작 그 말을 들은 복면인의 눈은 동그랗게 변했다.

“어라?”

괴상한 목소리로 크게 부르짖고는 복면인이 다시 손바닥을 펴 쳐다보며 말했다.

“이상하다! 이상해!”

복면인이 고개를 세차게 저으며 다시 크게 외쳤다.

“그게 아니었다! 아니다! 요안이 말했다. 분명히 그랬다. 요안은 가랑이를 벌려… 아니, 성녀는 지랄을… 어라? 이게 아닌데…….”

몇 마디 잇지 못하고 복면인이 다시 머리를 긁으며 눈을 찌푸렸을 때였다.

충격에 입가로 가느다란 피를 흘리며 이화림이 외쳤다.

"장난칠 시간이 없어!"

땅에서 힘겹게 몸을 일으킨 이화림이 복면인을 쏘아보며 힘겹게 말했다.

"무치승! 저놈을 잡아야 성녀를⋯⋯."

다행히 이화림의 뜻을 알아차린 사람이 있었다. 하지만 이화림이 알아듣길 원한 사람은 아니었다.

군림가의 백골당주인 향문월이었다.

향문월은 곧 옆에 있는 고력, 그리고 염량과 눈짓을 교환하더니 재빠르게 복면인을 덮쳐 갔다.

"우리가 먼저⋯⋯."

향문월은 끊어 말하듯 짧게 외치고는 복면인의 가슴 깊숙이 파고들었다.

3

향문월의 손가락이 독수리의 그것처럼 활짝 펴졌다.

세박령조(挩璞零爪).

형태는 응조공(鷹爪功)과 비슷했지만 움직임은 한층 부드러웠다.

낫의 칼날 같이 굽어 있는 손가락들의 움직임은 새털처럼 가벼웠고, 보슬비의 희뿌연 잔상처럼 물러남과 나아감이 표홀했다.

초식명 대로 옥돌을 보듬어 닦아내듯 나리는 보슬비처럼 보이기도 했지만, 대지를 촉촉이 적시는 비와는 달리 사람 몸에서 굵은 힘줄을 파낸다는 점에서 특색이 있었고, 바로 그 점이 향문월은 마음에 들었다. 스물다섯 해를 닦아와 극의에 도달한 세박령조가 무치의 정수리를 파고들었다.

하지만 복면인의 허리가 뒤로 물러서고 가볍게, 흡사 파리라도 쫓는 것처럼 좌우로, 또 위아래로 가볍게 흔들리는 가벼운 손짓에 향문월의 손가락이 꺾여지고, 곧이어 팔목이 부러졌으며, 어깨뼈가 뒤틀려 어긋나 버렸다.

뒤로 물러선 복면인의 옆구리가 비자 재빨리 둔비가 그 공간을 점하며 크게 기합을 질렀다.

"합—!"

기합 소리와 함께 곧 둔비의 커다랗고 두툼한 손이 복면인의 얼굴을 감싸듯 앞으로 뻗어 나왔다. 크기로만 보자면 복면인의 머리통 몇 개는 충분히 감싸 안을 수 있을 정도로 컸지만 복면인이 가볍게 내젓는 손짓 한 번에 뜻을 이루지 못했다.

단단하게 생긴 복면인의 손가락이 둔비의 손목을 감아쥐자, 더운 숨을 토해내던 둔비의 콧구멍이 두 배로 커졌다.

"끄응—"

한숨처럼 들리는 작은 기합성을 토해놓고는 둔비가 팔꿈치를 접었다. 팔을 당겨 복면인과의 거리를 좁히려는 의도였지만, 간격이 좁혀지기는커녕 둔비의 커다란 두 눈만 더욱 커지고 있었다. 아니, 간격이 좁혀지기는 했다. 천천히, 느리게. 하지만 그것은 둔비의 몸이 복면인에게 끌려가고 있었기 때문이다. 복면인의 가늘고 기다란 손목이 두껍고 단단한 둔비의 팔을 천천히, 하지만 너무도 수월하게 끌어당기고 있었다.

"끄응—"

둔비는 다시 한 번 더운 콧김을 불어 내쉬며 두 다리에 힘을 주어도 소용이 없었다. 둔비의 발이 땅을 파고들어 깊은 고랑을 만들어냈지만, 끌려가는 속도는 조금도 줄어들지 않고 있었기 때문이다.

하지만 둔비의 한 수가 헛된 것은 아니었다. 둔비와 복면인이 대치하는 짧은 순간에, 언제 자리를 털고 일어났는지 범우의 탄력있는 몸이 복면인의 가슴을 파고들었다.

범우의 몸이 짧은 순간 커다란 원을 그리며 돌았다. 범우의 발뒤꿈치가 몸이 그려낸 원보다 더 큰 궤적을 그리며 복면인의 관자놀이에 꽂혔다.

파앙—

하지만 거기엔 더 이상 복면인의 얼굴이 자리잡고 있질 않았다.

복면인은 부흥을 밟고 있던 발을 떼어 가볍게 뒤로 한 걸음 물러섰고 몸을 돌렸다.

복면인이 몸을 돌리자 여력을 감당 못하고 둔비의 거대한 몸이 팽이처럼 돌다가 땅바닥에 흉한 모습으로 굴렀다.

몸을 돌린 복면인의 눈빛이 복면 사이로 매섭게 빛났다. 하지만 복면인의 눈빛보다 더욱 새하얀 궤적이 복면인의 미간 사이로 섬전 같은 속도로 떨어져 내리고 있었다.

사검정의 검은 길었고, 긴 만큼 거리와 위력에서 월등한 점이 있었다. 더욱이 검의 주인은 항상 냉철했으며, 베어낼 자신이 없으면 절대 검을 빼어 들지 않는 인물이었다.

사검정이 검을 뽑았고, 위로 치켜든 다음 빠르게 갈라내는 앞에서
존재하는 것은 아무것도 없어야만 했다.

그것은 복면인이라도 예외는 아니라는 듯, 지금 이 순간 사검정의
눈빛은 자신이 아끼는 장검보다 더욱 새파란 예기를 발하고 있었다.

그 눈빛을 마주 대한 복면인은 마치 눈빛에 얼어버린 듯 꼼짝도 하
지 않았다. 단지 가볍게 주먹을 쥔 손을 들어올리고는 검지를 앞으로
꼿꼿하게 펴 앞을 가리킬 뿐이었다.

팅!

맑은 쇳소리와 함께 검은 그 빛을 잃었다. 그리고 기다란 몸통 두 개
와 그 사이로 짧은 여러 개의 파편만을 남긴 채 두 동강났다.

"탄지신공!"

역시 그랬다는 듯, 향문월의 배어 문 입술 사이로 단말마 비명이 튀
어나왔다.

한쪽에 서서 어긋난 어깨뼈를 맞추려는 듯 한 손으로 어깨를 부여잡
은 향문월의 눈빛에선 묘한 여러 가지 느낌이 한꺼번에 쏟아지고 있었
다. 분통함과 함께 소림절기에 놀라는 한편 자신의 무능력함에 한없이
절망에 잠기는 복잡한 눈빛.

그러나 복면인은 자신이 알 바 아니라는 듯 다시 옆 걸음을 걸은 다
음 무언가 소중한 것을 떠받들 듯 두 손바닥을 하늘로 향한 채 위로 들
어올렸다.

그 손바닥 위에 목표물을 잃은 채 맴돌다 다시 제자리를 잡으려던
범우의 몸이 얹혔다.

범우의 눈이 가늘어지는 것과 동시에 굳센 두 주먹이 손바닥을 내려
쳤다.

펑!

흡사 바람을 가득 불어넣은 가죽 공을 때린 듯한 소리가 울리는 순간 땅바닥을 박차고 튀어 오르는 붉은 그림자가 있었다.

부홍이었다.

복면인의 발 아래서 버둥대던 부홍이, 복면인이 뒤로 걷는 걸음 때문에 놓이자마자 흡사 독오른 고양이처럼 위로 솟아 발로 복면인의 무릎을 밟고는 복면인의 가슴으로 뛰어들었다.

부홍의 눈에서 요사스런 붉은 빛이 흘러내린다 싶은 바로 그 순간, 부홍의 손톱이 복면인의 어깨와 어깨 사이, 가슴과 배꼽 사이, 사람들이 흔히 명치라 부르는 그곳으로 파고들었다.

그리고…

퍼엉!

부홍의 작은 몸이 파고들었을 때보다 배는 더욱 빠른 속도로 뒤로 튕겨져 땅 위를 굴렀다.

재빨리 용수철처럼 빠른 속도로 일어섰지만 부홍은 곧 허리를 굽히고는 입을 벌렸다. 한줄기 핏물이 벌려진 부홍의 입 사이로 쏟아져 나왔다. 몇 번 더 어깨를 들썩이며 피를 게워낸 후에야 땅으로 꺼질 듯 주저앉고는 몸을 뉘었다.

복면인의 몸이 일으킨 반탄기공에 부홍의 몸이 튕겨지는 것으로도 모자라 피까지 게워낸 것이다.

범우의 몸이 공중에 떠오른 그대로 다시 커다란 원을 그려냈다.

이 한 수에 모든 것을 건 듯, 범우의 딱딱한 표정은 흡사 석고를 덧바른 듯 더욱 경직되어 있었다.

그리고 그런 범우의 마음은 둔비와 사검정에게까지 통한 게 분명했다.

둔비는 땅바닥을 굴러 복면인의 두 발을 커다란 양팔 안에 얼싸 안았다. 어금니를 악문 채 뺨까지 복면인의 허벅지에 밀어붙이고는 두 눈을 질끈 감았다.

'죽어도 못 놔줘!'

두 눈을 질끈 감은 둔비의 표정이 지금의 각오를 말해 주고 있었다.

그 짧은 순간 두 다리가 묶여 운신이 자유롭지 못한 복면인의 사방에서 각기 다른 네 가지 물건이 쏘아져 왔다.

그러나 복면인은 전혀 당황하지 않은 듯 천천히 손을 뒤로 뻗어 뒤에서 내려쳐 오는 사검정의 반 토막 난 검을 맞았다.

복면인의 손이 검의 등을 쓰다듬듯 미끄러져 내려오자 사검정의 호구가 찢어지며 검을 놓쳤다.

사검정에겐 검을 쥔 이후 처음 겪어보는 일이었지만, 복면인은 항상 그래 왔다는 것처럼 허공에서 검을 낚아채고는 왼쪽 방향으로 틀어 올렸다.

취— 칭!

두 번의 충격음이 빠른 속도로 연이어지며, 복면인이 올려 그은 단 하나의 궤적에 지반월이 던져 넣은 두 개의 비도가 걸렸다.

방향이 틀어진 두 개의 비도가 던져진 속도보다 더욱 빠르게 사검정의 양어깨에 틀어박혔고, 복면인의 어깨가 들썩이자 마술처럼 복면인의 손엔 기다란 화살이 들려 있었다.

"제길!"

낭패감만큼이나 앙칼지게 변한 목소리가 종달새가 울 듯 허공을 맴돌았다. 고개를 돌리지 않아도 곽예주가 잔뜩 인상을 구긴 채 아랫입술을 깨물고 있을 게 분명했다.

복면인은 곽예주 쪽은 쳐다보지도 않았다. 그저 손에 뺏어 든 사검정의 검을 답례라도 하듯 목소리가 들린 방향으로 던졌을 뿐이었다.

쉬잉—

반 토막 난 검이 곽예주를 향해 세차게 공기를 꿰뚫는 그 순간, 복면인은 펴든 다른 쪽 팔의 손목을 가볍게 비틀었다. 그러자 주먹의 방향이 바뀌었고, 주먹에 들려 있던 화살이 맹렬하게 맴을 돌던 범우의 발목을 꿰뚫었다.

"크흑—"

범우의 입술 사이로 짧고 둔탁한 비명이 토해졌다.

그리고 매섭게 몸을 회전시키던 여력을 이기지 못하고, 흡사 바람개비처럼 허공에서 몇 번 더 맴을 돌고는 땅에 내려섰다.

곧 몸을 일으켰지만, 이미 발 뒤축이 꿰뚫린 몸으로는 중심을 잡기 힘들었는지 비칠거리며 뒤로 몇 걸음을 옮기고서야 몸을 세울 수 있었다.

발끝으로부터 시작된 짜릿한 고통이 범우의 뇌를 흔들 때, 범우는 복면인의 주먹이 매달리다시피 다리에 엉겨 있는 둔비의 머리 위로 떨어지는 것을 볼 수 있었다.

범우는 눈을 질끈 감았다. 그리고 앞으로 뛰어나갔다. 아니, 뛰어나가려고 했다. 하지만 몸은 더 이상 범우의 말을 듣지 않았다.

채 몇 발자국 옮기지 못한 채 화살에 꿰인 오른쪽 발의 무릎이 꺾였고 곧 땅에 이마를 찧었다. 그러나 넘어진 속도보다 더욱 빨리 범우는 고개를 들어올렸다.

지금 이 상태라면 둔비의 죽음은 피할 수 없었다. 그 누구라도 저 주먹의 움직임을 막을 수 없을 것이다.

만약 그렇다면 눈을 부릅뜨고 부하의 죽음을 보아야만 했다.

그게 예의였고 또한 의무였다.

둔비는 남자다운 삶을 살았고, 무인다운 끝맺음을 한 것이다.

그 생생한 죽음의 끝을 눈에, 뇌리에, 마음에 박아 넣어야만 했다.

복수를 위해서…….

하지만 정작 범우의 눈에 보인 것은 둔비의 죽음이 아니었다.

도저히 믿지 못하겠다는 듯 커다랗게 부릅뜬 복면인의 커다란 눈동자를 볼 수 있었다.

그리고 범우 또한 복면인을 놀라게 한 그것을 볼 수 있었다.

복면인의 시선을 따라 내려간 그곳, 막 둔비를 향해 떨어져 내리려던 주먹이 우뚝 멈추어져 있었고, 그 주먹이 이어져 있는 팔뚝과 몸통 사이, 거기에 사검정의 반 토막 난 검이 꽂혀 있었다.

복면인의 눈매가 가늘게 떨렸다.

믿지 못하겠다는 듯 자신의 오른 어깨에 꽂힌 검을 보았다.

전혀 예상하지 못한 곳에서 쏘아져 온 뭉툭한 검.

아니, 예상 따윈 필요없었다. 자신의 높은 무공과 그래서 자연히 가지게 된 절정고수의 감각을 속일 물건이란 세상에 없었다.

하지만 분명 그런 게 하나 있기는 했다.

볼품없이, 더욱이 자신의 지공(指功)에 부러진 짧고 뭉툭한 검 하나가 자신의 어깨에 박혀 있었다.

복면인의 고개가 천천히 옆으로 돌아갔다.

검이 쏘아져 온 방향을 향해.

그리고 볼 수 있었다.

새파랗고 잿빛인 두 눈빛을.

그 두 개의 전혀 다른 눈빛은 흡사 '어때? 내 솜씨가?' 라고 말하듯 웃고 있었다.

복면인의 얼굴을 가린 복면이 가늘게 떨렸다.

그렇게 몇 번 숨을 고르고는 복면인이 물었다.

"요안이 틀림없군, 틀림없어."

맞다는 듯 소이보가 고개를 끄덕였다.

입꼬리를 활짝 열고 웃는 얼굴로.

◈ 第四章 ◈

백보신권(百步神拳)

복면인이 다시 고개를 돌려 어깨에 박힌 사검정의 검을 보다가 다시 소이보를 보았다.

도무지 믿지 못하겠다는 표정으로.

그리고는 잠시 후 천천히 고개를 끄덕이곤 크게 숨을 들이키고는 내뱉었다.

그 순간 둔비의 거대한 몸이 흡사 뒤에서 줄을 매달고 당긴 것처럼 밀려났다.

복면인이 내가기공을 일으키자 노도와 같은 기파를 이기지 못하고 밀려난 것이다.

그와 동시에 복면인의 어깨에서 검이 튕겨져 나왔다.

검이 꽂혀 있던 어깨에서 한줄기 핏줄기가 흡사 입에 피를 머금고 뿜어낸 것처럼 쏟아져 나왔지만, 조개가 입을 다물 듯 근육이 부풀어

올라 상처를 매웠고 곧 피가 멎었다.

복면인은 가볍게 팅겨낸 사검정의 검을 허공에서 한 손으로 잡아채고는 고개까지 떨구어 천천히 살펴보았다.

믿지 못하겠다는 듯한 눈빛과 함께.

요안이 자신이 쏘아 던진 검을 허공에서 잡아챘다. 이해 못할 일이었다. 검을 쏘아 보낸 사람이 다름 아닌 복면인 자신이었으므로.

그럴 사람이 있던가? 없었다. 누가 감히 자신이 내력을 담아 던진 검을 허공에서 가볍게 잡아챈단 말인가. 무당의 면장을 극성으로 연마한 무당의 도사들이나 가능한 일이었다. 그것도 최소한 장로급은 넘어선 도사 정도라야.

"정말이지 이건……."

복면인이 중얼거렸다.

그때 복면인의 혼란을 메워주는 목소리가 들려왔다.

말이라기보다는 가느다란 탄성에 가까워서 조금은 흐트러진 듯, 아니, 목이 쉰 듯한 불분명한 목소리로.

"대단한 암기술이야, 내 평생에 처음 본."

당소유였다. 부어터진 두 눈을 뒤집어 까듯 억지로 크게 뜨고는 놀랍다는 듯, 그러면서도 이해가 간다는 듯 고개까지 끄덕이며 연신 탄성을 토해내었다.

"대단해! 암기를 던지고자 한 것은 분명 아니었지만, 자네는 요체를 깨달았어. 때와 장소와 시기에 더해서 뜻과 의지를 실었으니 신선이라 해도 피하지 못했겠지. 물론 절박한 심정에 절묘한 상황까지 어울러진 것이라 또다시 던져 보라면 자네 역시 못하겠지만."

당소유의 말을 끊고 소이보가 히죽 웃으며 말했다.

"또 할 수 있어, 언제든 필요하다면."

"그, 그야 물론이지. 자, 자네라면. 제길, 이 광경을 당문의 지랄 맞은 종자들 앞에서 보여줘야 하는데."

기세에 밀렸는지 자라목을 만든 당소유가 고개를 돌리고 땅에 침을 뱉었다.

소이보의 눈이 다시 복면인을 향했다. 하지만 복면인의 얼굴은 더 이상 소이보를 향해 있지 않았다.

자신이 손에 든 반 토막 난 검을 쳐다보며 허공 중에 몇 번 내리긋고는 다시 손목을 흔들어 검을 뱅그르르 돌렸다.

고개를 가로젓다가 다시 몇 번 끄덕이는 행동을 보이던 복면인이 곧 손가락을 오므려 검의 손잡이 끝을 말아 쥐고는 다시 활짝 폈다.

그러자 검이 날았다.

쐐—애—액!

공기를 가르다 못해 찢어내는 듯한 소리와 함께 너무도 빠른 속도로, 아니, 흡사 눈앞에서 사라진 듯 느껴질 정도의 속도로 삼팔구가 은신해 있던 수풀 속으로 파고들었다.

쩍! 우르르~

한눈에 보기에도 어른 몸통만한 굵기의 나무가 허리를 꺾는 듯싶더니 잘려져 나갔다. 그리고도 힘이 남았는지 맞은편 바위 깊숙이 파고들고서야 멎었다. 단지 반 토막 난 검이.

또다시 복면인의 가공할 신위에 모든 사람들의 입이 쩍 벌어졌지만 정작 복면인은 마음에 안 든다는 듯 입맛을 쩝쩝 다실 뿐이었다.

어떻게든 방금 전 소이보가 쏘아 보낸 검을 흉내 내보려 했지만 자신이 보기에도 전혀 이질적인 결과만을 만들어낸 것이다.

분명히 달랐다. 작은 빈틈을 비집고 적의 숨결 사이를 파고들며 보이지 않게, 은밀하고도 치밀하게 검을 쏘아 보내는 데는 흑룡이 창공을 가르는 것과 같은 기세는 필요치 않았다.

입맛을 연신 다시던 복면인이 눈을 크게 떴다. 이때까지 잊어먹고 있었다는 듯 급하게 말을 이었다.

"요안은 나랑 간다. 성녀에게로. 가야 한다."

복면인은 말을 하다 말고 고개를 몇 번 갸우뚱대더니 눈살을 찌푸리며 다시 말을 이었다.

"좀 힘들겠지만… 나랑 간다. 가게 한다, 내가."

부드럽고 나지막한 복면인의 목소리와 깊이를 잴 수 없는 그윽한 두 눈에 힘이 실렸다.

그 눈빛에 맞서듯 소이보의 요안이 반짝일 때였다.

어디선가 나지막한 목소리. 하지만 물을 통해 듣는 듯 둔탁하면서도 부웅거리는 이질적인 목소리가 소이보의 고막을 흔들 듯 속삭였다.

"지금은 맞설 때가 아니다. 피하는 게 좋다. 적어도 너 하나는 피해야 한다."

소이보가 고개를 돌렸다. 처음 듣는 목소리. 하지만 누가 말한 것인지 알 수 있었다.

하지만 정작 그 목소리의 주인임이 틀림없는 문기서는 매섭게 복면인만을 노려보고 있었다.

소이보로서는 처음 듣는 전음성이 다시 울렸다.

"내겐 저 복면인을 한동안 막을 재주가 있다. 만약 저 복면인이 무치라면 그 시간은 더욱 짧겠지. 피해야 한다. 도망쳐야 한다. 그래서 기회를 노려야만 한다. 지금은 성녀가 급한 것이 아니다."

문기서의 눈빛이 그제야 처음 소이보를 향했다. 급하다는 듯 문기서의 눈빛은 반짝이고 있었고, 항상 보기 좋게 웃던 문기서의 얼굴은 다급함으로 굳어져 있었다.

방금 전 복면인의 무공을 보고서도 당당히 잠시 동안 막을 수 있다고 말하는 문기서를 소이보는 믿었다.

그 말을 한 사람이 문기서라면 믿을 만한 것이었다.

무슨 재주가 있는지, 또 어떤 계교가 있는지 몰라도 적어도 일각 정도의 시간은 벌 수 있으리라.

그래서 소이보는 더욱더 웃었다.

문기서의 얼굴이 어두워졌다. 굳어진 입술이 달싹였고, 그 순간 우웅거리는 괴상한 목소리가 다시 소이보 귀에 들렸다.

"때를 아는 것이 영웅이라 했……."

"아니."

소이보가 입을 열었다. 그렇게 전음을 끊고는 문기서를 쳐다보았다. 흡사 눈알을 문기서의 눈알에 박아 넣겠다는 듯.

그리고는 천천히 가슴 쪽으로 손을 옮긴 후, 앞가슴을 헤치고 부언가를 집고는 손을 뻗었다.

굳게 감아 쥔 주먹 아래로 명패가 기다랗게 몸을 늘어뜨렸다.

소이보가 히죽 웃었다. 마치 지금 이것이 대답이라는 듯.

"이게 너와 나의 차이야."

구태여 이어지는 말은 없었지만, 문기서는 소이보의 표정과 굳게 쥐어진 주먹에서 똑똑히 읽을 수 있었다. 아니, 그것은 외침이었다.

'나는 살아 있다!' 는, 그래서 맞서서 발버둥을 칠지언정 더 이상 쥐새끼처럼 숨지는 않겠다는 처절한 외침이었다.

그것을 알아차리자 문기서의 얼굴이 구겨졌다. 항상 보기 좋았던 얼굴이 구겨지자 전혀 다른 사람을 보는 듯했다.

소이보가 피식 웃고는 이번엔 고개를 돌려 한쪽에 주저앉아 있는 이화림을 쳐다보았다. 이화림이 멍한 눈빛으로 소이보를 마주 보았다. 소이보가 가볍게 손목을 꺾자 명패가 허공을 날아 이화림 무릎 앞에 떨어졌다.

이화림이 고개를 숙여 명패를 쳐다보았다.

혈랑대 소이보.

작은 명패의 뒷면에 새겨진 글자는 짧고도 작았다.

하지만 지금 이화림 눈에 들어온 글자는 그 무엇보다 크고 굵었다. 그 명패의 주인만큼이나.

다시 고개를 쳐들어 무슨 뜻이냐는 듯 쳐다보는 이화림을 향해 소이보가 말했다.

"갖고 있어, 찾으러 갈 테니. 그게 아마 신고식이었지?"

소이보가 고개를 젖혀 하늘을 보고는 말을 이었다.

"그때 각오를 단단히 해두는 게 좋을 거야. 오늘은 명륜지연이고, 놀기에 좋은 날씨군."

그제야 이화림의 고개가 끄덕여졌다. 얼굴엔 미소까지 어려 있었다.

"물론이지. 기다릴게. 만약 오지 않는다면, 지옥이라도 내가 찾아가마."

이화림의 말에 소이보가 싱긋 웃고는 고개를 돌려 한 사람을 노려보았다.

그 눈빛을 맞닥뜨린 복면인이 눈을 커다랗게 떴을 때였다.

소이보가 천천히 낮은 목소리로 말했다.

"그럼 놀아볼까?"

우스꽝스러울 만큼 과장된 동작과 함께 소이보의 장검이 뽑힌 건 그 순간이었다.

그 검끝이 노리는 것이 자신의 울대라는 것을 깨달은 복면인은 저도 모르게 굵은 침을 꿀꺽 삼켰다.

2

구겨진 얼굴로 문기서가 쳐다본 것은 범우였다.

발목에 박힌 화살은 뽑았지만, 아직 그 고통이 남아 있는지 범우는 약간 인상을 찡그린 표정이었다.

소이보의 무모한 행동을 막을 수 있는 것은 범우뿐이었다.

그리고 문기서의 판단으론 범우는 아둔한 사내가 아니었다.

소이보와 자신 사이에 오간 짧은 대화만으로도 모든 것을 짐작하고 남을 사내였다.

하지만 범우는 아무런 말이 없었다.

두 눈빛엔 걱정으로 가득 차 있었지만, 몇 초 버티지도 못하고 나가 떨어질 소이보를 전혀 말리지 않았다.

'……?'

그리고 문기서를 더욱 종잡을 수 없게 만드는 것은 범우의 눈빛이었다.

그 눈빛은 흡사 너무도 바라던 명품을 드디어 손에 넣고 천천히 끌러 볼 때의 희열에 찬 눈빛이었다. 찬란한 빛과 함께 눈앞에 모습을 드러낼 명품을 기대할 때의.

'혹시?'

문기서의 고개가 다시 돌아갔다. 기기엔 소이보의 넓은 등이 자리잡고 있었다. 그렇다면 혹시 몰랐다. 자신이 모르는 그 무엇이 소이보에게 있을지도 모를 일이었다.

복면인의 복면이 다시 가늘게 떨렸다.

숨을 가늘게 연이어 쉬고 있었기 때문이다.

왠지 놈의 눈빛은 묘한 빛을 토해놓고 있었다.

그 점이 무서웠다. 상대가 무서웠다. 왠지 그랬다.

이유는 알 수가 없었지만.

아니, 알 것도 같았다.

그것은 사람이 아닌 귀신을 볼 때의 무서움이었다.

깊은 산중 속, 더 깊이 자리잡은 산사(山寺)에서 어릴 때 불쑥 찾아오던 가위눌림 같은 것이었다.

오금이 저렸다. 숨이 막혔다. 눈앞이 어질어질해지는 것 같았다. 뜨거운 느낌과 차가운 기운이 척추를 번갈아 오르내렸다.

하지만 그 묘한 두려움을 복면인은 떨칠 수 있었다.

소이보의 장검이 기묘한 곡선을 그리며 움직이기 시작한 그 순간이었다.

적어도 손발을 얽고 싸우는 일에 있어서 복면인은 자신이 있었다.

복면인이 곧 주먹을 쥐고 검지손가락을 치켜들었다.

사검정의 장검을 두 동강 낸 지공을 다시 한 번 사용하려 한 것이다.

하지만 소이보는 그럴 줄 알았다는 듯 장검을 하늘 위로 던져 올렸다.

순간 복면인의 시선이 하늘로 향했다.

자신도 모르게 나온 행동이었다.

얼이 빠진 듯 멍하니 하늘로 높이 치켜 올라간 검을 쳐다보던 복면인 가슴으로 소이보의 두 손바닥이 부딪쳐 갔다.

복면인의 두 손이 자연스럽게 소이보의 두 손바닥을 맞았다.

비록 시선은 다른 곳에 두고 있었지만, 주의를 게을리한 것은 아니었기 때문이다.

소이보의 오른손과 복면인의 왼손이 얽히고 감쌌다가 튕기고 풀어헤쳐지길 몇 번, 빠르게 오가던 손놀림이 이윽고 조용히 멈췄다.

복면인의 손가락이 소이보의 손목을 휘어 감고는 팔뚝의 몇 군데를 눌렀기 때문이다.

단 한 동작처럼 이어진 복면인의 점혈 수법은 눈으로 보고도 믿지 못할 만큼 가공한 것이었다.

그러나 정작 놀라야 할 소이보는 히죽 웃었고, 도리어 복면인의 눈이 커다랗게 부릅떠졌다.

기와 혈이 통하지 않으면 힘을 쓸 수가 없었다.

그러나 분명 복면인의 몸은 앞으로 끌려가고 있었다.

분명히 자신이 점혈한 손이 점혈당하기 전보다 더욱 민활한 움직임을 보이며 잡아당기고 있는 것이다.

하지만 왜 그런지에 대해 생각할 시간이 복면인에겐 없었다.

급히 팔꿈치를 밀쳐 소이보의 팔을 밀어낸 후 허리를 뒤로 젖혔다.

그리고…

쉬익~ 푹—

검은 콧등을 스치듯 떨어져 복면인의 발과 발 사이에 박혔다.

갑자기 어디서 날아온 검인지 알아보려는 듯 복면인이 눈을 크게 몇 번 끔벅였다.

하지만 그 의문은 곧 풀렸다.

소이보가 박힌 검의 손잡이를 잡고 가볍게 뽑아 들자, 처음 자신에게 달려들었던 모습으로 돌아갔기 때문이다.

"그렇군!"

복면인이 크게 외치며 저도 모르게 가슴을 쓸었다.

떨어져 내린 검에 베인 듯 가슴 앞깃이 한 치 정도 벌어져 있었다.

복면인이 몇 걸음 뒤로 물러서서 고개를 갸우뚱 꼬고는 중얼거렸다.

"그런데? 어라? 하지만……."

복면인은 허공에다 그림을 그리는 듯 손가락 하나를 펴 흔들다가 다시 땅이 꺼질 듯한 깊은 한숨을 토해내었다.

"분명히… 분명히 혈을 짚었는데……."

복면인의 의문은 바로 그것이었다.

그 모습을 보고 소이보가 히죽 웃었다.

소이보를 이상한 괴물 보듯이 노려보며 복면인이 크게 외쳤다.

"다시 해보면 알겠지!"

말이 끝나는 것과 동시에 복면인의 몸이 허공을 날았다.

소이보는 자신도 모르게 미소를 지었다.

왠지 즐거웠고, 다른 한편으론 두근거림도 있었다.

누군가와 닮아 있었다, 저 복면인은.

그래서 소이보는 더욱 힘주어 장검을 부여 쥐면서도 마음속으로 한 사람을 불렀다.

'할아버지……'

대붕(大鵬)이 나래를 편 듯 하늘을 가득 채우고 날아드는 복면인의 모습은 별림의 할아버지를 너무도 닮아 있었다.

강하다는 점에서, 또 너무도 어리숙하다는 점에서 비슷하면서도 달랐고, 다르면서도 같았다.

그래서 소이보는 웃었다.

복면인은 자연이었다. 별림의 할아버지가 검에 온 세상을 담았다면 복면인은 온 세상 그 자체였다.

그리고 그 세상이 소이보를 향해 거대한 그림자를 드리우고 있었다.

소이보가 그 그림자를 향해 천천히 한 발 앞으로 걸으며 한 손을 들어올렸다.

그러자 그림자는 찢길 듯 펄럭이는 깃발처럼 크게 출렁거리다가 뒤로 물러섰다. 하지만 소이보가 한발 더 빨랐다. 뒤로 물러서는 그림자에 바싹 붙듯 따라잡은 것이다.

"세상에!"

곽예주는 뾰족한 음성으로 크게 외쳤다.

용등비약(龍騰飛躍). 단 한 번의 발걸음으로 대지를 덮고 옆으로 양 팔을 활짝 편 활갯짓으로 세상을 내리 누를 수 있는 신법.

하지만 지금 복면인의 신법은 용등비약 정도로 설명할 수 있는 무공이 아니었다. 차원이 달랐다.

드넓은 가슴에 모든 대지를 껴안아 으깨어 버리겠다는 듯해 보일 정도였다.

하지만 정작 곽예주의 놀람은 복면인의 무공 때문이 아니었다.

복면인의 넓은 가슴을 파고드는 소이보 때문이었다.

'저, 저것은……!'

곽예주의 놀란 눈동자 가득 들어오는 소이보의 몸동작은 너무도 아름다웠다.

소이보의 몸놀림은 느리면서도 지극히 빨라 곽예주의 머리 속에 흐르는 생각보다 더욱 빠른 속도였지만, 묘하게도 그 사이사이의 모든 것은 손끝에 잡힐 듯 생생하게 느껴졌다.

그리고 모든 움직임은 하나하나 날을 곤두세운 채 곽예주의 눈에, 가슴에, 또한 영혼 속에 아로새겨졌다.

문득 곽예주는 언젠가 보았던 그림 속의 신선이 떠올랐다.

마치 푸른 하늘이 점점 붉은색으로 바뀌더니 끝내 어둠으로 변해 모든 것을 뒤덮은 그믐밤을 내리긋듯 갈라 버린 새하얀 번개.

그 모든 변화를 눈 한 번 깜빡이는 순간에 스쳐 본 것처럼, 갑자기 눈앞에 떠오른 그림이었다.

까마득히 오래전 기억. 하지만 지금이라도 노력한다면 언제든 눈앞에 선명히 떠올릴 수 있는 기억 하나.

'예영당이었나?'

아마도 그럴 것이다. 신선이 검을 들고 서 있던 그림을 본 곳이 분명 예영당이었을 것이다.

짧게 스쳐 본 기억이었지만, 분명 예영당의 모든 무공이 그 그림 안에서 나왔을 거란 생각이 들었을 정도로 그림 안의 신선은 너무도 강렬한 인상을 남겼었다.

신선의 그림을 봤을 때의 그 느낌을 지금 소이보가 가져다 주고 있었다.

그림 안의 신선의 모습처럼 규칙적이고 단절된 그림들이 부드럽게 이어지듯, 여러 가지 각기 다른 무공들이 소이보의 한 몸에서 부드럽게 이어지는 모습은 곽예주가 이때까지 보아왔던 그 무엇보다 아름답고 황홀한 경지였고, 또 다른 세상이었다.

그 가운데 소이보가 있었다.

마치 무공에 심취한 듯 편안한 표정으로 한 걸음 한 걸음 내딛고 검을 뻗었으며 모든 것을 베어가고 있었다.

곽예주가 옳았다. 소이보는 지금 철저히 즐기고 있었다.

흡사 손발을 맞춘 것처럼 밀면 당기고, 내치면 다가와 붙는 그 느낌이 좋았다.

별림의 노인과 비슷하게 강하면서도 전혀 달랐다.

별림의 노인이 보드라운 바람이라면 복면인은 광풍이었다. 아니, 폭풍우였다. 대지를 쓸어 바다에 풍덩 빠뜨리고서야 멈출 광포한 비바람이었다.

복면인의 무공은 소이보에게 또 다른 경지를 보여주고 있었다.

끝 모를 드넓은 평야와 한없이 너른 하늘이 맞닿은 끝자락에 우뚝 솟은 천 년 고목을 보는 것만 같았다.

뿌리는 대지의 심장을 움켜쥔 채, 하늘과 키를 재려는 것처럼 우뚝 솟은 거목.

대지 흔들림도, 그 어떤 하늘의 폭풍우에도 결코 허리를 굽히지 않은 채 오만하게 솟아 있는 거대한 나무를 보는 듯했다.

그 나무가 지금 천 년의 세월이란 무게로 소이보를 천천히 억누르고 있었다.

소이보는 발버둥을 치는 수밖에 없었다.

그래서 눈앞에 뻗어오는 커다란 가지와 그 가지 끝에 무성하게 피어 닌 나뭇잎을 헤치며 단 한 번의 기회를 엿보고 있었다.

단 한 번의 일격으로 대지와 땅을 이어주던 천 년 고목을 두 동강 낼 기회만을.

복면인은 저도 모르게 한숨을 가늘게 토했다.

'상응박령? 요화선? 어라? 이건 곤륜의?'

복면인은 정신을 차릴 수 없었다. 처음 마주쳤을 때는 마도칠가의 인물이 무당파의 무공을 알고 있다는 게 이상했지만, 직접 부딪쳐 본 지금은 그것이 무당파의 무공이 아니라는 것을 쉽게 알아차릴 수 있었 다.

비록 형(形)은 비슷했지만, 그 가운데 담긴 의(意)는 복면인으로서는 처음 마주치는 물건이었다.

아미의 난화수인가 싶더니 곧 비틀려 부딪칠 때는 전진의 능산수로 변해 있었다. 아니, 능산수가 아니었다. 순수하게 파괴적인 힘은 도리 어 청성의 선섬여진산에 더욱 비슷했다.

요안은 기대하지 않은 수로 응대해 왔고, 왠지 설익고 능숙하지 않 은 수로 자신의 몇십 년 고련한 용조수를 파훼해 나갔다.

복면인이 손을 편편하게 펴 미간 사이에 들어올렸다. 그렇게 이마 위로 들어올린 수도(手刀)를 그대로 아무런 변화 없이 앞으로 내뻗었 다.

만약 복면인의 스승이 보았다면 멋진 달마삼검이라고 말했을지도 몰랐다.

하지만 복면인은 맹세컨대 달마삼검을 배운 적도, 본 적도 없었다.

복면인이 깨달은 것은 소림칠십이종예 중 단지 몇 가지에 지나지 않았다. 하지만 몇 가지 안 되는 그 무공 안에 깊은 소림의 오의(奧義)가 담겨져 있었고, 그래서 복면인의 무공이 천하제일의 위치에 오른 것인지도 몰랐다.

지금 복면인의 경지는 뜻이 일면 몸이 따르는 최고 경지에 다다랐기 때문이다.

그래서 소이보는 미간을 찡그리고는 얼음 위를 지치는 것처럼 몸을 옆으로 미끄러지듯 옮겨야만 했다.

그러고도 복면인의 수도에 담긴 기세를 모두 피하지 못했는지 끝내 장검을 들어 옆으로 크게 휘둘렀다.

만약 복면인이 손을 거두지 않는다면 장검에 손목뿐 아니라 가슴까지 크게 베어질 게 틀림없었다.

그 순간 복면인의 손이 변화를 일으켰다. 달마십팔수(達磨十八手) 중 선원적화세(仙猿摘花勢)로 장검의 옆을 부드럽게 어루만지는 듯하더니 곧 좌우로 크게 열려 안익서전(雁翼舒展)의 한 수로 검날을 비틀어 버렸다.

지― 잉―

장검의 온몸이 비틀리는 고통에 울부짖는 것처럼 크게 비명을 질렀다.

그 비명은 소이보의 손바닥을 크게 뒤흔들었다.

내공에 대해서는 소이보가 형편없이 밀리는 게 틀림없었다.

아무리 역천파사공으로 내공을 비정상적으로 높이, 빠른 시간에 쌓아 올렸지만, 정순한 소림의 내공심법을 몇십 년간 닦아온 복면인을 상대하기엔 아직 모자른 게 사실이었다.

찌이익~

가죽이 찢기는 것 같은 고통이 손바닥을 통해 느껴지자 소이보는 히죽 웃었다. 비록 미간에 굵은 주름이 잡히고 이금니를 꽉 깨문 듯 턱의 관절은 도드라져 나왔지만, 소이보는 재미있다는 듯 그렇게 웃었다.

요선보의 대장간 노인이 힘들게 당금질을 한 장검이 천천히 몸을 뒤집으며 비틀리다가 끝내 엿가락처럼 한 바퀴를 돌아갔지만 소이보는 끝내 검을 놓치지 않았다.

끼이익—

검이 질러대는 비명이 조금 더 커졌을 때, 드디어 소이보의 손바닥에서 핏방울이 배어 나와 손목을 타고 팔꿈치까지 또르륵 굴러 떨어졌다.

하지만 소이보의 두 눈빛만은 흔들리지 않았다.

두 눈에서 새파란 요기가 불꽃이 되어 쏟아져 나왔다.

그 순간, 마주 보던 복면인의 눈이 점점 크기를 넓히더니 아예 눈꺼풀을 뚫고 튀어나올 것처럼 부릅떠졌다.

휘어지는 장검의 기세가 바뀐 것이다.

마치 해일과도 같은 내공이 장검에서 뻗어 나와 자신의 손을 밀어내고 있었다.

그리고는…

소이보의 길고 탐스런 머리카락이 천천히 하늘로 치솟았다.

사이한 죽음의 기운이 두 눈에, 그리고 숨결에 담겼다.

그런 두 눈으로 복면인을 보며 소이보는 죽음의 향기가 담긴 숨결로 속삭이듯 말을 건넸다.

"장난은 여기까지. 이제부터 제대로 놀아봐야지?"

목소리는 껄끄러우면서도 음산했다. 지옥에서나 흘러나올 것 같은 짙은 피 냄새가 맡아지는 듯했다.

복면인이 고함을 질렀다. 흡사 물가에 뛰어드는 아이를 향해 외치듯 목소리엔 절박함마저 흘렀다.

"안 된다!"

복면인은 지금 소이보의 변화가 무엇인지 금방 알아차릴 수 있었다.

그러나 복면인의 외침 소리가 채 끝나기도 전에 이미 소이보의 머리카락은 가닥가닥 하늘로 완전히 치솟았다.

소이보가 뱃속의 단전을 허물고 이끌어낸 기운은 엄청난 것이었다.

기운은 기다렸다는 듯 소이보의 온몸을 휘돌았다. 뼛속을 달리고 피를 끓어오르게 만들었다.

소이보의 하얀 피부마저도 은은한 붉은 혈색으로 바뀌었다.

파란 눈농자는 요사스런 빛을 더했고 잿빛 동공은 죽음의 빛으로 가득했다. 하얀 눈자위는 핏발이 선 듯 온통 붉게 변했다.

역천파사공(逆天把死功)이었다.

후천진기를 이끌어내고 다시 후천진기가 주위의 선천지기를 일깨웠다. 서로 앞뒤를 다투며 내달리다가 폭발할 듯 온몸을 감싸고 돌았다.

파사공을 운기한 이후 익숙해진 기운은 이제는 그 수위가 소이보로서도 쉽게 짐작하지 못할 단계까지 올라 있었다.

소이보의 머리카락은 점점 허공으로 솟아올랐다. 걸치고 있던 옷들 역시 점점 부풀어 올랐다.

소이보의 파랗고 잿빛인 눈동자가 닿는 곳마다 숨을 죽였다.

복면인의 태도부터 바뀌었다. 언제고 흔들릴 것 같지 않던 두 눈동자가 좌우로 불안한 듯 움직였고, 눈가의 주름은 가늘게 떨리고 있었다.

지켜보던 삼팔구가 숨을 죽였고, 십 장여 거리를 두고 에워싸고 있던 군림가의 무인들이 숨을 죽였다.

바람마저 뒤꿈치를 들고 걷듯 숨을 죽였고, 그 뒤를 이어 바위가, 나무가, 그리고 뒤에 있던 커다란 숲조차 아무런 미동도 하지 않았다.

죽음의 공포만이 주위를 가득 채웠다.

"파, 파사공(把死功)!"

누군가 마지막 숨을 토하듯 조그맣게 중얼거렸다.

그 순간 복면인과 소이보가 들고 있던 장검이 폭발하듯 터져 나갔다.

쩡!

두 사람의 내력을 감당하지 못한 장검은 바늘 끝처럼 날카로운 조각으로 변해 사방으로 비산했다.

두 사람의 응축된 힘이 실려 있는 조각이었다.

복면인과 소이보 역시 뒤로 일 장여 공간을 훌쩍 뛰어 물러섰다.

말없이 선 채 소이보의 붉게 충혈된 흰자위 위로 새파랗고 잿빛인 두 눈동자가 복면인을 노려보고 있었다.

3

복면인이 한 뼘쯤 낮아진 목소리로 조심스럽게 말했다.

"파사공은 안 된다. 네 목숨이 위험하다."

장검을 사이에 두고 내력을 겨루었던 복면인은 소이보의 무공이 파사공임을 확신하는 듯했다.

"그거야 나중에 지켜보면 알겠지."

소이보의 퉁명스런 대답에 복면인이 다시 고개를 저었다.

"대사께서 항상 말씀하셨다. 세상에 그릇되게 만들어진 물건은 하나도 없다고. 너 역시 그렇다. 목숨을 아껴야 한다."

복면인의 말에 소이보는 히죽 웃었다.

과연 그럴까? 내 두 눈을 보고도 그런 말을 할 수 있을까? 소이보는 스스로 물었지만 대답은 아니다였다.

만약 지금처럼 힘이 없었다면 철저하게 조롱을 당하고 비웃음을 당했을 것이다.

이제 힘을 가졌다. 스스로조차 그 힘이 어느 정도인지 짐작이 가지 않을 정도의 엄청난 힘을.

더구나 조금 전부터 끓어오르는 피는 소이보를 묘하게 충동질하고 있었다.

어서 앞으로 나서라고. 그래서 복면인의 허리를 뒤로 꺾고 복면을 벗겨 입가에 흐르는 거품을 보라고. 허옇게 까뒤집은 두 눈과 울대를 크게 위아래로 오가며 몰아 내쉬는 마지막 숨결을 맛보라고.

지금 소이보로서는 파사공이 충돌질하는 살기를 억누르기에도 벅찰 지경이었다.

손가락이 굽혀지고 힘껏 쥐어져 부르르 떠는 소이보의 주먹을 바라보던 복면인이 어쩔 수 없다는 듯 한숨을 토하고는 손을 뻗어 소이보의 어깨를 잡았다.

눈으로 보고도 피하지 못할 만큼 빨랐고, 막을 엄두조차 내지 못할 만큼 위력이 강했다.

소이보는 복면인의 왼손이 자신의 어깨를 붙잡는 것을 고개를 돌려 쳐다볼 뿐이었다. 이윽고 복면인이 소이보의 어깨를 붙잡는 데 성공한 듯 보였을 때, 복면인의 손은 마치 고무공을 두드린 듯 더욱 빠르게 뒤로 팅겨 나왔다.

소이보의 어깨에서 느껴지는 반탄력 때문이었다.

복면인은 그럴 줄 알았다는 듯 끄응 하는 신음과 함께 뒤로 물러섰다.

복면인의 고민은 다른 곳에 있지 않았다.

상대는 전혀 혈이 짚이지 않는 괴상한 몸이라는 것, 더욱이 파사공으로 인해 엄청난 괴물로 변해 버렸다는 것, 그래서 수월히 혈을 짚어 안전하게 성녀에게 데려가는 것이 곤란한 일이 되어버렸다는 것이 복면인을 곤란하게 만들고 있었다.

소이보가 천천히 앞으로 걸어 나왔다.

새파랗고 잿빛인 두 요안은 불을 뿜듯 새하얀 요기로 빛나고 있었다.

소이보 자신도 솔직히 알지 못했다.

적어도 차갑고 냉철하다고 믿었던 자신이 왜 이리 분노에 휩싸여 있는 것인지 스스로도 이해할 수 없었다.

그저 부딪쳐서 깨뜨리고 으깨어 버리고 싶었다.

지금 부딪쳐 깨뜨리지 않는다면 엉겨붙은 끈끈하고 불쾌한 기분이

지옥까지 따라올 것 같았다.

복면인은 눈을 동그랗게 떴다.

죽었던 사람이 살아왔다고 해도 이만큼 놀라지는 못할 정도로 복면인의 눈은 부릅떠졌고 숨은 거칠어졌다.

이미 한 번 마주쳐 본 경험이 있었지만, 또다시 두 다리가 휘청거리기 시작했다.

아니, 주저앉지 않는 것이 스스로도 신기할 지경이었다.

소이보의 머리 속이 부웅 울렸다.

별림에서 처음 파사공을 운기했을 때 미쳐 날뛰었던 기운들이 다시 온몸에 퍼지는 듯했다.

눈앞이 뿌옇게 흐려졌고 귀에선 커다란 종이 굉음을 내며 울었다.

기운들은 검은 말 떼로 변해 사지백해를 넘나들며 미친 듯 길길이 날뛰었다.

소이보가 복면인을 향해 뛰기 시작했다.

복면인이 발을 옆으로 어깨 넓이로 벌린 후 무릎을 굽히고 허리를 곧추세웠다.

그렇게 마보세를 취한 후 가슴을 펴고 오른 주먹을 천천히 앞으로 내밀었다.

마치 눈앞의 천만 근의 무거운 바위를 밀어내듯 복면인의 태도는 엄숙했고 힘에 버거운 듯 어깨가 가늘게 떨렸다.

그리고…….

'뭐지?'

소이보는 순간 눈살을 찌푸렸다.

무언가 자신의 앞으로 다가오고 있었다. 하지만 그것이 무엇인지 알 수 없었다.

마치 눈앞의 모든 것이 한 점으로 모여 빙글빙글 돌아가는 것처럼 보일 뿐이었다.

소이보는 저도 모르게 한 손을 들어 앞으로 뻗어내었다.

본능처럼, 몸 스스로 제 갈 길을 찾아가는 것처럼 뜻도 의식도 없는 자연스러운 행동이었다.

소이보가 눈을 크게 떴다.

무언가 알 수 없는 것이 자신의 손목을 비틀었다. 그러자 자신의 소매가 흡사 빨래를 쥐어짜듯 비틀리더니 곧 작은 조각으로 변해 허공에 뿌려졌다.

팔꿈치가 어긋나는 듯 삐거덕거리는 것이 혈맥을 따라 느껴졌다. 그리고 소이보가 미처 숨을 내쉬기도 전에 뻐근하고 둔탁한 느낌이 가슴에 느껴졌고, 그 순간 소이보의 옷이 뒤로 부풀어 오르는 듯하다 폭죽이 터진 듯 갈기갈기 찢긴 채 터져 나갔다.

마치 거대한 절벽 아래로 떨어진 듯 온몸에서 날카로운 비명성이 고막을 울렸다. 근육이 비틀리고, 온몸을 흐르는 핏줄이 꼬이며, 뼈와 뼈 사이를 이어주던 관절과 힘줄이 울부짖는 생생한 비명이 고막을 찢을 듯 울려 퍼지다가 등 뒤로 쏟아져 나갔다.

그저 정신이 멍해지고 우웅 하는 정체 모를 둔탁한 소리만이 머리 속을 가득 채웠다.

갑자기 콧속에서 비릿한 향기가 느껴지더니 곧 뜨겁고 미끈거리는 괴상한 느낌이 입술과 턱을 타고 흘렀다.

가슴 앞에 들어올린 손바닥 위로 새빨간, 너무도 붉어 눈이 아릴 정도의 붉은 피가 턱에서 툭툭 떨어져 고이고 있었다.

소이보는 믿어지지 않아 멍하니 손바닥을 보다가 히죽 웃었다.

분명 자신은 보지 못했다. 복면인이 어떤 수를 썼는지 알 수도 없었다.

머리 속은 그저 어지러운 소음만이 가득했다.

소이보가 눈을 들어 앞을 쳐다보았다.

복면인은 모든 힘을 다한 듯 어깨를 축 늘어뜨린 채 들어올린 주먹 끝을 멍하니 바라보고 있었다. 믿지 못하겠다는 듯이.

방금 전 무슨 일이 벌어졌는지 복면인 스스로도 알지 못했다.

그저 요안이 일으킨 기세에 간신히 주먹을 앞세웠을 뿐이다.

그리고 그 일이 벌어진 것이다.

이때까지 감히 익히지도, 상상하지도 못했던 한 수가 스스로 길을 헤쳐 밟듯 주먹에서 쏟아져 나간 것이다.

복면인은 다시 자신과 요안 사이의 땅바닥을 보았다.

마치 흑룡이 땅을 뚫고 일직선으로 내달린 것처럼 어른 무릎 정도는 너끈히 빠질 만큼의 커다란 고랑이 일직선으로 뻗어 있었다.

복면인 앞에서 시작되어 점점 크기를 키우다가 소이보 바로 앞에서 멎어 있었다.

그리고 어디선가 들려오는 떨리는 목소리……

"배, 백보신권(百步神拳)……"

소이보가 일으킨 역천파사공을 봤을 때보다 더욱 놀랍다는 듯 목소리는 불신으로 가득했다.

소이보는 목구멍까지 치밀어 오른 뜨끈한 것을 다시 꿀꺽 삼켰다. 구태여 확인해 보지 않아도 주먹만한 핏덩이란 건 알 수 있었다.

내상 때문에 생긴 응혈이었다. 죽은 피가 뭉쳐진 것이라 입 밖으로 뱉어내는 것이 훨씬 몸에는 좋았다. 하지만 소이보는 그럴 수 없었다.

'바보 같겠군.'

소이보는 씁쓸하게 웃었다. 다리는 휘청이고 코와 귀로는 피를 흘리며 서 있는 자신의 모습이 마음에 들지 않았다.

겉모습뿐만 아니라 소이보 자신이 정말 바보가 된 것 같았다.

그러나 이상하게도 후회는 남지 않았다.

아직 숨은 뜨겁게 가슴을 채우고 있었고, 상대해야 할 사람이 눈앞에 존재하는 한 여기서 무릎 꿇을 수는 없었다.

그래서 힘겹게 앞으로 한 걸음 걸었다.

복면인의 눈이 다시 크게 벌어졌다.

자신이 백보신권을 깨달았다는 사실보다도, 소이보가 그것을 정면으로 맞고도 몸을 움직일 수 있다는 게 믿어지지 않는다는 듯 고개까지 절레절레 흔들었다.

소이보는 다시 왼쪽 다리를 힘겹게 앞으로 내밀고는 핏물이 번진 갈라진 입술을 비틀며 씨익 웃었다.

복면인의 눈동자에 다시 곤혹스런 빛이 떠올랐다.

그러나 소이보는 한 발 한 발 걸어 앞으로 다가오고 있었다.

손끝 하나 움직일 수 없게 만드는 귀신같은 눈동자를 한 채.

복면인은 신중히 마보세를 취한 후 왼 주먹을 천천히 앞으로 내뻗었다.

"안 돼!"

순간 범우가 앞으로 튀어나왔다. 아무리 소이보가 파사공을 익히고 있다 한들, 우둔한 황소의 넘치는 힘에 지나지 않았다. 상대는 천하제일인을 다투는 두 명 중 한 명이었다. 중원 천지를 뒤져 봐도 비슷한 무위를 지닌 무인은 단 한 명밖에 없을 정도였다.

만약 소이보가 망가진 몸으로 또다시 백보신권을 맞이한다면, 정말로 생명이 위험했다. 시신조차 온전히 보존할 수 있을지도 의문이었다. 복면인이 백보신권을 쏘아냈을 때 그 여력에 범우 자신의 신형 역시 뒤로 한참이나 밀려났을 정도였기 때문이다.

부우욱~

하지만 이미 복면인의 발 앞에서는 또 한 번의 깊은 고랑이 만들어지고 있었다.

마치 눈에 보이지 않는 황룡이 땅을 긁으며 맹렬한 속도로 소이보를 향해 밀려가고 있었다.

범우의 눈이 암담한 빛으로 어두워지는 순간, 소이보의 몸이 빠르게 움직였다.

으레 그럴 줄 알았다는 듯 소이보는 눈에 보이지 않는 계단을 밟듯 허공을 차고는 치솟아올랐다.

부―아―아―악―!

아무런 소리도 없었다. 단지 땅이 밀려나고 공기가 찢어질 듯 출렁거리는 충격만이 범우 앞으로 밀려왔다.

단지 옆에 가까이 있다는 이유만으로, 권풍에 몸이 뒤로 정신없이 밀려나면서도 범우의 고개는 뒤로 꺾였다.

하늘로 솟아오른 소이보를 보기 위해서였다.

소이보의 몸은 까마득히 높이 올라 마치 하늘에 박아 넣은 듯해 보였다.

그리고 솟아오른 속도보다 더욱 빠르게 복면인의 머리 위로 떨어졌다.

"후웁~"

복면인은 크게 숨을 들이켰다.

마치 일이 이렇게 될 것을 미리 알고 있었던 것처럼 전혀 당황하지 않은 채 왼 주먹을 다시 옆구리에 붙이고 이번엔 오른 주먹을 머리 위로 들어올렸다.

무너지는 하늘을 떠빋처 올리는 신장처럼 허리를 곧추세운 채 눈까지 지그시 감은 채였다.

이윽고 주먹이 위를 향해 완전히 펴졌을 때, 소이보의 몸이 날아오는 공을 손바닥으로 내려친 것처럼 허공 중에서 직각으로 튕겨 나갔다.

마치 실 끊어진 연이 바람에 실려 날아가듯 옆으로 쏘아져 가는 소이보의 몸은 이미 축 늘어져 있었다.

"이보야!"

고개가 소이보의 몸이 그려내는 궤적을 따라 돌아가며 범우가 크게 외쳤다.

하지만 범우의 외침보다 소이보에게 먼저 도달한 것이 있었다.

복면인이 백보신권을 쏘아낸 직후 땅을 박차고 위로 솟구친 것이다.

복면인은 마치 하늘에서 솔개가 참새를 잡아채듯 허공 중에서 소이보의 몸을 끌어당겨 안고는 속도를 줄이지 않은 채 앞으로 쏘아지듯 나갔다.

대략 이십여 장을 날아간 복면인은 발끝으로 가볍게 땅을 차고 다시 솟아올랐다.

소이보를 옆에 안았다는 게 믿어지지 않을 정도로 깃털처럼 가벼운 몸놀림이었다.

"큰일났다! 큰일났어!"

　복면인은 정말 다급하다는 듯 크게 외쳤다. 하지만 외침의 여운이 끝자락을 정돈하기도 전에 복면인의 신형은 이미 그 자리에 없었다.

　바람을 가르는 화살처럼 복면인의 신형은 빨랐고, 발끝으로 땅을 몇 번 찍고 다시 솟아오르자 복면인의 모습은 멀리 땅 끝으로 사라져 갔다.

　그제야 범우는 정신을 차린 듯 얼른 복면인의 뒤를 따라 달려나갔다.

　복면인의 압도적인 무위와 소이보의 믿어지지 않는 무공만 해도 놀라울 정도인데, 그 뒤를 이어 역천파사공과 백보신권의 등장에 혼이 나간 듯 멍해져 있던 사람들이 그제야 범우의 뒤를 따라 우르르 달려나갔다.

　하지만 범우를 비롯한 군웅들의 발걸음은 우뚝 멈추어질 수밖에 없었다.

　전혀 뜻밖의 사람이 앞을 막아섰기 때문이다.

◆ 第五章 ◆
어두운 밤, 파란 잿빛 달

범우의 콧구멍이 벌렁거리는 것을 당소유가 재미있다는 듯 고개를 옆으로 꼬아 바라보고 있었다.

"무슨 일이지?"

범우가 낮은 목소리로 굵고 짧게 물었다.

하지만 당소유는 그저 웃을 뿐이었다. 소이보에게 언제 배웠는지 악의없는, 하지만 보는 사람으로 하여금 기분 나쁘게 만드는 특유의 웃음이었다.

"그냥 잠시 나랑 놀다 가라는 뜻으로……."

당소유는 고개를 돌려 옆을 가리켰다.

거기엔 언제 준비해 놨는지 천을 활짝 편 채 위엔 잔이 조르륵 놓여져 있었다.

그리고 연(燕)이란 이름의 목각 인형이 다소곳한 자세로 언제든 잔을 채울 듯 술병을 들고 있었다.

향문월이 앞으로 나서며 말했다.

"네놈이 왜 이러는지 모르겠다만, 내가 얘기했을 텐데, 독으로 우릴 다 상대하려면……."

하지만 당소유가 향문월의 말을 중간에서 잘랐다. 얼굴에서 미소를 지우지 않은 채.

"아아, 무슨 말이든 해도 돼지만, 단 거기 서서 하시게나. 몇 걸음 더 걸어 나온다면 나도 책임을 질 수 없으니."

향문월의 발걸음이 우뚝 멈췄다.

상대는 필기삼괴(必忌三怪) 중 한 명이었다.

그것도 독과 암기로 유명한 사천당가의 제일인자인.

만약 다른 사람이 같은 말을 했다면 코웃음을 한 번 웃어주고 오기로라도 걸음을 계속 걸었겠지만, 그 말을 한 사람이 다른 사람도 아닌 바로 당소유란 게 문제였다.

향문월의 걸음이 멈춘 것을 확인하려는 듯 당소유가 부은 눈으로 향문월의 발을 보며 중얼거렸다.

"독이란 풀어낼 때는 쉬워도 거두기는 참 힘든 물건이라서……."

당소유의 말에 옆에 서 있던 염소를 닮은 염량이 뒷걸음질을 쳐 몇 걸음 물러섰다.

마치 당소유의 시선이 닿는 모든 곳에 독이 뿌려지기라도 한 것처럼 저도 모르게 나온 행동이었다.

염량이 곧 자신의 실태를 깨닫고 붉어진 얼굴을 푹 숙였지만 그걸 탓하는 사람은 없었다.

만약 당소유가 마음만 먹는다면, 지금 맞서고 있는 사람 모두를 충분히 중독시킬 능력이 있기 때문이었다.

"소림무치와 네놈이 무슨 일을 꾸미는 거지?"

이화림이 꼭 시궁창의 쥐를 보듯 경멸하는 눈빛으로 쳐다보며 물었다.

"소림무치? 그럴지도 모르지, 백보신권을 할 수 있는 사람이라면. 하지만 눈으로 직접 확인했나? 아무리 요선보의 비림을 이끄는 림주라 해도 복면을 꿰뚫고 얼굴을 확인할 수는 없을 텐데?"

말을 끝낸 당소유의 얼굴엔 득의의 빛마저 어려 있었다.

소이보와의 드잡이 일로 인해 여기저기 멍들고 부은 얼굴이었지만, 그 얼굴에선 '그래? 그 사람이 아마도 소림무치겠지. 그런 무공이 어디 흔하겠어? 하지만 그렇다고 네놈들이 소림사에 따질 수는 없겠지. 그건 곧 마도칠가와 구파일방의 전면전이 될 테니까. 전쟁을 불사할 정도로 네놈들 담이 크지 않다면 확실한 증거를 가져오라고' 라는 뜻을 명백히 읽을 수 있었다.

"장난을 재미있게 치는군. 우린 소림무치는 필요없어."

하지만 나른한 목소리가 당소유의 얼굴에서 웃음을 사라지게 만들었다. 당소유의 웃음이 마음에 안 든다는 듯 지반월이 당소유를 쳐다보며 어떻게든 당소유의 웃음과 비슷하게 닮은 미소를 만들려 얼굴을 구기고 있었다.

당소유 역시 지반월의 이상하게 구겨진 웃음에서 그의 뜻을 읽을 수 있었다.

지반월의 말, 그것은 소림무치가 아닌 당소유를 두고 한 말이었다. 아예 대놓고 복면인의 뒤를 따라가 사로잡아 확인할 능력도 없고, 그럴 흥미도 없다. 단지 네놈만 사로잡으면 된다. 그런 뜻을 얼굴에 담아 지반월이 어깨를 으쓱이며 당소유를 보고 웃었다.

당소유가 곤란하게 됐다는 듯 범우를 쳐다보았다.

"내가 이러는 이유는… 물론 복면인이 전음으로 내게 명령을 했기 때문이기도 하지만, 그게 다는 아니라오. 백보신권까지 쏘아대는 사람의 명령을 내가 어찌 어길 수 있겠소. 그러나 내가 이러는 것은 그 요안이란 아이의 생명을 구하기 위해……."

"말도 안 되는 소리!"

곽예주가 뾰족한 목소리로 으르렁거렸다.

그나마 한때 불쌍한 눈길로 바라봤던 사내라 그런지 곽예주의 얼굴엔 더욱더 화난 기색이 역력했다.

당소유가 움찔 고개를 어깨 사이에 파묻었지만, 정작 씩씩거리며 한 발 앞으로 나서는 곽예주를 막아선 것은 범우였다.

범우만은 확실히 알고 있었다, 지금 소이보의 상태를.

복면인 품에 안겨가던 소이보의 얼굴은 새파란 빛이었고, 죽은 듯 온몸을 축 늘어뜨리고 있었다.

굳이 맥을 잡아보지 않아도 이미 심각한 상태의 내상을 입은 게 확실했다.

원래 경락이 꼬인 괴상한 몸이었다. 더구나 무당의 정종심법과 파사공이 내상 때문에 함께 뒤엉켜 날뛰는 상태라면 그것을 고칠 사람은 중원에서 단 한 명밖에 없었다.

바로 별림의 노인.

만약 그 노인을 불러올 수 있다면 소이보의 내상은 쉽게 다스릴 수 있었다. 노인의 끝 모를 깊은 내공과 부드러운 무당의 내공이라면 소이보의 몸을 되살릴 수 있었다.

하지만 별림의 노인을 부를 시간이 없었다. 더욱이 그렇게 불러낼 사람이라면 별림에 둘 이유도 없었다.

그렇다면 남은 것은 단 두 사람밖에 없었다.

별림의 노인만큼 깊은 내공으로 파사공이란 흉포한 기운을 억누르고 내상을 다스릴 만한 사람이라면 소림무치와 예영당의 당주인 동무군, 단둘이었다.

"소림무치가 확실한가?"

그래서 범우가 당소유에게 물었다. 만약 이번에도 장난을 친다면 가만두지 않겠다는 듯 콧구멍은 이때까지 보던 것보다 두 배는 더 커져 있었고, 두 눈동자는 깊이 가라앉아 있었다.

그래서 당소유는 정신없이 고개를 끄덕였다. 원래 저런 사람이 화를 낸다면 감당하지 못한다는 걸 잘 알기 때문이었다.

"소림무치라고 말할 수는 없어도, 그 사람이 고치지 못한다면 세상에 고칠 사람은 아무도 없소. 더구나 요안이 마지막에 쓴 무공이 역천파사공이 맞다면 더욱더."

당소유의 말을 들은 범우가 고개를 끄덕이고는 한 손을 들어올리며 뒤를 돌아보았다.

"이제부터 모든 사람은 추적을 그만둔다."

범우의 말에 이화림이 눈을 한껏 치켜뜨고는 노려보았다.

범우가 모시고 있는 강요맹이 직접 와서 이런 말을 한다 해도 듣지 않을 이화림이었다. 더구나 범우는 강요맹의 아래가 아닌가.

하지만 범우는 이화림의 시선 따위는 전혀 신경을 쓰지 않는 듯했다. 마치 내가 말했으면 모두 들어야만 한다는 듯 눈도 끔뻑하지 않은 채 오연히 주위를 돌아보았다. 그리고는 굵은 목을 틀어 항문월을 쳐다보며 다시 말했다.

"요선보든 아니면 군림가의 사람이든."

이번엔 향문월이 범우를 노려보았다.

안 그래도 걸끄러운 기회만 생긴다면 서로 치고 받는 게 일인 요선보와 군림가였다.

범우기 미치지 않고시아 자신에게 이런 말은 할 수 없었다.

한동안 범우와 눈을 마주친 채 노려보던 향문월이 빙긋 웃고는 고개를 끄덕였다.

"군림가의 사람들은… 성녀의 뒤를 쫓을 뿐… 물론 시간이 지나면 다른 곳도 들쑤셔 봐야겠지만……."

역시나 향문월의 말끝을 묘하게 길게 늘이는 특이한 말투였다.

하지만 그 말의 뜻은 군림가는 더 이상 복면인과 소이보의 뒤를 쫓지 않겠다는 것이었다. 적어도 지금은. 만약 시간이 더 흐른다면 그때서야 뒤를 쫓아가겠다는 말을 돌려 말한 것이다.

물론 그때의 시간이란 소이보의 내상이 치료될 정도의 시간이 흐른 후겠지만.

향문월이 범우의 기세나 당소유의 협박에 뒤로 물러선 것은 아니었다.

부하를 아끼는 범우의 마음에 고개를 숙인 것이고, 또한 평생 두 번 다시 보지 못할 엄청난 비무를 선보여 준 요안이란 사내에 대한 경의의 표시였다.

이화림이 의외라는 듯 향문월을 쳐다보다가 다시 범우 쪽으로 고개를 돌리고는 피식 웃었다.

"그놈이 명륜지연을 잊지 말았으면 좋겠군, 너무 오래 기다릴 수는 없으니.”

이화림의 뜻 역시 향문월과 같았다.

내상을 입은 사람에게 절대 필요한 것이 안정이었다.

자신이 요선보의 사람들을 이끌고 뒤따라간다면 복면인과 또다시 손을 섞어야 하는데, 아무리 생각해도 승산이 서지 않는 일이었고 소이보의 내상에도 좋지 않은 영향을 끼칠 게 분명했다.

범우가 주위를 둘러보고는 다시 몸을 돌려 당소유를 쳐다보았다.

당소유가 잘 생각했다는 듯 얼굴에 다시 미소를 떠올릴 때 범우가 말 위에 올랐다.

그리고 고삐를 잡아당겨 천천히 당소유 앞으로 걸어 나왔다.

당소유의 표정이 순간 멍해졌다.

범우는 마치 중독시켜 보라는 듯 굳어진 얼굴로 말 위에서 당소유를 노려보았기 때문이다.

당소유가 어이없다는 듯 천천히 다가오는 범우를 쳐다보다 입을 열었다.

“이, 이러면 일이 커질 텐데. 요, 요선보가 정녕 전쟁을 원하는 것이 아니라면…….”

당소유의 말을 끊듯 범우가 딱딱한 어투로 말했다.

“요선보와는 상관없어. 나 혼자 가니까.”

범우의 말은 확실했다. 요선보의 모든 사람은 이곳에 머물러 있었다.

단지 범우 혼자만 당소유의 옆을 지나쳐 가고 있었다. 소이보가 사라진 방향으로.

“그, 그래도 혈랑대의 대장이 나선다는 것은…….”

당소유가 천천히 다가오는 범우의 몸이 왠지 더욱 커 보인다는 생각을 하며 더듬거렸다.

"혈랑대와는 상관없다."

범우가 당소유를 스쳐 지나면서 고개도 돌리지 않은 채 대답했다.

단지 범우의 시선이 고정되어 있는 곳은 복면인이 사라진 방향이었다.

말 위에서 범우가 다시 입을 열었다. 다시 한 번 확인하는 것처럼 당소유의 귀에 박아 넣듯 힘있는 목소리였다.

"형으로서, 동생을 찾아가는 것이니까."

그 말을 끝으로 범우는 말의 고삐를 잡아챘고, 말은 힘찬 투레질과 함께 발굽을 굴렀다.

"형이라……."

당소유가 그렇게 멀어지는 범우의 뒷등을 바라볼 때였다.

"어머! 혹시 내 동생 못 봤어?"

고개를 돌린 채 범우의 뒷모습을 바라보던 당소유가 갑자기 뒤꼭지에서 종달새가 울듯 종알대는 목소리에 화들짝 놀라 고개를 돌렸을 때였다.

곽예주는 눈을 동그랗게 뜨고는 마치 길을 가다 마주친 사람에게 방향을 묻듯 그렇게 묻고 있었다.

"울 큰오빠가 막내를 찾으러 간다고 했는데, 내가 지켜만 보기가 그렇잖아? 안 그래? 아, 물론 요선보와는 상관없는 일이지. 물론 이미 알겠지만 말이야."

종달새는 한쪽 눈을 찡긋 감아 보이고는 말을 몰아 마치 범우가 그랬듯이 당소유의 옆을 천천히 스쳐 지나갔다.

그리고…

지반월이 재미있다는 듯 웃으며 나른하게 접힌 눈으로 당소유를 쳐다보며 그렇게 지나갔다.

지반월의 등 뒤엔 양쪽 어깨를 천으로 감싼 사검정이 기대듯 앉아 있었다.

"동생이라… 말 잘 듣는 개보다도 못한 물건이지…….."

나른하다 못해 졸립기까지 한 지반월의 중얼거림에 뒤에 앉았던 사검정이 고개를 끄덕였다.

고갯짓 따라 출렁이는 사검정의 윤기나는 기다란 수염은 멋있었지만, 마치 석고를 부어 만든 듯한 딱딱한 얼굴은 그리 보기 좋은 물건이 아니란 생각을 당소유가 할 때였다.

지반월과 사검정이 탄 말 뒤로 또 한 사람이 천천히 말을 탄 채 지나가고 있었다.

얼굴 가득 털로 뒤덮은 둔비가 손에 들고 다니던 편곤 대신 부홍을 꽁꽁 싸맨 밧줄을 들고는 함빡 웃으며 속삭였다.

"나도 동생 찾으러 간다!"

분명 둔비 나름대로는 속삭인 게 분명했지만, 듣는 당소유는 두 손으로 귀를 막고 눈을 질끈 감았다.

귀를 막은 것이야 둔비의 깨진 종소리같이 커다란 목소리 때문이었지만, 눈을 감은 것은 다른 이유에서였다.

마치 끈으로 생선을 꿰어들 듯, 둔비가 밧줄로 온몸을 꽁꽁 매어단 부홍 때문이었다.

흥분은 조금 가라앉은 듯 호흡은 안정되었고, 조금 전처럼 발작하지 않는 것을 보니 혈면수라에서 홍안자 부홍으로 되돌아오는 듯해 보였다.

그러나 아직까지 붉게 충혈된 부홍의 두 눈을 바라보기 싫었기 때문이다.

등 뒤로 급히 달려가는 말발굽 소리가 멀어지고서야 당소유는 갑자기 소이보의 부모가 누군지 궁금해졌다.

분명 중원인은 아닐 것이다. 소이보의 요안과 창백한 하얀 피부, 그리고 건장한 몸과 큰 키로 미루어봐도 알 수 있었다.

하지만 정작 당소유가 궁금해하는 것은 그게 아니었다.

도대체 요선보의 혈랑대, 아니, 요선보의 삼팔구라는 미친 종자들을 한꺼번에 낳을 수 있는 사람이 과연 누구일까 하는 궁금증 때문이었다.

물론 요안을 동생이라 부르긴 해도 친형제간이 아닌 의형제 비슷한 것이란 것쯤은 당소유도 알고 있었다.

하지만 누가 알겠는가? 자신의 독도 무서워하지 않고 태연히 스쳐 지나갈 저런 미친 종자들이라면, 분명 친형제보다도 더 진하고 가까운 미친 피가 흐를 게 분명한 것을.

"저어……."

새로운 목소리였지만 당소유는 구태여 눈을 뜨지 않았다.

눈을 뜨지 않아도 목소리의 주인이 누군지 알 것 같았기 때문이다.

저렇게 편안하고 기름진 듣기 좋은 목소리는 하나밖에 없었다. 훤한 인상에 사람 좋아 보이는 웃음을 웃는 사람.

'문기서라고 했던가?'

당소유는 아마 자신의 생각이 맞을 거라고 생각했다.

그래서 질끈 감은 눈을 뜨지도 않은 채 얼른 손바닥을 들어 내저었다. 귀찮게 동생 운운하지 말고 얼른 지나가란 표시였다.

문기서가 타고 있는 게 분명한 말발굽 소리가 등 뒤로 한참이나 멀어진 후에야 고개를 절레절레 저은 당소유가 눈을 뜨고 앞에 남아 있는 사람들을 쳐다보았다.

만약 요안을 동생이라 부르는 미친 종자가 더 있다면 언제든지 자리를 비켜줄 각오였지만, 다행히 더 이상 당소유 앞으로 나오는 사람은 없었다.

생각해 보니 미친 삼팔구에 들어 있는 괴상한 종자들은 다 보낸 셈이었다. 그렇다면 더 이상 자신의 곁을 유유자적하게, 가슴을 펴고 당당하게 지나가는 사람은 없어야 했다.

하지만 정작 눈을 떴을 때 미친 종자 대신 예쁘장한 이화림이 묘한 미소를 지으며 당소유를 쳐다보고 있었다.

당소유가 소리쳤다. 굳은 결심을 내보이기라도 하는 것처럼 힘이 깃든 목소리였다.

"더 이상은 못 보내!"

이화림이 빙긋 웃으며 대답했다.

"나도 그럴 생각이 없어. 이상한 눈의 요안을 동생으로 둔 적도 없고. 사실 난 네놈이 더 궁금하거든."

당소유가 무슨 뜻이냐는 듯 부은 눈을 커다랗게 뜨자 이화림이 교소를 터뜨리며 웃었다.

"하하, 재미있어. 네놈이 우리들 발을 묶어둔다 생각하겠지만, 거꾸로 뒤집어 보면 이런 말도 되지. 우리가 네놈 발을 묶어둔다는."

당소유가 이해가 가지 않는다는 듯 고개를 갸우뚱거리자 이화림이 친절하게 설명해 주듯 느리게 말했다.

"얼마 후면 필기삼괴 중 다른 사람이 오기로 되어 있거든. 들어는

봤겠지? 환유도귀(幻釉賭鬼)라고. 난 그 사람과 한 번 내기를 걸어볼 참
이야. 그리고 네놈 뒤를 따라다니면 성녀를, 그리고 이 일을 뒤에서 꾸
민 사람을 만날 거란 데 내 돈을 걸겠어.”

당소유는 두 눈을 다시 질끈 감았다.

이화림이 말한 환유도귀가 누군지 당소유는 너무도 잘 알고 있었다.

환유도귀 강요맹(康窈孟), 자신과 나추몽마(娜醜夢魔) 팽유(彭枏)와
함께 필기삼괴로 불리는 사람이었다.

강요맹, 환유도귀이자 요선보의 혈랑대를 맡고 있는 사람을 떠올리
자, 아무리 소림무치가 전음으로 명령했다 한들 아예 뒤도 돌아보지 않
고 그 순간 도망갔어야 한다는 후회가 가슴속으로 쏴 하게 밀려들었다.

2

소이보는 세찬 바람이 머리카락을 흩날리는 느낌에 감았던 눈을 떴
다.

잠깐 정신을 잃었던 게 틀림없었다.

뱃속은 마치 용암에 빠진 듯 뜨거운 기운이 요동치고 있었다.

온몸의 혈관은 팽팽하게 잡아당겨져, 언제라도 찢길 것처럼 부풀어
올랐다. 뼈마디는 모두 잘게 부서진 것처럼 근육과 뒤엉켜 욱신거렸
다.

하지만 지금 소이보가 가장 참기 힘든 것은 아찔한 현기증이었다.

빠른 속도로 주위의 경물이 바뀌고 있었기 때문이다.

멀리 있던 바위가 빠르게 다가오다가 뒤로 제쳐지듯 멀어졌다.

흡사 눈앞에 바위가 우뚝하니 솟았다가 빠르게 꺼지는 듯 보일 정도였다. 마치 뒷춤에 그림 하나를 숨겼다가 눈앞에 갑자기 디밀고는 그보다 빠르게 다시 뒤로 숨기는 광경을 멍하니 바라보는 것 같은 기분.

상상을 초월할 속도였고, 인간의 능력을 벗어난 빠르기였다.

그리고…

'이러니 아무리 뒤를 쫓아도 발견하지 못했겠지.'

거기까지 생각하고는 소이보가 다시 정신을 잃었다.

복면인이 골라 밟는 곳은 사람의 시야에서 벗어난 각도였다.

그저 일직선으로만 내달리는 것이 아닌, 갈지자로 이리저리 몸을 비틀어 엄청난 빠른 속도로 사각(死角)만을 골라 밟았다.

바람처럼 내달리던 복면인의 신형이 멈췄다.

달릴 때는 마치 광풍처럼 내달리던 것이, 한번 멈추어 서자 산들바람조차 그친 듯 모든 것이 고요하게 멎어 있었다.

잔잔한 호수의 표면에 바람이 파문을 만들다가 지워 버린 것처럼 주위는 고요했다.

복면인은 그렇게 멈추어 서서 주위를 둘러보았다.

깊은 산을 오르는 험준한 계곡 사이 공터였다.

누군가 산의 옆구리를 헤쳐 틈새를 살짝 벌린 것처럼 은밀하고 깊이 숨겨진, 그저 들짐승이나 가끔 와서 쉬었다 갈 만한 공터였다.

안심이 된다는 듯 복면인은 천천히 소이보를 내려놓았다.

"음… 음… 살았을까?"

걱정된다는 듯 복면인이 중얼거렸다.

소이보가 역천파사공을 운기했으니 지금쯤 미쳐 날뛰거나, 아니면 끝내 폭사해 죽어야 당연했다.

복면인이 소이보에게 느낀 것은 난생처음 보는 것이긴 했지만 역천파사공이 분명했다. 일순간에 공력이, 급작스럽게 폭발적으로 늘어나는 무공은 복면인이 알기로는 역천파사공밖에 없었다. 그리고 역천파사공의 허무하고도 잔인한 귀결 또한 잘 알고 있었다.

쓰러진 소이보의 일굴을 한동안 바라보던 복면인이 도저히 믿시 못하겠다는 듯 고개를 절레절레 저었다.

복면인은 짜증난다는 듯 쓰고 있던 복면을 거칠게 벗었다.

그러자 굵은 눈썹과 깊은 눈 밑으로 펑퍼짐한 코와 두툼한 입술이 드러났다. 그리고 이마 깊숙이 새겨진 계인이 선명하게 드러났다.

복면인이 한껏 인상을 찌푸린 탓인지 계인은 위아래로 움직였고, 입으로는 땅이 꺼져라 연신 한숨을 내쉬었다.

복면인, 아니, 이젠 누가 봐도 소림무치가 분명한 노승으로서도 어쩔 수 없었다.

요안의 머리카락이 가닥가닥 하늘로 올라가고, 차가운 숨결에서 죽음의 살기가 느껴지는 위압감은 엄청난 것이었다.

그렇기에 자신도 모르는 사이 백보신권을 깨달았지만 하나도 기쁘지 않았다.

무치로서는 난생처음으로 생명의 위협을 느낀 것이다.

무치가 손가락 하나를 들어 가만히 소이보의 코밑에 가져다 대었다.

있었다. 지금이라도 끊어져 버릴 듯했지만 여리디여린 호흡 하나가 무치의 손가락에 느껴졌다.

무치의 얼굴에 화색이 돌았다.

그래서 무치는 두툼한 손바닥을 들어 더욱 세심한 손길로 소이보의 왼쪽 가슴에 올려놓았다.

숨을 잠시 고를 시간도 채 지나지 않아 무치의 얼굴이 새하얗게 변했다.

얼굴에 돌던 피가 모두 아래로 쏟아져 내린 것처럼 새하얀 빛이었다.

"주, 죽었다. 죽어버렸어. 내가 이 아이를… 내가 이 아이를… 죽인 건가?"

무치가 혼이 나간 듯 중얼거렸다.

손바닥에선 따뜻한 온기 외엔 아무것도 느껴지지 않았다.

그 아래에선 어떤 고동도 느낄 수가 없었다.

심장이 뛰고 있질 않은 것이다.

방금 전까지만 해도 숨결을 느낄 수 있었는데, 그 짧은 시간에 죽어버린 것이다.

무치는 그 자리에 털퍼덕 주저앉고는 두 손으로 민둥머리를 감싸 쥐었다.

하늘이 무너진 기분이었다.

승려의 몸으로 사람을 죽인 것이다.

그것도 소림사에서 배운 무공으로 직접 손을 써서 죽인 것이다.

죽일 마음은 없었다. 하지만 죽어버렸다.

"정말 죽일 마음은 없었어……."

무치는 보이지 않는 사람에게 말을 건네듯 푹 숙인 머리를 두 손으로 벅벅 긁었다.

오래지 않아 무치의 머리에 붉은 선이 만들어졌고, 그 선에서 핏물이 배어 나오기 시작했다.

하지만 무치는 고통도 느끼지 못하는지 멍한 눈빛으로 소이보를 쳐다볼 뿐이었다.

바로 그때, 기적이 일어났다.

소이보의 가슴이 들썩이고 고개가 위로 젖혀지더니 입에서 핏줄기를 토해낸 것이다.

"크— 억—"

짧은 신음과 함께 핏줄기는 대나무로 만든 물총에서 쏘아낸 듯 앞으로 뿜어졌다.

무치가 어느새 소이보의 곁에 다가가 소이보를 부축하고 있었다.

"살았다!"

하지만 무치의 외침이 채 끝나기도 전에 소이보의 고개는 다시 무치의 팔뚝에서 힘없이 떨궈졌다.

무치는 다급하게 다시 소이보의 왼쪽 가슴에 손바닥을 가져다 대었다.

"주, 죽었다."

벼락이라도 맞은 것처럼 멍하니 있던 힘없는 목소리로 중얼거렸을 때, 무치의 낯빛이 또 한 번 바뀌었다.

심장의 고동은 느껴지지 않았지만, 분명 소이보의 가슴은 아주 미약하게 오르내리고 있었다. 마치 숨이라도 쉬는 것처럼.

무치는 조심스럽게 다시 한 번 손가락을 힘없이 늘어져 흔들거리는 소이보의 머리에 가져다 대었다. 정확히는 콧구멍 바로 아래였다.

잠시 숨죽인 채 손가락 끝에서 느껴지는 감각에 집중하던 무치는 제자리에서 펄떡 뛰었다.

"숨을 쉰다! 죽은 사람이 숨을 쉰다! 죽었다. 분명히 죽었는데… 숨을 쉰다!"

땅에 누운 소이보를 쳐다보는 무치의 눈빛은 정말 귀신을 본 것처럼 떨리고 있었다.

아니, 귀신이었다. 분명 무치가 볼 때는 귀신이었다.

심장은 멎었는데 숨을 쉬는 사람은 없었으니까.

무치는 혼란스러움에 다시 대머리를 두 손으로 벅벅 긁기 시작했다.

3

'……'

소이보는 정신이 들었다.

마치 별림에서 보던 산이, 연한 녹색에서 진한 녹색으로, 그러다 절정에 달하는 순간 붉고 노랗게 물들다 잎이 시드는 것처럼 그렇게 정신이 들었다.

일 년의 세월이 지나고, 그 일 년 동안 산의 색이 변하는 것을 바라본 것처럼 느껴질 정도로 의식은 천천히, 느리게 되돌아오고 있었다.

아무것도 없는 빈 공간에서 무언가 움직이기 시작했다.

그것은 느낌이었다. 말로 표현할 수도, 눈으로 볼 수도 없었지만, 분명 무언가 확실한 느낌이 있었다.

처음엔 간지러움처럼 시작한 그것은 차가운 얼음이 되었다.

이젠 완전히 의식이 돌아온 소이보가 처음 느낀 감각이었다.

한기였다. 한기가 치밀어 오르더니 온몸을 꽁꽁 동여맨 듯했다.

그리고 모깃소리처럼 귀에 무언가가 웅웅거리기 시작했다.

처음엔 알 수 없는 소음이던 것이 한마디 한마디가 점점 분명해지면서 노랫가락으로 변해갔다.

"어두운 달밤. 붉은 달이 지면 파란 잿빛 달이 뜬다. 세상이 그 빛으로 물들면 사람들의 영혼은 요안의 것이 된다. 어두운 달밤. 붉은 달이 지면 파란 잿빛 달이 뜬다. 세상이……."

단조로운 어조의 노랫소리였다.

어떨 때는 느리게, 어떨 때는 신이라도 난 것처럼 빠르게 이어졌지만 항상 같은 내용이 반복될 뿐이었다.

그리고 흐느껴 우는 것처럼, 마치 누군가의 영혼을 애타게 부르는 것처럼 노랫가락은 소이보의 귓전에 맴돌았다.

"으……."

소이보는 저도 모르게 신음성을 냈다.

하지만 곧 지독한 고통에 이를 부여 물었다.

얇은 칼이 뱃속을 갈기갈기 헤집는 것 같았다.

척추는 모두 비틀린 듯 아무런 감각도 느껴지지 않았다.

부러진 갈비뼈의 조각이 폐를 꿰뚫은 것처럼 날카롭고 예리한 고통이 몸통 속을 가득 채웠다.

그때 따뜻하고 온유한 기운이 아랫배에서 위로 치밀어 올랐다. 무치가 불어넣은 내공이었다. 하지만 고통은 더욱 심해질 뿐이었다.

당연한 일이었다. 소이보의 기혈은 원래부터 뒤바뀌어 있었고, 보통의 추궁과혈(推宮過穴)의 방법은 도리어 좋지 않은 결과만을 만들어낼 뿐이었다.

소이보가 눈을 떴다. 단지 얇은 눈꺼풀에 지나지 않았지만, 천 근의 바위를 들어 올리는 것보다도 더욱 힘이 들었다.

하지만 눈을 떠도 눈에 들어오는 것은 아무것도 없었다.

어둠 속을 가득 채운 희뿌연 안개만이 눈앞을 오가고 있었다.

'밤인가?'

처음 소이보의 뇌리 속에 떠오른 생각이었고, 아마 맞을 것이다.

꽤나 오랫동안 정신을 잃었던 게 틀림없었다.

소이보는 지금이 언제쯤인지, 또 여기는 어딘지 알아보기 위해 눈에 힘을 주어봤지만 소용이 없었다.

단지 눈앞에서 유령처럼 희뿌옇게 떠다니던 것들이 점차 한곳에 모이더니 둥그스름한 형태를 만들어낼 뿐이었다.

'사람……?'

소이보는 그것이 사람의 얼굴이라는 걸 깨달았다.

눈이 있을 자리는 어두웠고, 코가 위치할 자리는 튀어나와 하얀빛으로 출렁거릴 뿐이었지만, 대강 사람의 윤곽은 알아볼 수 있었다.

무치였다. 무치는 소이보를 안은 채 걱정스런 눈으로 소이보를 바라보다가 미안한 듯 자신의 민둥머리를 또다시 손으로 쓰나듬었다.

오한이 다시 찾아왔는지 소이보의 몸이 가늘게 떨자 무치는 입을 소이보 귀에 바싹 가져다 대고 속삭였다.

"사람들이 쫓는다. 그래서 불 못 피운다. 추우면……."

무치는 힐끗 뒤를 돌아보았다. 소이보의 귀에 조각나 울려 퍼지던 노랫가락이 들려오는 방향이었다.

"어두운 달밤. 붉은 달이 지면 파란 잿빛 달이 뜬다. 세상이 그 빛으로 물들면 사람들의 영혼은 요안의 것이 된다. 어두운 달밤……."

뜻 모를 가사가 계속 연이어 되풀이되는 노랫소리가 조금 더 커지는 듯하자 무치의 인상이 찌푸려졌다.

그리고 품에 안은 소이보의 얼굴을 천천히 손으로 쓰다듬으며 혼잣말처럼 중얼거렸다.

"사람들의 영혼은 요안의 것이 된다."

노랫가락 중에 한 대목이었다. 무치는 그 말이 신경 쓰인다는 듯 몇 차례 되풀이해 따라 하더니 다시 인상을 찡그리고 소이보를 쳐다보았다.

분명 한쪽 눈은 맑은 가을하늘을 닮은 듯한 새파란색이었고, 다른 쪽 눈은 고동색이 도는 잿빛 회색이었다.

비록 초점이 맺히지 않은 채 멍하니 위를 올려다보고 있는 상태였지만, 각기 다른 색 때문에 신비하고 요사스럽게 보이는 것도 사실이었다.

"사람들의 영혼은 요안의 것이 된다."

믿지 못하겠다는 듯 다시 한 번 중얼거리며 소이보의 눈을 보던 무치가 벌떡 몸을 일으켰다.

할 일을 잊고 있다가 뒤늦게 깨달은 것처럼 다급한 기색이었다.

"멀리 피해야 하는데… 성녀가 피하라고……."

무치는 주위를 둘러보며 다시 중얼거렸다.

노랫가락이 이만큼 똑똑히 들려온다는 것은 그만큼 사람들이 가까이 다가오고 있다는 것을 뜻했다.

무치는 곧 몸을 돌려 노랫소리가 들려오는 방향을 향해 한 걸음 걷다가 곧 멈추고는 뒤를 돌아보았다.

아무래도 소이보의 존재가 마음에 걸리는 모양이었다.

사람들이 헤쳐 오는 방향을 파악하려면 경공으로 주위를 빠르게 돌아봐야만 했다.

그렇다고 소이보를 품에 안은 채 돌아볼 수는 없었다.

소이보는 극히 위중한 상태였고, 주위를 살피려면 극히 은밀한 몸놀림이 필요했다.

한참 갈등하던 무치의 눈에 소이보의 턱이 바르르 떨리는 게 보였다.

"요안 춥다. 불은 못 피운다. 하지만 요안은 춥다……."

몇 차례 입술만 달싹거리며 중얼거리던 무치가 한참을 생각하는 듯하더니 곧 웃통을 벗었다.

그러자 잘 발달된 몸매가 드러났다.

상처 하나 없는 건장한 몸을 울퉁불퉁한 근육이 휘어 감고 있었다.

달빛에 반짝이는 근육에선 왠지 정결하다 못해 성결한 기운이 흐르는 듯했다.

무치가 곧 공터 주위를 돌아다니며 때때로 몸을 숙였다.

그렇게 한 바퀴를 돌며 주먹보다 조금 더 큰 듯한 돌 몇 개를 모은 후, 손 위에 올려놓고는 두 눈을 감았다.

그렇게 대략 식은 차 한 잔 들이킬 만한 시간이 지나자 무치는 손에 들었던 돌을 자신이 벗어놓은 옷 안에 감싸고는 조심스럽게 소이보의 몸 위에 올려놓았다.

따뜻했다.

따듯한 정도가 아니라 뜨거웠다. 내상에 눈이 침침하고 온몸에 감각을 거의 잃어버린 소이보마저도 그 열기를 후끈 느낄 수 있을 정도였다.

대단한 열양신공의 재주였다.

온몸을 감싸고 도는 온기 때문인지 소이보는 안온함에 젖어 나른해졌다.

꼭 부드럽고 따뜻한 물에 온몸을 잠근 것 같은 편안함이었다.

그리고 아득한 심연 속으로 가라앉듯 정신을 잃어갔다.

아무런 후회도 없었다. 더 이상 온몸을 짓눌러 버릴 것 같은 분노도 없었디.

부딪쳐 보고 싶어 부딪쳤고, 최대한의 능력을 뽑아내 겨루었다.

그리고 졌다. 변명 따위는 통하지 않을 만큼 깨끗한 패배였다.

그래서 도리어 마음이 편안해졌다. 다른 사람에게 지고도 이토록 편안해질 수 있다는 게 놀라울 정도였다.

깊은 잠에라도 빠져드는 것처럼 흐려지는 의식 속에서도 소이보의 입가엔 미소가 어렸다.

그리고 얼마의 시간이 흘렀는지 몰랐다.

"또 살았다! 죽었다가 또 살았다."

둔탁한 목소리가 소이보의 귀에 들렸다.

왠지 익숙하면서도 이질적인 느낌을 주는 목소리였다.

"누구……."

소이보는 한참 동안 애를 쓴 이후에야 겨우 토해내는 거친 숨소리에 신음처럼 글자 두 개를 얹어놓을 수 있었다.

마치 십 년 동안 가위에 눌린 듯, 깊은 잠에서 깨어나는 과정은 고통스러웠고 목소리도 명확하게 낼 수 없었다.

"나? 음… 난 소사(少師)지!"

또다시 들려오는 둔탁한 목소리.

소이보는 고개를 옆으로 돌렸다. 아니, 돌리려고 힘을 주자 고개가 옆으로 힘없이 떨궈졌다.

하지만 그 덕분인지 목소리의 주인이 누군지 볼 수 있었다.

승려. 그것도 나이가 많은 노승이었다.

깊은 눈동자는 어딘선가 본 것 같았지만, 윙윙 울리는 머리 속으로는 누군지 따져 볼 여력이 없었다.

"소… 사……?"

승려는 소이보의 말에 함빡 웃으며 고개를 끄덕였다.

소이보가 깨어난 것이 기쁜 것인지, 아니면 자신의 말을 알아들은 게 기쁜 것인지는 모르겠지만, 아무튼 얼굴은 장난감을 안아 든 아이처럼 해맑게 웃고 있었다.

더욱이 칭찬이라도 받은 것처럼 가슴을 앞으로 내밀며 친절하게 설명했다.

"응! 우리 사부가 대사(大師)였으니 난 소사지!"

말을 마친 노승은 마치 주인에게 머리를 쓰다듬기고 싶어 꼬리를 흔드는 강아지처럼, 소이보 곁에 바짝 다가와 두 무릎을 모아 쪼그려 앉았다.

그제야 소이보는 알 수 있었다.

지금 옆에 쪼그려 앉아 있는 승려가 누구인지를.

'무치, 소림무치!'

소이보는 얼굴로 쏟아질 것 같은 밤하늘의 별을 멍하니 바라보았다.

지금이 밤인 것은 확실했다. 하지만 정신을 잃은 후 얼마나 시간이 지난 것인지는 알 수 없었다.

소이보는 천천히 주위를 둘러보았다.

하지만 아직 목이 불편한 탓으로 그저 눈을 크게 뜨고 눈동자를 굴리는 게 고작이었다.

어둠 탓인지 주위가 분명치 않았다.

노승, 아니, 무치가 소이보의 정신이 완전히 돌아온 게 흡족한지 웃음 띤 얼굴로 말했다.

"너 심장이 다르다. 기혈도 다르다. 다행히 파사공을 운기하고도 살았다. 하지만 내력으로 치유할 수 없다. 경락이 다 꼬였다. 파사공 운공하면 그렇게 된다. 심장이 자리를 바꾸고 기혈이 꼬인다. 너 죽을 뻔했다. 소사는 크게 놀랐다."

무치는 정말 크게 놀랐다는 듯 말하는 가운데 가슴을 손바닥으로 쓸어 내렸다.

무치는 소이보의 몸이 원래 그렇다는 것을 잘 모르는 모양이었다.

그저 파사공을 운기한 탓으로 온몸이 그렇게 뒤틀려 버린 것으로 생각하는 것 같았다.

"다행히 너 정신을 차렸다. 이젠 올라갈 수 있다."

무치가 말을 하며 한쪽을 쳐다보았다.

소이보의 머리 위쪽이었는데, 간신히 고개를 뒤로 젖히자 까마득히 솟아 있는 절벽이 있었다.

아마도 무치는 저 절벽을 오르려 한 모양이었는데, 정신을 잃은 소이보를 안고 오르기가 꺼려져 여기에서 고민을 하고 있었던 모양이다.

무치 생각에는 기혈이 뒤바뀌고, 거기다 심장까지 제 위치를 벗어날 정도로 중상을 입은 환자를 안고 오르다 잘못 흔들리기라도 한다면 죽을 게 분명하다고 생각하는 듯했다.

사실 무치의 생각이 잘못된 것이긴 했지만, 지금 소이보의 몸 상태로 보자면 그리 틀린 이야기도 아니었다.

심장과 바뀐 기혈은 원래 그렇게 태어났지만, 엄중한 상처를 입은 것은 사실이었기 때문이다.

무치는 소이보가 절벽을 보고 있는 동안 가만히 기다렸다가 소이보가 가벼운 한숨과 함께 고개를 돌리자 조심스럽게 물었다.

"괜찮겠어?"

무엇을 묻는지 알 것 같았다. 자신이 소이보를 안거나 업고 절벽을 올라갈 생각인데, 소이보의 몸이 견딜 수 있겠냐는 물음이었다.

하지만 소이보는 대답 대신 다른 것을 물었다.

"여기가 어디……."

아직 말은 분명하게 발음이 되지 않고 있었다.

하지만 무치에겐 그 뜻이 나름대로 전해진 모양이었다.

"여기?"

무치는 곧 주위를 두리번거리다 손을 머리에 올리고는 벅벅 긁었다.

항상 답을 모를 때 하는 행동이었고, 답을 알고 있는 경우보다 모르는 경우가 더 많았으므로 머리를 긁는 무치의 손동작은 그 어떤 무공보다 자연스러웠고 훌륭해 보였다.

그래서 소이보가 저도 모르게 피식 웃었다.

소이보의 웃음에 무치 역시 멋쩍게 웃는 듯하더니 곧 나름대로 대답했다.

"나? 난 아무 데나 있어. 세상 어디에나 내가 있지."

분명 이리저리 궁리하다 그냥 즉흥적으로 토해놓은 대답이었는데 소이보가 듣기로는 근사한 말이었다.

아니, 그 말이 정답 같았다.

'아무 곳에나 있다라… 또 세상 어디에나…….'

소이보는 그 말을 되새김질하려는 것처럼 눈을 감았다.

마음이 넓다면 아무 곳이나 있을 수 있었다.

이미 마음에 자연을 담은 별림의 노인 역시 조그마한 별림에서 수십 년을 살아오지 않았던가.

세상을 피해 숨은 것은 아니었다.

별림의 노인을 꺾을 존재는 그 어디에도 없었기에.

하지만 노인은 별림을 벗어나지 않았다.

이미 노인에겐 세상 모든 곳이 별림이었고, 별림이 바로 세상이었다.

노인이 그 어디에 있어도 마찬가지였으리라.

"그럼 나는 이제 어디로 가지?"

구태여 무치에게 물은 것은 아니었다.

그저 혼잣말처럼 중얼거린 것에 지나지 않았다.

마음이 부서져 내린 것 같았다.

이대로 별림으로 돌아갈 수는 없었다.

하지만 무치로서는 그 질문에 대한 대답을 궁리해 내려 애쓰고 있었다.

"일단 절벽을 넘어야지?"

무치의 말에 소이보는 다시 히죽 웃었다.

그러나 그 웃음엔 예전과 다리 허탈함만이 가득 차 있었다.

지금 소이보로서는 세상 모든 것이 절벽인 것 같았기 때문이다.

"그 다음엔?"

소이보가 물었다. 하지만 무치 쪽은 돌아보지도 않은 채였다.

그냥 스스로 질문을 던져 본 것에 지나지 않았다.

하지만 무치의 표정은 더할 나위 없이 심각해졌다.

"그야 북쪽으로……."

"그 다음엔?"

"조, 좀 더 북쪽……."

"그 다음엔?"

소이보로서는 무치에게 뚜렷한 대답을 원한 것은 아니었다.

그저 허탈한 마음에, 멍하니 초점없는 눈으로 밤하늘을 보며 중얼거린 것에 지나지 않았다.

무치는 막 입을 열어 뭐라고 말하려는 듯하다가 우물쭈물하며 입을 닫았다.

아마도 무치가 하려던 말은 '더욱더 북쪽으로 가면…' 이 틀림없었고, 그래도 기특하게 '그 다음엔?' 하는 소이보의 대답이 나올 게 뻔했기에 입을 다문 것이 틀림없었다.

무치는 낑낑대며 더운 콧김만을 코로 내뱉고 있었다.

향 한 대 정도 피울 시간이 지난 후에 무치는 좋은 생각이 떠올랐는지 갑자기 허공으로 솟구쳤다.

신이 나는지 손바닥으로 자신의 엉덩이를 몇 차례 빠르게 두들기고는 활기찬 목소리로 크게 말했다.

"갈 곳 있다! 인생을 걷다 보면 끝내 도달하는 곳. 바로 극락! 그래, 극락! 거기 간다. 소사는 극락 간다. 요안도 극락 간다. 극락 좋은 곳이다. 내가 데려간다!"

아마도 다른 사람이 저런 말을 했으면 크게 화를 냈을지도 몰랐다. 극락에 보내준다는 말은 곧 죽이겠다는 말과 다름이 없었으므로.

아마도 무치가 대사라고 부르는 사람이 무치에게 언젠가 해준 이야기인가 본데, 무치는 용케도 아직까지 기억하고 있는 게 분명했다.

"어떻게 가지, 극락은?"

그러나 소이보는 그저 씁쓸하게 웃으며 밤하늘을 바라볼 뿐이었다.

마치 어두운 하늘 너머 저쪽에 극락이 있고, 지금 그걸 바라보는 듯한 몽롱한 눈빛이었다.

"쉽다! 두 가지만 하면 된다!"

소이보의 시선이 처음으로 무치를 향했다.

깊은 눈은 그윽하게 자신을 바라보고 있었다. 달빛에 무치의 민둥머리가 유난히 반짝였다.

지금 보이는 무치의 얼굴이라면, 그 어떤 말도 진실이라고 믿어줄 수 있을 것 같았다.

소이보의 눈빛이 자신을 향하자 무치는 이때까지 보이던 자신감은 자신감도 아니었다는 듯 가슴은 한껏 내미는 것으로도 모자라 주먹으로 가슴을 쿵쿵 내려치기까지 하며 말했다.

"모든 걸 버리는 것. 그리고 준비하지 않는 것."

마치 선언이라도 하는 것처럼 말을 끝낸 무치는 어떠냐는 듯 소이보를 내려다보았다.

그리고 소이보와 시선을 맞추며 다시 말을 이었다.

"무치 절대 안 까먹는다. 잊어먹지도 않았다. 두 가지 일만 하면 극락 간다!"

소이보는 자신을 바라보는 무치를 향해 웃으며 고개를 끄덕였다.

그걸 아는 사람이라면 어디든 있을 수 있었고 가지 못할 곳이 없었다. 설령 그곳이 진짜 극락이라 하더라도.

무치는 신이 난 듯했다.

소이보를 천천히 들어올려 등 뒤에 업었다.

허리띠를 소이보의 엉덩이 아래에 돌려 자신의 가슴 위로 엇갈리게 묶고는, 다시 소이보의 허리와 자신의 배를 단단히 이어 묶었다.

그 와중에 몇 번이고 '괜찮으냐, 옥죄진 않느냐' 고 세심히 물었지만 소이보의 고갯짓이 채 끝나기 전에 손발은 어느새 소이보와 자신을 꽁꽁 싸맨 후였다.

마치 흥이라도 오른 듯한 빠른 손놀림이었다.

무치가 가볍게 제자리 뜀을 하고는 고개를 뒤로 돌리고 바라보았다.

"……?"

방금 전 움직임이 소이보 몸에 충격을 가져다 주지 않았느냐는 물음이었다.

사실 구태여 물을 필요도 없었다.

무치의 몸놀림은 구름보다 더 가벼웠고 태산처럼 무거웠다.

소이보와 자신의 중심은 태산처럼 지켰고, 오르내리는 몸놀림은 깃털처럼 경쾌했다.

소이보의 몸에 아무런 충격도 없었다. 도리어 누워 있을 때보다 엎드려 등 뒤에 기댄 지금의 자세가 더 편안하게 느껴졌다.

소이보가 괜찮다는 듯 고개를 끄덕이자 무치가 웃고는 다시 한차례 높게 뛰었다.

이번 뜀뛰기는 조금 전보다는 훨씬 높아서 어림짐작으로도 이 장여 거리는 넘는 것 같았다.

그러나 소이보에겐 조금 전보다 더 편안하면 편안했지 불편하거나 고통이 전해지는 곳은 없었다.

소이보의 편안해진 숨결을 등으로 느꼈는지 무치는 함빡 웃음을 웃고는 곧 절벽 밑으로 다가가더니 심호흡을 했다.

들이마신 숨을 채 뱉기도 전에 소이보의 몸은 둥실 떠오르기 시작했다.

그리고 무치의 손은 거침없이 절벽을 붙잡고 몸을 당기는 동시에 발은 절벽을 박찼다.

그러자 소이보 눈앞에서 절벽이 빠르게 밑으로 꺼져 가기 시작했다.

들판을 뛰어가는 호랑이보다, 아마 절벽 위를 타고 오르는 무치의 속도가 더 빠를 거라 생각하며 소이보는 어지러운 듯 두 눈을 감아버렸다.

"그런데 별림이 뭐지?"

갑자기 소이보 귀에 무치가 묻는 목소리가 들렸다.

"……."

소이보는 아무런 말도 할 수 없었다.

그저 눈을 감은 채, 곧 끊어질 것 같은 의식을 간신히 붙잡는 것만 해도 힘들 지경이었다.

절벽은 생각보다도 높았고, 무치의 빠른 몸놀림에도 불구하고 아직 절벽 중간에도 당도하지 못한 것 같았다.

"할아버지는 안다. 하지만 별림은 모른다. 분명히 소사는 처음 들었다."

무치의 말에 소이보는 씁쓸하게 웃었다.

아마도 소이보가 정신을 잃었을 때 신음처럼 중얼거린 소리를 들은 모양이었다.

"별림……."

소이보의 갈라진 입술 사이로 또렷한 한 단어가 토해졌다.

언젠가는 돌아가야 할 곳. 그곳을 잊을 수는 없었다, 비록 정신을 놓은 그 순간까지도.

"좋은 건가?"

무치가 물었다.

소이보는 만약 자신의 몸만 괜찮다면, 힘차게 고개를 끄덕여 주고 싶을 정도였다.

당연했다. 너무도 좋은 곳이었다.

멋진 산과 좋은 경치, 마음까지 맑게 적시는 맛있는 물, 그리고 좋은 사람이 있는 곳이었다.

소이보의 마음이 무치에게도 전해졌는지 무치의 질문이 달라졌다.

"별림? 먹는 건가? 아무리 좋은 거라도 술은 안 돼. 훔친 것도 안 돼. 먹는 건 가려 먹어야 한다고 했어. 특히 여자는 먹으면 안 돼. 중사(中師)가 그랬어. 우리 사형 말이야."

소이보는 어질어질한 가운데서도 크게 입을 열어 웃을 뻔했다.

무치의 스승이 대사라 불리기에 무치 스스로 소사라고 부르고 있었다. 그래서 그 중간에 끼인 무치의 사형은 자연스레 중사가 되었다.

무치의 논리대로라면 하나 이상한 것이 없었지만, 왠지 웃음이 났다.

만약 소이보가 소림사에 들어간다면, 무치가 자신을 말사(末師)로 부를지 문득 궁금해졌다.

등 뒤로 소이보의 웃음이 느껴졌는지 무치의 고개가 오른쪽으로 갸우뚱거렸다.

하지만 손발을 놀리는 일은 멈추지 않아, 절벽을 오르는 무치의 속도는 조금 더 빨라진 것처럼 느껴질 정도였다.

"아닌가? 그럼 돈 내고 가야 하는 곳이야? 그렇다면 기녀원이 분명하군! 소사 기녀원 안다. 중사가 죽이는 곳이랬다. 돈만 있음 다 된다고 했다. 거기선 술도, 훔친 것도, 여자도 다 먹어도 괜찮다고 했다. 사바 세계의 유일한 극락이라 부를 수 있는 곳이지. 분명 중사가 그렇게 말했다. 소사, 절대 잊어버리지 않았다."

소이보는 히죽 웃었다.

다른 것은 몰라도 중사의 어투는 왠지 뺀질거리면서도 묘하게 무게를 잡는 말투가 분명했다.

지금 무치가 흉내 낸 중사의 말투가 그랬으므로.

소림에도 사람이 사는 곳인가 보다라고 소이보는 생각했다.

그것도 보통 세속의 남자들과 다를 바 없이 색을 밝히는, 아니, 어쩌면 더욱더 밝히는 승려 하나가 있는 것은 분명한 것 같았다.

왠지 소림이 좋게 느껴졌다.

소이보가 무치의 귓전에 대고 은밀한 비밀을 캐묻듯 목소리를 낮추며 물었다.

"그럼 소사도 기녀원에?"

소이보의 물음에 무치의 고개가 좌우로 힘껏 돌아갔다.

"아니다! 소사는 안 가봤다. 거기 가서 먹고 나면 배가 부른 게 아니라 다리가 후들거린다고 했다. 소사는 그런 거 싫다. 역근경에 자신의 중심이 굳건해야 비로소 허리를 쓸 수 있고 그 이후에야 손을 쓴다고 했다. 그런데 거긴 중심을 내놓고 허리를 앞뒤로 흔드는 곳이라고 중사가 분명히 말했다. 소사, 분명하게 기억한다. 손은 여자 먹을 때 위아래로 흔들고, 다른 곳은 더 요란하게 흔들어야 한다고 했다. 소사는 중심 잡아야 된다. 기녀원 안 간다. 그리고 소사는 여자 안 먹어도 배

부르다."

소이보에게 만약 조금의 힘이라도 남아 있었다면 아마도 입을 크게 벌리고는 제일 크게 웃었을 게 틀림없었다.

그리고 그 순간 드디어 절벽 위로 오를 수 있었다.

무치는 소이보를 등에 업었을 때보다 더욱 신중한 태도로 땅에 내려 놓았다.

그리고는 눈을 묘하게 뜨고 소이보를 고개를 빼뚜름하게 비틀고는 쳐다보며 물었다.

"별림, 극락?"

아마도 별림이 극락처럼 좋은 곳이냐고 묻는 게 틀림없었다.

그래서 소이보는 고개를 끄덕여 주었다.

무치는 신이 난다는 듯 눈빛을 반짝이며 다시 물었다.

"요안, 별림 언제 가? 별림에선 뭘 먹지?"

하지만 소이보는 대답을 할 수 없었다.

다시 어둠이 소이보의 온몸을 잡고 아찔한 적벽 아래로 내던지듯 정신이 아득해졌기 때문이다.

그러나 그 와중에서도 소이보는 무치의 질문을 똑똑히 기억하고 있었다.

그래서 대답했다.

입을 열어 말하지는 못했지만, 마음속으로는 더할 나위 없이 큰 목소리로 외치고 또 외쳤다.

'나중에! 한참 나중에. 힘을 얻어 어디라도 갈 수 있다면 그때서야 가는 곳이 별림이니까.'

무치는 당황했다. 소이보의 몸이 위급한 상태라는 것은 잘 알고 있었지만, 그렇다고 어떻게 해볼 방법이 없었다.

내상을 치료하고, 혼탁해진 기운을 다스리느라 추궁과혈을 해봤지만, 그것은 도리어 좋지 않은 상황을 만들어낼 뿐이었다.

무치로서는 뿌리와 가지가 뒤바뀌어 거꾸로 자라는 나무를 보는 것보다 더 황당한 일이었다.

그저 몸을 데워 체온이 떨어지지 않도록 만들어주는 것과 때때로 물을 가져와 입술을 축여주는 게 전부였다.

아무리 머리를 벅벅 긁어도 뾰족한 해답이 나오지 않았다.

맨 처음 계획은 요안이란 사람을 데려와 될 수 있으면 멀리 도망치고, 때때로 흔적을 남겨 뒷사람들이 쫓아올 수 있도록 하는 것이었다.

물론 무치 머리에서 나온 생각이 아닌 소림 방장의 생각이었지만, 그 정도 일은 간단할 거라고 생각했다.

그 생각은 처음 요안을 보았을 때부터 무언가 잘못되어 간다는 걸 직감적으로 알 수 있었다.

신비한 두 눈동자는 마치 무치의 속마음을 꿰뚫어 보는 듯한 힘이 있었다.

그리고 싸울 줄 알았다.

무치는 굉장히 두려웠다. 소이보의 요안이, 단전을 허물고 꺼내놓은 역천파사공이 너무도 무서웠다. 그래서 백보신권을 깨달을 수 있었다.

인간의 몸으로는 불가능하다는 경지에 오른 것이다.

하지만 백보신권 따위는 지금 눈앞의 일에 비하자면 아무것도 아니었다.

요안이 역천파사공을 쓰고서도 멀쩡히 살아남아 숨을 쉬고 있었다. 비록 몸속은 심장마저 자리를 옮길 정도로 망가졌지만, 다행히 미치지는 않은 듯했다.

그래서 무치는 더욱더 답답했다.

아무리 자신의 무공이 높은들 어찌 해볼 방법이 없었다.

죽지 않은 것은 하늘의 뜻이었다. 하지만 무치가 보기엔 그 하늘의 뜻이 그리 오래갈 것 같진 않았다.

무치는 절벽 위에서 왼쪽으로 빠르게 걷다가 다시 방향을 바꾸어 걷기를 되풀이했다.

그렇게 좌우로 걸으며 답답하다는 듯 머리를 벅벅 긁어댔지만 여전히 좋은 방법은 떠오르지 않았다.

만약 이 자리에 성녀라도 있었다면 그 놀라운 예지력을 통해 앞날을 내다보고 말이라도 해주겠지만, 지금은 성녀가 어디에 있는지도 모르는 상태가 아닌가.

그때 소이보의 입에서 가느다란 한숨이 토해졌다.

무치가 급히 다가가 소이보의 이마에 손을 얹었다.

마치 불을 만지는 것 같았다. 사람의 몸이라고는 믿을 수 없을 정도로 뜨거웠다.

“영약이라도 있다면⋯⋯.”

답답한 듯 혼자 중얼거리던 무치의 말이 칼로 베어낸 것처럼 멎었다.

영약이 있긴 했다. 다른 것은 몰라도 무치만은 확실히 알고 있는 영약이 있었다.

밝아졌던 무치의 안색이 밤하늘보다도 더 검은색으로 빠르게 변했다.

단지 영약이 있다는 사실과 그 영약을 구할 수 있다는 사실은 전혀 별개라는 게 떠올랐기 때문이었다.

"하지만……."

무치는 답답하다는 듯 미간을 찡그렸다.

한참이나 주저하던 무치는 곧 무엇을 결심한 듯 소이보를 가슴에 안아 들었다.

조금만 더 시간을 지체한다면, 점점 디 뜨거워지는 소이보의 몸이 끝내 검은 재로 변해 버릴 것만 같았다.

설령 자신에게 큰일이 벌어진다 해도, 또한 그 일이 방장의 명령을 어기는 일이라 해도 이젠 어쩔 수 없었다.

무치의 결심은 빠르게 굳어졌다.

결심이 서자 조금도 지체할 틈이 없다는 듯 무치의 신형이 그 자리에서 꺼져 버렸다.

단지 별빛만이 무치가 어디로 향했는지 알고 있다는 듯 해실거리며 웃듯 반짝거릴 뿐이었다.

◆ 第六章 ◆

대환단과 참회동

무치는 굵은 침을 꿀꺽 삼켰다. 하지만 곧 화들짝 놀라고 말았다. 자신의 침 삼키는 소리가 천둥소리보다 더 크게 들렸기 때문이다.

그만큼 무치는 긴장해 있었고, 피곤함을 느끼고 있었다.

다른 사람들에겐 삼 일 밤낮을 말을 타고 달려야 가능한 거리를 무치는 단 하루 만에 달려온 것이다. 더욱이 정신을 잃은 소이보를 안은 채로.

무치는 약간의 갈증을 느끼는지 다시 조심스럽게 침을 삼켰다.

지금 시각은 축(丑)시. 사위는 적막에 빠질 시간이었고, 보통 사람들은 이미 오래전에 꿈나라로 떠나 버렸을 시간이었다.

하지만 눈앞에 버티고 있는 담 너머 있는 사람들 중엔 깨어 있는 사람들도 많을 게 틀림없었다.

소림사에는 밤을 새하얗게 세우며 용맹정진하는 승려들이 한둘이 아님을 무치는 익히 잘 알고 있었다.

무치 자신도 저 담 안에 있을 때는 너무도 편안했고 살기나 위험은 전혀 느끼지 못했다. 하지만 지금은 그 누구에게도 들키지 않고 담을 넘어야 하는 것이다.

'가만… 지객당을 돌아 양심각을 통해 가는 게 빠를까? 아니면 왼쪽으로 돌아 탑림을 동해서?'

무치는 머리 속으로 소림사의 위치를 하나하나 그려보았다.

강보에 싸인 아기 때부터 살아왔던 소림사였다.

손바닥을 들여다보듯, 어느 나무 아래 바위 밑을 파면 무엇이 있는지조차 훤히 알고 있었다.

굉비(宏備)가 지네를 구워 먹기 위해 몰래 숨겨둔 곳이 어디인지, 또 술 냄새가 나지 않도록 뚜껑을 단단히 닫아놓은 독을 굉요(宏瑤)가 어디에 숨겼는지도 훤하게 알았다.

이상하게 소림사 사람들은 굉보(宏補), 즉 무치에게 전혀 거짓을 말하지 않았다. 숨기려고도 하지 않았다.

그래서 무치는 미안했다.

그런 착하디착한 소림사에서 대환단(大還丹)을 빼내려 하고 있었기 때문이다. 더욱이 자신을 길러준 소림사에서.

그래서 무치는 갈등했다.

자신이 기억하기로는 소림의 대환단은 설령 부처가 돌아와 요구한다 한들 절대 내어줄 수 없는 물건이었다.

무치는 품에 안고 있는 소이보를 천천히 내려다보았다.

하지만 아무리 봐도 이 괴상하기 짝이 없는 요안은 절대 부처랑 비슷해 보이지 않았다.

부처한테도 건네줄 수 없다는 대환단을, 이 괴상한 요안에게 절대 내줄 것 같지가 않았다.

그러나 소이보의 몸은 이제 차갑게 식어가고 있었다.

몇 시진 전까지만 해도 뜨겁게 달아올랐던 몸이 지금은 얼음처럼 차가워진 것이다.

더 이상 지체할 시간이 없었다.

그래서 무치는 벗었던 두건을 다시 얼굴에 뒤집어쓰고는 은밀하게, 발걸음 소리도 죽인 채 천천히 소림사의 담을 넘었다.

부웅~

무치 앞으로 검고 기다란 물건이 똑바로 떨어져 내렸다.

눈으로 직접 확인해 보지 않고도 무치는 그것이 봉(棒)이라는 것을 알 수 있었다.

비록 전혀 예상하지 못한 곳에서 예측 못한 방법으로 공격을 당했지만 무치는 당황하지 않았다.

'번(番)이 바뀌었나 보군.'

아마도 자신이 소림사를 나선 후 사찰 내의 경비가 더욱 삼엄해진 게 틀림없다.

그렇지 않다면 소림사 구석구석을 잘 아는 자신이 이렇게 걸릴 일은 없었을 것이고, 더욱이 누구냐는 문답도 없이 일직선으로 공격해 오지도 않았을 것이다.

더구나 자신의 은밀한 잠입을 눈치챌 정도라면 적어도 삼대 제자 이상이란 말인데, 삼대 제자가 번을 설 정도로 중대한 일이 소림사 안에 있는 것이다.

무치는 한 손으로 소이보를 안은 채 다른 손으로, 정확하게는 손가락 두 개만을 사용해 떨어지는 봉을 허공 중에서 가뿐하게 잡아챘다.

마치 젓가락이라도 집어 든 듯이 전혀 힘 하나 들이지 않은 가뿐한 손짓에 도리어 봉으로 내려친 승려가 더욱 놀라 버렸는지 봉 끝이 가볍게 떨렸다.

무치는 마치 코를 판 후 손가락에 있는 코딱지를 비비듯, 삽은 봉 끝을 손가락 끝에서 빙글 돌렸다.

그 여력에 견디지 못하고 봉을 내려쳤던 상대가 봉을 놓아버렸다.

'공부가 덜 됐군.'

아마도 무치의 바로 아래인 료자배(了字輩)가 아닌 무자배(無字輩)의 제자들이 틀림없다.

만약 지금 자신을 공격한 것이 료자배 제자 중 한 사람이었다면 단단히 혼을 내주어야만 했다.

적어도 이런 간단한 당경배욕의 한 수 정도는 능히 버텨야 했기 때문이다.

'하지만 료상(了翔)이라면 한 번쯤은 봐줘야지. 어릴 때부터 척추에 병이 있어 무공을 제대로 익힐 수 없었으니.'

어린애처럼 장난을 걸어도 잘 받아주던 구김살없는 료상의 얼굴을 떠올리며 무치는 상대와의 거리를 좁혔다.

다행히 료상이 아니었다.

무경(無蛭)이란 법호를 쓰는 아이였다.

대사가 소림의 기둥이 되라고 특별히 경(蛭) 자를 지어줬기에 똑똑히 기억하고 있었다.

그러나 무경은 기둥은커녕 자신이 잡고 있는 기다란 나무토막마저

지켜내지 못했다.

도리어 회심의 일초가 격퇴당한 데 당황했는지 무치의 간단한 공격에 손발마저 허우적거리고 있었다.

'될 수 있으면 빨리 끝내야……'

무치는 무경의 혼수혈을 짚으며 속으로 생각했다.

무경이 눈앞에 나타났다는 것은 소림에 소나한진(小羅漢陣)이 펼쳐졌음을 나타내 주는 것이었고, 주위에 다른 열일곱 명이 더 있다는 말과도 같았다.

아나나 다를까, 무경의 봉을 막아내고 혼수혈을 짚는 것은 눈 한 번 깜빡일 정도로 짧은 시간이었지만, 무경이 땅에 쓰러지기도 전에 무치의 양옆으로 또 다른 봉이 날아오고 있었다.

이왕이면 소리없이 조용히 끝내길 원하는 무치로서는 도리어 고마운 일이었다.

만약 이들 중 누구라도 큰 소리로 원군을 부른다면 참으로 곤란하기 짝이 없는 일이 아닐 수 없었다.

무치의 신형은 최대한 빠른 속도로 주위를 누비기 시작했다.

맨 처음 무치가 한 일은 무경의 손에서 떨어져 나온 봉을 발로 차올리는 것이었다.

땅에 떨어지던 속도보다 더욱 빠르게 위로 솟구친 봉은 곧 허공에서 잡아챈 무치의 손 아래서 화려하게 움직이기 시작했다.

그저 사선으로 빙글 돌렸을 뿐인데도 무치의 봉이 양옆에서 다가오는 두 개의 봉 끝을 비트는 것으로도 모자라 작으면서도 괴상한 소리를 만들어냈다.

당궁— 당궁—

봉 끝이 두 명의 머리 위, 정확히 정수리 한가운데 떨어져 부딪치는 소리였다.

신경 써서 듣지 않으면 들리지도 않을 정도의 작은 소리였지만, 신경이 곤두서 있던 무치는 미간을 좁혔다.

하지만 자신 탓이 아니었다.

방금 전 내려친 봉당예불의 한 수는 극히 신경 써서 단력을 죽였기 때문에 소리가 날 수 없었다.

단지 무치가 계산한 것보다 내공이 튼실한 소림사 중들의 머리가 조금 더 단단한 게 문제였고, 그래서 괴상한 소리가 울려 퍼진 것이다.

무치의 봉을 머리로 고스란히 받아낸 두 명의 승려가 땅에 몸을 누이기도 전에 괴상한 소리는 계속 이어지고 있었다.

당궁— 당궁— 당당궁—

소림사 깊숙한 내원에서 괴상한 작은 소리가 꼬리를 잇듯 튀어나오고, 그 소리를 만들어낸 무치는 쾌재를 불렀다.

'열하나!'

생각보다 쉬웠다. 만약 이 중에 자신과 같은 연배인 굉자배(宏字輩)의 사람이 하나라도 있었다면, 아니, 바로 밑에 료 자를 쓰는 제자들이 몇 명 있기만 했어도 일이 이렇게 쉽게 풀리진 않았을 게 분명했다.

무치가 채 세 걸음을 걷기도 전에 열한 명의 승려는 입에 거품을 물고 쓰러져야만 했다.

그제야 사태가 자신들이 막기엔 너무도 엄청나다는 걸 깨달았는지 일곱 명의 승려가 뒷걸음질을 쳤다.

더욱이 그중에 눈치 빠른 몇몇은 큰 소리로 위험을 경고하려는 듯 입을 벌리고 있었으니, 무치의 다급함은 이루 말할 수가 없었다.

당다쿵— 닥쿵—

조금 전보단 조금 커진 괴상한 소리는 무치의 다급함을 잘 나타내 주고 있었고, 그 소리가 튀어나오는 순간 일곱 명 중 넷이 천천히 뒤로 몸을 뉘고 있었다.

그리고 그 순간 무치를 더욱 다급하게 만드는 일이 벌어졌다.

뒤로 주춤주춤 물러서는 세 명의 승려 머리 위를, 마치 학이 나래를 펴고 날 듯 또 다른 승려 하나가 뛰어넘어 무치를 덮쳐 오고 있었다.

방금 전의 열여덟 명의 승려보다는 실력이 훨씬 위였는지, 머리에서 '당궁' 하는 괴상한 소리를 만들어내지도 않았고, 도리어 무치의 봉을 손바닥으로 잡아오고 있었다.

제법 나이가 들었는지 이마 위엔 굵은 주름 몇 가닥이 새겨져 있었지만, 뚱뚱한 몸 때문인지 잔주름은 보이지 않아 원래 나이보다 훨씬 젊어 보이는 노승이었다.

무치가 곧 당경배욕의 한 수를 써서 노승에게 잡힌 봉 끝을 돌렸지만, 노승의 손에서 봉을 빼앗을 수는 없었다.

드디어 소림사에서 무치와 같은 배분인 상보급의 쟁자배 승려가 나타난 것이다.

무치는 곧 눈앞을 막아선 노승과는 짧은 순간에 결말을 내야만 한다는 것을 깨달았다.

그래서 아무런 미련도 없다는 듯 손에든 봉을 놓아버리고는 탁마수로 노승의 가슴을 내려쳐 갔다.

하지만 눈앞에 노승은 확실히 만만치 않았다.

무치의 탁마수를 받아내려는 듯 짧은 순간, 두 손을 연꽃 모양으로 벌리고 무치의 한 손을 마주쳐 오고 있었다.

그러나 채 두 초식이 지나기도 전에 노승은 또 다른 소리를 만들어 내었다.

쩍!

"어이쿠!"

노승이 짧은 신음과 함께 자신의 민둥머리에 두 손바닥을 올려놓은 채 제자리에 풀썩 주저앉아 버렸다.

노승의 하얗게 반짝이는 대머리 위에 너무도 선명하게 빨간 손자국이 나 있는 것이 어두운 밤이지만 확실하게 보였다.

하지만 너무도 이상하게 무치는 그 다음 공격을 하지 않은 채 두 눈에 미안함을 잔뜩 담고는 그저 바라만 보고 있을 뿐이었다.

노승은 끄응 하는 앓는 소리와 함께 머리를 감싸 쥐었던 손가락을 펴 한쪽을 가리키며 말했다.

"어서 나한전으로……."

멀뚱히 서서 구경하던 세 명의 승려가 곧 무슨 뜻인지 알겠다는 듯 고개를 끄덕이고는 재빨리 몸을 돌렸다.

그리고 그 세 명의 승려가 달려나가려던 그 순간, 머리를 감싸 쥐고 주저앉았던 승려가 땅에 뒹굴던 봉을 집어 들고는 뒤돌아선 세 명의 승려 머리를 향해 내려쳤다.

쿵딱— 쿵따닥!

짧고 강한 타격음과 함께, 막 몸을 돌린 채 한 발을 들어올린 자세 그대로 세 명의 승려가 앞으로 거꾸러졌다.

하지만 노승은 정작 쓰러진 세 명의 승려보다 손에 들고 있는 봉에 시선을 두고 있었다.

그리고는 한숨처럼 중얼거렸다.

"확실히 내가 못하군."

조금 전 무치가 만들어냈던 '당궁' 하는 소리보다 확실히 방금 자신이 만들어낸 '쿵딱' 이 더 둔탁했고 소리가 컸다.

똑같진 않더라도 비슷은 할 거라고 생각했다는 듯 실망스런 목소리였지만, 이상하게도 그리 기분 나빠 보이진 않았다.

노승은 더러운 걸 만졌다는 듯 손에 든 봉을 아무렇게나 집어 던지고는 대뜸 무치의 손목을 잡았다.

그러나 내공도 끌어올리지 않았고 금나수도, 그렇다고 특별한 조공도 아닌 괴상한 그 한 수에 천하의 소림무치의 소매가 너무도 쉽게 잡혀 버렸다.

노승은 누가 들을까 겁난다는 듯 무치의 귀에 입을 가져다 대고는 으르렁거렸다.

"미쳤어? 이게 무슨 짓이야!"

짧고 은밀하게 한차례 을러댄 노승이 꼴같잖다는 듯 무치의 위아래를 훑어보고는 다시 속삭였다.

"어쭈? 그 복면은 또 뭐고? 치승(痴僧), 아니, 소림무치가 야행인 차림으로 소림사 담을 넘다니! 개가 들으면 오줌을 갈기면서 웃을 일이다! 다행히 나한테 걸렸으니 망정이지 맹승(盲僧)에게 걸렸으면 어쩔 뻔했어!"

노승의 말에 무치가 미안한 듯 고개를 푹 숙였다.

맹승은 눈이 먼 승려가 아니었다. 도리어 눈이 아주 밝은 편이었다.

특히 소림사 중들의 잘못을 발견하는 데는 타의 추종을 불허할 정도였다.

그래서 계율원의 원주 자리를 맡았고, 다른 승려의 잘못을 본 이상 위아래 배분이나 나이, 그리고 친분 관계 등등은 전혀 고려하지 않은 채 두 눈을 질끈 감고 율법에 따라 죄를 다스렸다.

그래서 붙여진 별명이 맹승이었고, 남의 잘못을 족집게처럼 잘도 잡아내는 맹승의 법명을 집게 협(鋏) 자를 써 굉협(宏鋏)이라 붙여준 윗분들의 혜안에 소림사 모든 중들은 놀라워했다.

무치는 맞닥뜨린 상대가 맹승이라는 생각만으로도 치가 떨린다는 듯 고개를 절레절레 흔들며 중얼거렸다.

"충사(中師)에게 소사(少師)는 미안하다."

노승의 법명은 굉요였고, 소림사에서 뚜렷하게 하는 일은 없었다.

비록 법명으로 아름다운 옥이란 뜻의 요(瑤) 자를 받은 승려였지만 하는 행실은 괴팍하기 짝이 없었으니 아예 소림사에서 책임질 만한 일을 맡기지 않은 것이다.

그러나 지금은 비상시국이었고, 한 사람의 손발이라도 필요한 때였다.

그러니 놀고 먹는 게 미안해서라도 굉요가 야밤의 번을 자청해서 섰고, 담을 타넘은 무치와 맞닥뜨린 것이다.

사실 무치는 몰랐지만, 굉요가 맡은 일이 무치를 기다리는 일이었지만.

"그런데 이놈이……."

굉요는 그제야 발견했다는 듯 무치가 안아 들고 있는 소이보를, 마치 먹음직스런 동네 똥개를 바라보듯 쳐다보며 물었다.

"요안!"

무치가 한숨처럼 내뱉듯 대답했다.

"요안?"

무치의 대답에 굉요가 그럴 줄 알았다는 듯 고개를 끄덕였다.

그리고는 아예 소이보와 코를 마주 댈 것처럼 얼굴을 바싹 들이밀고 쳐다보았다.

"그러니까 이놈이 파란 달이 뜨면 사람들 영혼을 빼앗을 거란 바로 그 요안이란 말이지!"

아마도 무치가 들었던 괴상한 노랫가락이 널리 퍼진 게 틀림없었다.

그 노래를 들은 것이 불과 며칠 되지 않았는데, 멀리 떨어진, 더욱이 숭산 깊숙이 자리잡고 있는 소림사의 중들마저도 알고 있는 것이다.

확실히 어리숙한 무치마저도 이상한 느낌이 들 정도로 빠른 전파 속도였다.

대답하기 곤란해진 무치가 그저 머리를 벅벅 긁었다.

'영혼을 뺏는 건 잘 모르겠는데, 아무튼 눈알이 이상하긴 해' 라고 말하기에도 곤란했다.

자신이 알고 있는 굉요란 존재는 그 말이 떨어지기가 무섭게 당장 주위에 널브러져 있는 놈 중에 아무나 잡아 요안 앞에 바싹 들이밀고 는 '얼른 영혼을 빼앗아봐. 좋은 구경 좀 하게' 라고 말할 게 분명했기 때문이다.

"요안 아프다. 고쳐야 한다. 그래서 소사는……."

"가만 좀 있어봐. 척 봐도 상태가 좋지 않다는 것쯤은 알 수 있으니."

굉요는 요안에게서 시선을 떼지 않은 채 무치의 말을 가로막았다.

머쓱해진 무치가 멍하니 서 있는 동안 굉요는 혼잣소리처럼 중얼거렸다.

"어라? 진짜 눈동자가 다르네? 그런데 그것 빼놓고는 뭐 볼 게 없잖

아. 피부가 희고, 키가 크고, 팔다리가 길쭉하다 뿐이지 뭐 대단할 건
없는데?"

굉요는 정신을 잃고 있는 소이보의 눈꺼풀까지 손가락으로 벌려 보
는 중이었다.

무치가 참지 못하고 말했다.

"요인. 차갑다, 아파시. 좀 진엔 뜨거웠다. 내상 때문에 그렇다. 곧
죽을 것. 같다."

굉요가 그런 건 문제가 아니라는 듯 대답했다.

"괜찮아. 일단 내 눈에 띄인 이상 죽진 않아. 아참, 여기서 이럴 게
아니군. 곧 다음 번과 교대할 시간이야."

굉요는 무치의 손을 이끌고 어디론가 달려갔다.

무치는 마치 면사로 얼굴을 가린 새색시처럼, 영문도 모른 채 굉요
손에 이끌려 덩달아 따라갔다.

"아참!"

갑자기 굉요가 발걸음을 멈추고 뒤를 돌아보며 말했다.

"저놈들부터 처리해야지!"

그제야 무치와 굉요 자신이 손을 합쳐 쓰러뜨린 열여덟 명의 승려가
생각난 것이다.

서둘러 달려가 한 사람 한 사람 일으켜 세우는 굉요를 보며, 무치는
그제야 자신이 꾸민 일을 과연 굉요와 상의해서 함께해야 하는지 심각
한 고민에 빠져들기 시작했다.

2

노승은 한눈에 보기에도 나이가 많아 보였다.

민둥머리 위로는 어느덧 살색보다 검버섯 자국이 더 크게 자리잡았고, 천 년 고목처럼 얼굴과 목, 그리고 손등엔 딱딱히 굳은 주름들이 가득 채우고 있었다.

노승은 몸속에 수분이 증발하기라도 한 것처럼 작아진 몸뚱이를 앞으로 쭉 내민 채, 이미 굽은 등을 더욱 당겨 고개를 늘어뜨리고는 작은 단로(丹爐)를 내려다보고 있었다.

모든 기운이 사그라진 듯 작은 몸이었지만, 단로를 바라보는 노승의 눈만은 신광이 어려 있었다.

흡사 작은 단로를 단숨에 쪼갤 듯한 눈빛과 함께 작은 부채를 흔들어 단로의 불을 조절하는 가느다란 팔뚝엔 힘이 들어가 힘줄들이 더욱 도드라져 보였다.

노승의 법명은 영통(靈桶).

하지만 노승과 소림사와의 관계를 아는 사람은 많지 않았다.

노승이 기거하는 초막이 소림사에서 한참이나 떨어진 곳이라는 점도 그랬지만, 영통이란 법명을 들으면 더욱더 소림사를 떠올릴 수 없었다.

영 자 배분을 지닌 사람이라면 현 방장의 사조뻘이 되었으니 그 누구도 아직 영자배의 사람이 소림에 있다고는 믿지 못했기 때문이다.

영통의 세수 어느덧 백 하고도 이십이 세.

이미 속세를 떠날 나이도 훌쩍 넘은 탓인지 소림사 내에서도 그를 기억하는 사람은 드물었다.

영통은 자신의 존재마저도 잊은 듯 그저 하염없이 단로만을 내려다볼 뿐이었다.

소림사 후원 깊숙이 자리잡은 초막의 작은 방 안에서 조그마한 단로를 내려다보는 노승 옆엔 조심스런 기색으로 서 있는 사람들이 있었다.

법명인 굉보보다 소림무치로 더 알려진 사람 하나와 그 옆에 짧달막한 대신 살은 두실투실 찐 굉요, 그리고 소림사 나한원의 원주인 굉지(宏智), 그리고 소림 방장인 굉소(宏燒)였다.

영통이 늙어 축 처진 눈꺼풀을 들고 단로 앞에 죽은 듯 누워 있는 소이보를 쳐다보며 말했다.

"대환단은 아주 비싼 거야. 그래도 대환단이 아니면 어떻게 하누. 애를 이렇게 조져 놨으니… 쯧쯧. 게다가 기혈도 뒤틀린 아이야. 이 늙은이는 책임 못 지네."

"죽진 않을 겁니다."

굉지가 대답을 대신했다. 비록 소림무치에 비하면 손색이 있지만 그래도 소림 승려들 중 무공으로는 두 번째 손가락에 꼽히는 굉지의 대답에 영통의 흰 백미(白眉)가 움찔거렸다.

"성녀가 죽진 않을 거라고 했다니 죽진 않겠지. 그래도 죽은 것과 다름이 없어. 성녀가 뭐라고 했든 이 늙은이의 단약 다루는 재주가 아니라면 어림도 없는 소리지."

영통은 성녀의 존재를 무시하고 있었다. 그저 앞날을 내다보는 신통한 재주가 있는 작은 꼬마 계집에 지나지 않았다.

세상은 공(空)과 같은 것, 그저 그런 작은 재주에 미혹당하기엔 영통이 참선한 세월이 너무나 깊었다.

하지만 그런 재주가 높아 보이는 사람이 있기 마련이었다.

굉요가 통통한 볼 살을 움직이며 말했다.

"성녀의 말이 맞긴 맞았지 않습니까. 굉보가 자기 딴에는 이리저리 움직였다지만, 성녀는 정확히 오늘밤에, 그것도 중상을 입은 요안을 데리고 올 거라고 말하지 않았습니까."

굉보, 즉 무치는 그제야 알 수 있었다.

자신 딴에는 일이 꼬여 몰래 숨어들었지만, 마치 자신이 올 줄 알고 모든 일을 미리 준비해 둘 수 있었던 것은 성녀의 예언 때문이었다는 것을.

대환단이란 것이 하루아침에 뚝딱 만들 수 있는 것이 아니었다. 더욱이 숭산 어느 골짜기에 깃들어 있을지 모를 영통 사숙조를 찾아와 단로를 만지게 만들려면, 자신이 출발한 직후부터 준비해 두어야만 했다. 그것도 소림사 승려들 중 몇몇만 아는, 그래서 비밀리에 일을 처리하려면 더욱더 많은 시간이 필요했을 것이다.

굉요는 자신을 마뜩찮은 시선으로 쳐다보는 영통의 시선을 짐짓 피하려 옆에 죄를 지은 죄인처럼 서 있는 무치를 쳐다보았다.

무치는 복면은 벗고 있었지만 야행복은 채 미처 벗지 못한 상태였다.

지금 일이 이렇게 된 게 자신의 잘못이란 것처럼 무치는 울상을 지은 채 고개를 떨구고 있었다.

하지만 이 일은 무치의 잘못이 아니었다.

모든 일은 성녀가 말해 준 그대로였다.

미처 무치에게 말해 주지 않은 이유는, 혹시 강호에 말이 샐까 걱정한 탓이었다. 또 그만큼 성녀의 말대로 모든 것이 이루어지리란 확신 때문이기도 했다.

영통이 못마땅한 얼굴로 몸을 일으켰다.

"내가 할 일은 모두 끝냈네. 무림에 대혼란이 올지 모른단 얘기에 늙은 뼈마디를 오랜만에 놀리게 됐군. 환단이 식으면 물에 개어 먹이면 될 거네."

몸을 돌려 문을 나서는 영통을 향해 나머지 승려들이 모두 몸을 깊숙이 숙였다.

"사숙조님의 노고에 감사드립니다. 아미타불."

하지만 누가 들을까 하는 걱정에 목소리는 작았고 불호를 외는 소리는 낮디낮았다.

속이 더 거북해진 영통이 뒤도 돌아보지 안은 채 손을 흔들어 답례를 대신했다.

영통이 사라지자 깊숙이 몸을 굽혔던 굉소가 천천히 몸을 일으키며 몸을 돌렸다.

소림 방장인 굉소의 시선에 나머지 사람들의 신형이 움찔거렸다.

굉소가 싱긋 웃고는 말했다.

"아미타불. 자, 이제 무엇을 해야 할지 알겠지? 아미타불. 아미타불."

굉지가 굉소의 눈치를 보며 말했다.

"그럼 참회동에? 그것은 대환단을 복용시킨 후에야……."

참회동이란 말이 나오기가 무섭게 무치가 무릎을 꿇었다.

"소사는 크게 죄를 지었다. 방장 사형이 아미타불하면 소사는 참회동에 갇혀야 한다. 아주 오래. 아미타불 아미타불 하면 교자를 먹고 부처를 목욕시키고 종자(粽子)를 먹고 납팥죽을 먹어야 한다. 또 아미타불 아미타불 아미타불하면……."

무치가 아미타불이라고 중얼거릴 때마다 굉요의 통통한 이마엔 주름이 하나씩 늘어갔다.

소림사의 방장을 맡고 있는 대사형 굉소의 버릇을 너무도 잘 알기 때문이었다.

무언가 탐탁지 않은 일이 생겼을 때 굉소의 입에선 어김없이 아미타불이란 말이 튀어나왔고, 아미타불이란 불호 소리가 크고 무거울수록, 그리고 그 횟수가 늘어날수록 굉요에겐 그리 좋지 않은 일이 생기곤 했다.

그것은 무치 역시 마찬가지라, 굉소 방장의 아미타불에 호되게 당한 경험이 있었던 게 틀림없었다.

단지 굉소가 두툼한 눈꺼풀을 아래로 늘어뜨린 채 조용히 읊은 아미타불 두 번에, 일 년의 세월을 참회동에 갇힌 기억이 새롭게 떠오른 모양이었다.

춘절(春節)에 교자(餃子)를 먹었고, 부처를 목욕시키는 욕불절(浴佛節) 지나 납팔죽(臘八粥)까지 먹으려면 족히 일 년은 넘었기 때문이다.

아니, 만약 굉소 방장의 입에서 아미타불이 연달아 나온다면 납팔죽은커녕 파계까지 각오해야 했다.

굉요는 천성이 밝았고, 가만히 있지 못하는 성격이었다.

자연히 그런 사실을 너무도 잘 알고 있을 수밖에 없었고, 무치의 중얼거림이 조금씩 높아질수록 미간 사이의 주름은 더욱 짙어질 수밖에 없었다.

"아미타불. 뭘 잘못했다구?"

굉소의 음성이 낮게 깔렸다.

익숙하면서도 생경한, 아니, 익숙해서 더 살 떨리는 목소리였다.

그래서 굉요는 더욱더 신경을 바짝 세웠다.

지금 굉소의 모습은 백미가 양쪽 뺨까지 치렁치렁 흘러내린 인자한 표정의 노승이었다.

소림 방장만이 걸칠 수 있는 황금 가사를 걸치고, 한쪽 손엔 녹불옥장(綠佛玉杖)까지 떡 거머쥔 채였다.

단지 손에 쥔 녹불옥장을 더욱 꾸욱 눌러 잡는 방장의 손등 위로 혈관이 더욱 도드라져 나온 게 평상시와 달랐을 뿐이다.

이때가 중요한 순간이었다. 이때 잘못하면 참회동이 아니라 소림사에서 다비식을 준비해야 했다.

무치가 얼른 몸을 일으켜 합장하며 크게 고개를 숙였다.

"소사 큰 잘못을 했다. 소사 달게 벌을 받는다."

그러나 무치를 노려보는 굉소의 얼굴은 아예 바위로 만든 듯 굳어져 있었다.

한쪽에 앉아 있던 굉지는 그런 굉소의 굳어진 얼굴을 흘낏 바라보고는 자신으로서도 어쩔 수 없다는 듯 들리지 않을 만큼 작은 한숨을 내쉬었다.

"마면승(馬面僧), 석두승(石頭僧)이 뭘 잘못한 건가?"

방장 굉소가 마뜩찮다는 듯 고개를 한차례 소리나게 돌리고는 굉지를 향해 물었다.

순간 항상 화가 나 있는 것처럼 딱딱하게 굳어진 굉지의 얼굴이 시커멓게 변했다.

안 그래도 약간 긴 듯한 얼굴, 그리고 그 위에 살짝 얹힌 굵은 매부리코와 콧구멍 때문에 처음 보는 사람에게 불편한 느낌을 주는 굉지였는데, 굉소의 입에서 '마면승', 즉 말의 얼굴을 가진 중이란 말이 튀어나오자 비로소 왜 불편한 느낌을 주는지 누구라도 알 수 있었다.

그 순간 괭요가 킥킥거리며 웃었다.

나이 열여덟이 넘어서면서부터는 한 번도 듣지 못했던 괭지의 별명을 몇십 년을 거푸 보낸 지금, 괭소 방장의 입을 통해 다시 듣게 된 게 우스웠기 때문이다.

괭소 방장은 치밀어 오른 화를 삭이려는 것처럼 또다시 으드득거리며 고개를 크게 한차례 돌리고는 낮게 으르렁거렸다.

"아미타불……."

지금 보이는 괭소 방장의 얼굴은 낯설면서도 매우 친숙한 얼굴이었다.

세상에선 소림 방장의 인품이 매우 고매하고 부드러워 더할 나위 없이 인자하다고 알려져 있지만, 괭소 방장과 함께 어린 사미승 시절을 보냈던 사형제들은 똑똑히 알고 있었다.

그리고 머리 속에 똑똑히 박혀 있는 예전 괭소의 얼굴이 먹구름을 뚫고 햇살이 내리 비치듯, 흰 눈썹에 온화하게 웃는 얼굴 속에서 드러나고 있었다.

괭요의 웃던 얼굴 표정이 이상하게 비틀렸다.

괭소 방장의 새로운, 하지만 익숙한 표정과 함께 잊고 지냈던 예전 기억이 떠올랐기 때문이다.

사람과 그 사람을 지칭하던 여러·별명들이 갑자기 커다란 괭요의 머리 속을 가득 채운 채 빙빙 돌기 시작했다.

말대가리 괭지, 왕눈이 괭법, 찰거머리 괭형, 지금은 무치로 불리지만 그때는 돌대가리로 불렸던 괭보, 울보 괭도, 소대가리 괭영, 그리고 미친개 괭소 등등.

그리고 그 순간 대사형이었던 미친개 괭소의 성질이 매우 더러웠다는 사실과 화가 나면 그 더러운 성질이 더 더욱 더러워진다는 사실. 그리고 사십육 년 후에 그 성질 더러운 굉소가 바로 소림 방장의 자리에 올랐다는 사실이 한꺼번에 굉요의 눈앞에 선명하게 떠올랐다.

그리고 예전에 '무치가 힘을 쓰면 겨우 소림사를 들었다 놓지만, 미친개가 화가 나면 숭산을 뒤엎는다' 는 말을 만들어냈던 굉소가 바로 자신의 눈앞에서 더운 콧김을 씩씩 불며 묻고 있는 것이다.

굉요는 얼른 자세를 고쳐 앉고는 정중하게 말했다.

"방장께 굉요가 벌을 청합니다."

미친개, 즉 광견승(狂犬僧) 굉소보다는 아무래도 소림 방장 굉소가 대하기 더 편했다. 그래서 방장이란 말에 더욱 힘을 주어 말해 봤지만, 굉소의 표정엔 별다른 변화가 없었다.

"마침 아귀승(餓鬼僧) 자네에겐 심부름시킬 게 남아 있으니 걱정하지 말게나. 아미타불."

굉소의 나지막한 불호에 굉요의 얼굴이 구겨졌다.

특별히 자신을 찍어내어 심부름시킨다고 했으니 절대 쉬운 일이 될 리가 없었다. 그래서 굉지가 조심스럽게 물었다.

"하명하실 내용이 무언지……."

굉소의 입이 열렸다. 이제야 자신이 원하던 대목에 다다른 것이다.

"우리 소림이 이번 일에 희생한 것은 적지 않아. 굉보를 비밀리에 내보냈지만 정체가 발각되는 것은 시간문제. 이제 더 이상 발을 빼긴 힘들게 됐지. 그거야 이미 각오했으니 괜찮은 문제야. 굉요 역시 나가서 수고를 좀 해야 하지만, 그동안 절 밥을 적지 않게 축냈으니 스스로 감당해야 할 몫이겠고. 하지만……."

굉소는 조금 뜸을 들이다가 이제야 하고 싶은 말을 하게 되었다는 듯 말을 천천히, 하지만 힘을 주어 또박또박 뱉었다.

"정작 문제는 일단 이놈에게 먹일 대환단이네. 자네들도 알다시피 그게 무척이나 비싼 거거든."

굉소가 말하다 말고 손가락 하나를 들어올렸다.

예전부터 이것만은 확실히 알아두라고 윽박지를 때 취하던 굉소만의 독특한 버릇이었다.

그래서 굉소가 손가락 하나를 들어올릴 때의 말은 무슨 일이 있든지 기억을 해야 했다.

굉요나 굉지는 물론이고 무치마저도 굉소가 손가락 하나를 들어올리자 무슨 일이 있더라도 잊어버리지 않겠다는 듯 굉소의 손가락을 뚫어져라 쳐다보고 있었다.

"이것만은 확실하게 해야 해."

굉소가 한 사람 한 사람 눈을 맞추며 느릿느릿하게 말을 이었다.

"소림사 십 년 시줏돈을 탈탈 털어야 대환단 한 알을 만들어. 그런데 그렇게나 비싼 걸 이 괴상한 눈알을 가진 놈이 꿀꺽해야 한다는 거지. 거기까진 괜찮아. 나중에 성녀에게 받아내면 되니까. 문제는!"

이 대목이 제일 핵심이라는 듯 굉소가 잠깐 말을 끊고는 눈알을 부라리며 주위를 훑어보았다.

모든 사람의 시선이 자신의 손가락을 향하고 있다는 걸 확인한 굉소가 그제야 으르렁거리듯 말을 이었다.

"성녀에게 말할 때, 이놈이 삼킨 대환단이 네 개라고 말해야 한다는 거야. 알겠어? 네 개! 이 방에서 나간 후 다른 말 하는 놈은 각오하는 게 좋을 거야. 특히 너! 돌대가리 석두승(石頭僧)! 몇 개라구?"

무치가 갈등을 느끼는지 한참 동안 말이 없었다.

하지만 광소의 눈이 또 한 번 희번덕거리는 것을 보자 질끈 눈을 감고는 크게 외쳤다.

"네 개!"

대강 중요한 일은 다 처리했다는 듯 만족한 미소를 얼굴 가득 떠올린 광소가 그제야 소이보 쪽을 바라보며 중얼거렸다.

"자, 이젠 이놈 하나만 남았군, 꼴칫넝어리는. 아미타불."

"아미타불……."

광소가 나지막한 불호와 함께 다시 인자하고 자애로운 모습으로 돌아오자 일제히 함께 불호를 터뜨렸다.

짊어진 짐을 내려놓은 듯 홀가분해진 무치의 표정과는 달리 곧 심부름이란 또 다른 짐을 어깨에 올려놓아야 하는 광요의 표정은 구겨질 대로 구겨지고 있었다.

3

참회동(懺悔洞).

소림의 비지 중 한 곳이자, 맑고 깊고 청정한 소림 중에서 홀로 음습한 기운을 뿜어내는 유일한 곳, 바로 그곳이 참회동이었다.

깊고 두터운 철문을 몇 겹이나 열어젖히고, 더욱 깊숙한 곳으로 이어진 계단을 숨이 차 오를 거리를 휘돌아 내려가야만 닿는 곳.

그곳에 광지와 광요, 그리고 소림무치가 소이보를 안은 채 조심스럽게 서 있었다.

그리고 그들 앞에 한 사람이 있었다.

깡마른 노인.

몸에 걸친 옷은 거의 넝마와 다를 바 없었고 뼈에 겉가죽만 겨우 걸쳐 놓은 것 같았지만, 전신에는 범접치 못할 기묘한 기운이 흐르고 있었다.

"아미타불."

기묘한 정적을 깨려는지, 헛기침을 닮은 불호가 굉지의 입에서 흘러나왔다.

불호 소리가 들리자 마치 석상처럼 앉아 가부좌를 틀고 있는 노인의 입가엔 미소가 어렸다.

"소림 방장은 겁이 많군."

마치 외모를 닮은 듯한 건조하고 탁한 목소리였다.

하지만 굉지는 도리어 공손하게 고개를 숙이며 대답했다.

"조심성이 많은 거지요."

노인이 그제야 눈을 떴다.

맑고 그윽한 눈. 노인의 눈동자는 그렇게 깊었다.

그리고 그 순간 노인의 외형도 변해 버렸다.

조금 전까지 초라하고 볼품없었던 얼굴이, 두 눈동자의 빛이 더해지자 기품있고 탈속한 모습으로 변한 것이다.

단지 눈빛 두 개가 더해지자 얼굴뿐만 아니라 노인의 몸에서 흐르는 기운까지도 바뀌었다.

아니, 모습뿐만이 아니었다.

천천히 입을 열어 말하는 노인의 목소리까지, 조금 전의 깔깔하게 느껴지던 탁한 목소리와는 달리 기름지고 편안하게 바뀌어 있었다.

"방장께서 친히 오지 못한 건 피곤하셨던 탓이라고 생각하겠네. 내가 온 뒤로는 발뻗고 주무셔 본 적이 없으셨을 테니."

하지만 노인의 변한 모습에 이미 굉지는 익숙해졌는지 공손하게 대답했다.

"방장께선 등을 바닥에 대지 않고 수행하시는 장좌불와(長坐不臥)를 벌써 십수 년째 해오고 계시니 발을 뻗진 못하시지요. 하지만 그 이유가 시주 때문은 아닙니다."

굉지의 말에 노인이 웃으며 중얼거렸다.

"수준이 낮군, 낮아. 동정일여(動靜一如)와 몽중일여(夢中一如)를 거쳐 숙면일여(熟眠一如)와 오매일여(悟昧一如), 그리고 입태일여(入胎一如)를 이루어야 비로소 영겁일여(永劫一如)의 경지에 도달할 수 있고, 그것이 참 부처라 할 수 있지. 그저 가부좌 자세로 잠을 이루는 수준으로는 결코 내 수준에……."

훈훈한 노인의 목소리엔 자부심마저 어려 있었다.

하지만 노인의 말이 길어지는 것을 참지 못하는 사람이 하나 있었다.

굉지 한 켠에 서서 조금 전부터 심사가 꼬인다는 표정을 짓고 있던 굉요였다. 이제 곧 방장의 심부름을 나가야 하는 막중한 책임 때문에 자연 표정이 부드러울 수가 없었다.

"흥, 그래서 그 잘난 나추몽마(娜醜夢魔) 어르신께서 할 줄 아는 건 그저 밥 먹고 똥 싸고 잠자는 것밖에 모르는 바보에게 붙잡혀 왔는가? 아니, 늙은이가 죽지 않고 살아온 것만 해도 대단한 거지."

나추몽마 팽유(彭杻).

요선보의 강요맹과 사천당문의 당소유와 더불어 강호에서 필기삼괴(必崙三怪)로 불리는 사람이 바로 눈앞에 있는 깡마른 노인이었다.

안개처럼 꿈속으로 찾아와 차가운 죽음만을 남기고 사라진다는 전설적인 괴인은 마뜩찮은 눈빛으로 굉요를 보며 말했다.

"내가 무서워하는 것은 죽음이 아니다. 내 사형과 성녀를 제외하면 무서울 게 없지. 죽음보다 더 어두운 곳. 지옥보다 더 깊은 곳. 영원한 어둠 속에 영혼을 묶어둘 수 있는 사람. 바로 그 사람이 성녀와 내 사형이지. 하지만 걱정할 것은 없어. 내 사형은 이미 미친 제 제자 놈에게 죽었고, 성녀는 지금 날 필요로 하니 죽일 이유가 없겠지."

팽유의 신비한 눈동자가 이번엔 무치를 향했다.

"그래서 날 죽일 수 있는 사람은 많아도 내가 겁내는 사람은 단둘이다. 아니, 하나가 죽었으니 이제 남은 것은 단 한 명이군. 무치, 너 역시 날 죽일 수 있는 사람이네만, 겁내는 사람은 아니야. 아니, 지금 겁을 내야 하는 것은 자네들이지. 사람을 꿈속으로 끌어들이는 혼유귀몽(魂幽鬼夢)은 오로지 나 혼자만이 펼칠 수 있고, 만약 지금 이 대업이 망한다면 그건 순전히 소림 땡중들 탓이니까."

팽유는 자부심이 깃들인 오만한 표정과 함께 빠르게 말을 내뱉고는 곧 시선을 돌려 무치가 들고 있는 소이보를 바라보았다.

"그 아이인가, 성녀가 원하던 아이가?"

팽유의 질문은 누구에게 던지는지 분명치 않았다.

하지만 결코 소림무치는 아닌 것이 분명했다.

팽유가 소림사 참회동에 있게 한 사람, 그래서 굉요로부터 '바보에게 붙들린 한심한 사람'이란 말을 듣게 한 사람이 바로 소림무치였기 때문이다.

하지만 무치는 굉요처럼 팽유를 비웃는 눈빛으로 보지는 않았다.

그저 단순한 눈빛으로 손에 들고 있는 소이보를 팽유 앞으로 내밀었
을 뿐이다.

"흠……."

팽유는 뜻 모를 한숨 소리와 함께 조심스럽게, 하지만 닭을 덮치는
고양이의 손동작처럼 잽싸게 가느다란 손가락으로 소이보의 머리를 휘
어 잡아가며 중얼거렸다.

"아이야, 이제 들어오거라, 내가 만든 꿈속으로."

◈ 第七章 ◈
꿈속의 소녀

꿈속의 소녀 1

소이보는 아무도 없는 황량한 들판을 걷고 있었다.

하염없이, 그리고 타는 목마름과 함께.

비가 내린 지 오래였는지 땅은 팍팍했고, 한 걸음 한 걸음 옮길 때마다 버석거리며 깨진 흙은 뿌연 먼지로 변해 메마른 바람에 쓸려 날아갔다.

하지만 그것보다 더 버석거리게 느껴지는 것은 소이보의 몸이었다.

이미 온몸엔 감각이 없었다.

발바닥 역시 물집이 잡혔다 터지길 여러 번 지나자 아무런 감각도 없었다.

뜨거운 태양이 작열하는 뜨거운 대지를 밟아도 그저 갈증만 더해갈 뿐 아무런 느낌이 없었다.

소이보는 혀로 입술을 핥았다.

하지만 물기를 잃어버린 혀는 허연 거품조차 일지 않았고, 입술 역시 메말라 갈라진 지 오래였다.

그리고 흐느낌 하나가 있었다.

울림은 미약했지만 생생히 느낄 수 있었다.

홀린 듯 흐느낌을 따라 걸어간 소이보 앞에 작은 아이 하나가 있었다.

흐느껴 우는 작은 아이 하나가.

아이는 작았다. 원래는 여자보다 더 희었을 피부는 씻지 못해 버짐이 피어 있었다.

작디작은 조그마한 아이는 길고 야윈 앙상한 몸을 고치를 튼 벌레처럼 둥글게 말고는 쪼그려 앉은 채 흐느끼고 있었다.

아이는 힘주어 어금니를 물고 있었다.

하얀 얼굴은 붉게 달아올랐고, 머리를 감싸 쥔 하얗고 기다란 손가락은 끊임없이 부들부들 떨었다.

익숙했다. 익숙하면서도 무언가 이질적이었다.

무언가 고통을 억지로 참아내려는 듯 이를 악다문 아이는 매우 낯익으면서도 처음 보는 얼굴이었다.

그리고 아이의 두 눈은……

"요안?"

소이보는 저도 모르게 탁하고 갈라진 목소리로 물었다.

아이의 파랗고 잿빛인 두 눈이 소이보를 향했다.

그리고는,

'저건…….'

소이보는 저도 모르게 눈앞에 아이처럼 온몸을 가늘게 떨었다.

요안이었다. 아이의 눈은 소이보의 눈처럼 요안이었다.

아니, 눈뿐만이 아니었다.

소년은 소이보 바로 자신이었다.

한참의 매질 후 뒷골목에 버려졌던 어린 시절의 소이보였다.

그러자 소이보는 소년이 되었다. 소년은 소이보가 되었다.

세상이 빙글빙글 돌아가다 멈추자 의자 하나와 그 위에 또 다른 사람, 그리고 요안을 가진 소년만이 남았다.

그리고 또 다른 흐느낌이 시작되고 있었다.

의자는 컸다.

보통 장정 두 사람이 앉고도 충분할 만큼 품은 넓었고 등받이 역시 서 있는 사람 키보다 더 높을 정도였다.

의자는 큰 만큼 화려했다.

등받이는 호피로 감쌌고, 손잡이는 옥으로 조각해 넣었다.

윤기 흐르는 나무 위보는 섬세한 소삭이 아로새겨졌나.

의자 위에 앉을 사람이 누군지 모르겠지만, 그 위에 앉는 것만으로도 세상을 오시할 자격이 주어질 만큼 의자는 위압적이면서도 기품이 넘쳐흘렀다.

그리고 그 위엔 의자와는 전혀 어울리지 않는 조그마한 계집아이가 오똑하니 올라앉아 있었다.

창백하게 흰 피부, 등 뒤로 묶어 내린 윤기 나는 까만 머리카락은 허리춤에서 달랑거렸다.

소녀의 몸을 감싼 정갈하면서도 깔끔한 하얀 옷은 스스로 뽀얀 광채를 만들어내는 듯했다.

조각처럼 반듯한 하얀 얼굴, 앙증맞은 오뚝한 콧날, 빨간 입술.

한눈에 보기에도 아름다운 얼굴이었다.

커다란 의자, 그리고 의자와는 전혀 어울리지 않는 조그마한 꼬마 계집아이.

하지만 그 모든 것이 완벽한 하나의 그림을 이루고 있었다.

저 소녀가 아니라면 그 누구도 저 의자에 어울릴 사람은 없었다. 또한 소녀가 앉을 의자 역시 저렇게 커다란 의자가 아니라면 그 어떤 것도 없을 것만 같았다.

너무도 큰 의자와 작디작은 소녀가 어울려 보이는 것은 소녀의 기품이나 예쁜 얼굴 때문만은 아니었다.

투명한, 그래서 세상 모든 것을 꿰뚫어 보는 듯한 투명한 두 눈 때문이었다.

창백한 얼굴은 굳어 있었고, 정면을 응시하는 두 눈은 초점을 너무도 분명하게 맺고 있었다.

결연해 보일 정도로 굳어진 표정과 척추를 곧추세운 반듯한 자세.

하지만 분명 흐느낌은 소녀에게서 나오고 있었다.

겁에 질린 듯, 악문 잇새를 비집고 튀어나오듯, 낮게 깔린 흐느낌은 분명 소녀의 것이었다.

그래서 소년은 천천히 소녀의 곁으로 걸어갔다.

그리고는 보았다, 소녀의 손을.

섬세하게 조각된 옥으로 이루어진 의자의 팔걸이를 붙잡고 있는 소녀의 손등은 가늘게 떨리고 있었다.

눈여겨보지 않았다면 눈치채지 못할 정도로 가는 떨림이었지만 소년은 분명 볼 수 있었다.

소녀의 고개가 돌아갔다.

투명한 두 눈이 소년의 요안에 가서 멎었다.

소녀의 눈은 놀랍도록 맑고 투명했다.

아무리 솜씨 좋은 어부라도 그 두 눈 안에 손을 넣고 휘저어도 아무것도 건져 낼 것이 없어 보이는 눈이었다.

그러나 소년은 볼 수 있었다.

소녀의 눈만을 봤다면, 아무것도 보지 못했을지도 모를 그런 감정을, 이미 가는 떨림을 본 소년은 볼 수 있었다.

그것은 공포였다. 외로움이었다. 지치다 못해 바스러지는 영혼이었다. 그리고 그 모든 것은 이미 소년이 느낀 것들이었다.

그래서 소년은 입을 열고 말을 건넸다.

"안녕."

"…누구……?"

소녀는 입을 열지 않았다.

하지만 소녀의 목소리를 너무도 분명하게 소년은 들을 수 있었다.

마치 소녀는 소년의 머리를 열고 대롱을 박아 넣은 후 그 대롱을 통해 말을 건네는 것 같았다.

그래서 소년은 대답했다.

"나? 나는… 그냥… 나야."

"그래, 너구나."

소년은 자신을 밝힐 그 무엇도 가지고 있지 않았다.

더 이상 잃어버릴 것도 없었다. 만약 잃어버릴 그 무엇인가를 가지고 있었다면 역시 예전에 잃어버린 후였다.

비록 이름은 있었지만 그 이름으로 불러주는 사람은 없었다. 그래서 이름도 가지고 있질 못했다.

그렇다고 사람들이 자신을 부르는 또 다른 이름 역시 말할 수 없었다.

죽기보다 싫은 이름이었으므로.

하지만 소녀는 용케도 소년을 알아보고 있었다.

아니, 너무도 잘 아는 것 같았다.

그래서 소년은 웃었다.

갈라진 입술을 비틀고 하얀 치아를 내보이며.

그러자 소녀도 웃었다.

비록 얼굴 표정은 그대로였지만, 투명한 눈빛 저편으로 환하게 웃고 있었다.

소년이 물었다.

"그런데 왜 여기 있어?"

"난 여기 있어야 해."

"왜지?"

"도망가지 못하니까."

소녀는 대답을 하면서 다시 온몸을 가늘게 떨었다.

소년은 아무런 말도 없이 소녀를 보다가 천천히 손을 내밀었다.

"잡아."

"……."

소녀는 아무런 말도 없었다. 그저 고개를 들고 말없이 소년을 바라볼 뿐이었다.

하지만 소년은 볼 수 있었다.

소녀의 투명한 두 눈 저편에서 폭죽처럼 터지는 희열을.

소녀는 천천히 손을 내밀어 소년의 손을 잡았다.

소녀의 손은 더 이상 떨리지 않았다.

그리고 보드라웠다.

새털처럼 가벼웠다, 꼭 소녀의 몸처럼.

소녀의 손을 잡는 순간 소년은 자신의 몸속에서 폭죽처럼 그 무언가가 폭발하는 걸 느낄 수 있었다.

그것은 소녀의 눈 깊은 곳에서 봤던 폭죽이었다.

소녀와 소년은 뛰었다.

개울을 넘고 산을 타넘었다.

숨은 가빠오고 등은 땀으로 젖은 지 오래였다.

그래도 계속 뛰었다.

잡고 있는 소녀의 따뜻한 손을 놓고 싶지 않았다.

소녀의 가쁜 숨소리가 바로 옆에 있었다.

발갛게 달아오른 두 뺨이 바로 옆에 있었다.

하얀 옷이 깃털만큼 가벼운 소녀의 몸 위에서 사르락거리는 소리를 만들고 있었다.

마치 고양이의 발걸음처럼 가벼운 톡톡거리는 발소리가 둔탁한 소년의 발소리에 맞추어 이어지고 있었다.

그래서 소년은 뜀박질을 멈추지 않았다.

그리고 이 길이 언제까지나 계속되었으면 좋겠다는 생각을 했다.

"하아……."

소녀의 붉은 입술 사이로 새된 숨찬 소리가 튀어나왔다.

소년은 소녀의 숨소리를 듣는 순간 발을 멈추었다.

소녀의 얼굴은 붉게 달아올라 있었다.

이마에서 흘러내린 땀은 뺨을 따라 구르다 턱 아래에서 떨어졌다.

마치 인형처럼 느껴졌던 소녀의 얼굴에서 처음으로 사람의 모습을 보았다.

날뜬 한숨 소리와 투명한 한줄기 땀이 소녀를 인형에서 사람으로 되돌린 것만 같았다.

"시원해."

소녀는 말했다.

"……."

하지만 소년은 말하지 않았다.

원래부터 말수가 없기도 했지만, 지금 소년은 말을 할 수가 없었다.

소년은 개울가 둔덕에 엉덩이를 붙이고 앉았고, 소녀는 땀을 식히려는지 개울물 한가운데 서 있었다.

종아리까지 옷을 걷어올린 소녀의 발목을 차가운 물이 감아 돌았다.

개울물은 소녀의 작고 여린 발목에서 부딪쳐 갈라졌다가 곧 소녀의 발등 위에서 다시 이어졌다.

돌돌돌거리는 소리와 함께 소녀의 작고 앙증맞은 복사뼈 위에서 작고 투명한 물방울을 만들었다.

소녀의 두 손은 무릎 위에서 걷어올린 옷을 붙잡고 있었고, 무릎 아래로는 소녀의 눈처럼 투명할 정도로 새하얀 종아리가 있었다.

사로잡힌 듯, 말조차 잊은 듯 입까지 멍하니 바라보고 있던 소년은 문득 얼굴을 붉혔다.

문득 저 종아리에 입술을 가져다 대고 입맞춤을 하고 싶다는 생각을 떠올렸기 때문이다.

다행히 소년의 부끄러움을 눈치채지 못했는지 소녀가 나지막한 탄성을 토해냈다.

"아! 여기 봐. 물고기도 있어!"

소녀는 허리를 굽힌 채 개울물을 보며 즐겁다는 듯 까르르 웃었다.

소녀 입에서 토해진 웃음은 강물을 타고 흐르다 소년의 가슴에서 멎었다.

개울을 닮아 시원하고 투명하고 맑은 웃음은 이상하게도 소년의 가슴 안에 뜨겁고도 깊은 화인을 남겨놓았다.

소년은 데인 것처럼 놀라 자리를 박차고 일어서며 말했다.

"내가 잡아줄게."

소년은 개울물을 두 손바닥으로 떠서는 얼굴을 씻었다.

조금 전 얼굴을 붉힌 걸 들키지 않으려는 것처럼.

그리고 천천히 개울물 안으로 걸어 들어갔고, 소녀는 그런 소년을 보며 미소를 지었다.

"아아! 크다!"

소년이 큼지막한 물고기를 잡아 올리자 소녀는 탄성을 질렀다.

소녀의 탄성은 소년의 온몸을 솜털로 간질이는 것처럼 달아오르게 했다.

뒤이어진 소녀의 해맑은 웃음소리는 싱싱했다.

막 잡아 올린, 소년의 손 위에서 발버둥 치는 물고기의 은빛 비늘처럼.

달이 뜨고, 별은 밝았다.

강가 둔덕에 피워놓은 모닥불이 밤하늘에 작은 불꽃을 사르다 소녀의 맑은 눈망울 안에서 스러져 갔다.

"맛있어?"

소년이 소녀 발치에 소복하니 쌓인 생선뼈를 보며 묻자 소녀가 웃으며 고개를 끄덕였다.

소녀는 맛있게 먹었다는 듯 손가락을 쪽 소리를 내며 빨고는 말했다.

"정말 맛있었어."

소년은 웃었다.

그러자 소녀는 투명한 눈을 동그랗게 뜨고는 말했다.

"정말이야. 이렇게 맛있는 것은 처음 먹었어."

소녀는 주위를 둘러보며 말을 이었다.

"그리고 세상이 이렇게 아름다운지도 처음 알았어."

"처음 나온 거야?"

끄덕끄덕.

앙증맞은 고갯짓을 하는 소녀의 두 뺨은 낮처럼 붉은색이었다. 모닥불이 얼비친 탓인지, 아니면 가벼운 흥분 탓인지 소년은 알 수 없었다.

소년이 고개를 돌려 모닥불을 바라보았다.

왠지 소녀의 얼굴을 보자 심장이 뛰고 속이 울렁거렸기 때문이다.

잠시 생각에 잠긴 채 말이 없던 소년이 물었다.

"그 의자는 뭐지? 왜 앉아 있었던 거야?"

“의자? 내 할머니가 앉았고, 내 어머니가 앉았던 의자니까.”

“일어나 나오면 되잖아.”

소년은 이해를 못하겠다는 듯 되묻자 소녀의 표정이 슬프게 변했다.

“너처럼 나에게 손을 내밀어준 사람이 없었어, 단 한 명도. 아마 나는 널 기다렸나 봐. 나를 쫓는 그 무서운 것으로부터 도망가기 위해서 널 기다려 왔나 봐. 그 무서운 것으로부터… 그 무서운…….”

소녀의 어깨가 떨렸다. 투명한 두 눈 위로 은은한 공포의 빛이 한 겹 내리 덮였다.

소년은 소녀에게 다가갔다.

소년의 처음 생각은 옷을 벗어 소녀의 어깨 위로 걸쳐 주는 것이었다.

하지만 소녀는 그럴 줄 알았던 것처럼, 너무도 자연스럽게 소년의 가슴에 어깨를 기대어왔다.

꿀꺽.

소년의 목울대가 크게 요동쳤다.

심장이 뛰었다.

소년이 손을 뻗어 쓰러질 듯 가슴에 등을 기대어 앉은 소녀의 어깨를 감싸 안았다.

소녀의 숨소리가 편안해졌다.

처음 소녀를 안을 때 떨렸던 소년의 팔 역시 어느새 떨림이 멎어 있었다.

그렇게 둘은 새하얗게 밤을 사위고 있었다.

소녀는 아이 손목만한 두께의 통나무 하나도 버거워했다.

소년이 소녀의 품에서 통나무를 빼앗듯 잡아채고는 이미 등에 올려 놓은 통나무들 위에 올려놓았다.

"안 무거워?"

소년은 대답 대신 고개를 끄덕이며 웃었다.

"그런데 이게 집이 된다고?"

소녀는 아무래도 의심스럽다는 듯 고개를 갸우뚱거리며 소년이 지고 있는 기다란 나무들을 쳐다보았다.

"기둥 삼아 몇 개 세우고, 그 위를 잔솔가지로 덮으면 돼."

소녀는 기뻤다. 소년이 얼기설기 나무를 얽어 집을 만들겠다는 말 때문이 아니었다.

"집이 필요해, 지붕이 있는. 좋은 집은 아니더라도."

새벽이 오고 낮이 밝은 후 소녀의 어깨가 밤이슬로 촉촉이 젖은 것을 본 소년이 처음 한 말이었다.

소녀는 그래서 행복했고, 소녀가 행복해지자 소년 역시 행복했다.

그래서 장정 하나가 들기에도 무거운 나무 장대를 얹고도 가뿐히 발걸음을 옮길 수 있었다.

집은 우스꽝스러운 모습이었다.

나무 네 개로 기둥을 세우고, 그 사이는 가지와 풀을 엮어 메웠다.

지붕은 잔솔가지와 나무껍질을 돌려 깎은 조각을 연이어 맞대었다.

그러자 큰비는 모르지만 웬만한 빗줄기는 집 안으로 들이치지 않을 정도는 되었다.

덩쿼로 대강 엮은 문을 집에 얽어매자 제법 두 사람이 들어가 누워도 괜찮을 만한 공간이 만들어졌다.

그렇게 만든 집 앞에 서서 소녀는 등 뒤로 두 손을 돌려 깍지를 끼고
는 발끝을 세웠다.

허리는 펴고 턱 끝을 들어올리고는 두 눈을 감고 크게 숨을 들이켰
다.

그리고는 들이킨 숨을 한 번에 내뱉으며 말했다.

"아! 좋은 냄새. 이 집에선 숲의 냄새가 나. 이렇게 좋은 집은 세상
에 없을 거야."

"있어."

"어디?"

무뚝뚝한 소년의 말에 소녀가 투명한 눈을 동그랗게 떴다.

소년은 한참이나 머뭇거리다 툭하고 내뱉었다.

"…별림."

"별림?"

"응. 좋은 곳이야. 그곳엔 집이 한 채 있는데, 다 쓰러져 가고 낡았
어도 그렇게 좋은 집은 세상에 없을 거야. 아침엔 앞 산 위로 푸른 여
명이 밝아오고, 저녁엔 뒷산을 붉게 만드는 노을이 져. 산새가 시끄럽
게 지저귀면 문 앞에 와 있던 다람쥐가 놀라 달아나지. 그곳 냄새는 아
침저녁, 그리고 밤, 아니, 봄, 여름, 가을, 겨울이 다 달라. 불어오는 바
람도 냄새가 나. 몸에 묻은 그 냄새를 맡으면 왠지 포근해지지. 단풍
숲을 달려온 바람이 내 옷을 물들이면 붉고 푸른 냄새가 배여. 겨울 눈
이 소복이 쌓인 마당에서 뛰면 그림자에서까지 하얀 눈 냄새가 나. 한
여름엔 뜨거워진 머리를 문지르면 손바닥에서 햇빛 냄새를 맡을 수 있
지. 또 깊은 밤이면 세수하려고 뜬 손바닥 위의 맑은 물 위로 별이 수
북이 내려와 앉아. 그 물로 뺨을 씻으면 보슬보슬한 달에 뺨을 비비는

것 같아서 기분이 너무 좋아지지."

소년의 눈이 그 무언가를 그리는 듯 아득해졌다.

목이 메고 가슴은 무언가 얹힌 듯 알싸해졌다.

머리 속에 떠올리기만 해도 가슴속 그리움이 폭포가 되어 흐르는 곳. 그곳이 별림이었다.

"아아, 별림……."

소년의 말에 소녀가 탄식처럼 감탄을 토해냈다.

그리고는 토끼처럼 깡충 뛰어 소년의 팔에 팔짱을 끼고는 코끝을 찡긋거리며 속삭였다.

"우리 나중에 별림에 가서 살자, 너랑 나랑 함께 영원히."

"그래."

소녀는 곧 새끼손가락을 내밀었고, 소년은 새끼손가락을 마주 걸고는 웃었다.

소녀의 숨소리가 귓불을 간질였고, 소년의 웃음이 소녀의 눈을 시원하게 만들고 있었다.

풀과 나무로 지은 작은 집은 너무도 아늑했다.

하지만 소녀는 소년의 품속만큼 편안하고 아늑한 곳은 없을 거란 생각을 했다.

"그런데 뭐가 쫓아온다는 거야?"

소년이 묻자 소년의 품속에 누워 있던 소녀가 고개를 돌려 소년을 보았다.

"응?"

풀벌레 소리를 들으며 눈을 감고 있던 소녀가 미처 듣지 못했다는 듯 되물었다.

"쫓아온다며, 무서운 무엇인가가."

"으응."

소녀는 신음인지 아니면 그냥 둘러대는 것인지 모를 묘한 비음과 함께 소년의 가슴에 얼굴을 묻었다.

그리고 잊어버리고 싶다는 듯, 묻은 얼굴을 도리질하듯 소년의 가슴에 문질렀다.

"누군데?"

소년이 소녀의 어깨를 감싸며 귓전에 대고 조용히 물었다.

"피할 수 없는 것. 무서운 것. 나를 항상 따라다니는 것."

소녀는 한마디 한마디 사이마다 온몸으로 진저리를 쳤다.

생각하기도 싫은 그 무엇이 바로 등 뒤에 서 있는 것처럼 소녀의 파묻은 얼굴 사이로 가쁜 숨을 몰아쉬었다.

"누군데?"

소년은 팔베개를 한 손을 빼내고는 소녀의 얼굴을 들어올리며 물었다.

"……운명(運命). 그것의 이름은 운명이야."

"운명?"

"응, 저주받은 피가 만들어낸 운명이지. 그것만은 피할 수 없어. 세상 끝까지라도 쫓아올 거야, 그것은."

소년은 웃었다.

겁먹은 소녀의 얼굴이 귀엽다는 듯 손가락으로 소녀의 코끝을 가볍게 톡톡 두들기며 말했다.

"내가 밟고 걸어온 게 뭔지 알아?"

“……?”

소녀의 겁먹은 듯 꼭 감은 두 눈이 살포시 열렸다.

소년이 소녀의 눈꺼풀에 입을 맞추며 말했다.

“운명이야.”

소년의 말에 소녀가 고개를 빠르게 저으며 말했다.

“아니야. 그것은 피할 수 없어. 그것은 사신처럼 날아와 어느새 내 앞을 가로막아. 한 손엔 검을 들고 두 눈빛은 지옥의 불꽃으로 이글거리면서. 난 피할 수 없어. 지금도 쫓아오고 있을걸?”

“아니, 그러지 못해. 만약 우리 앞을 가로막는다면 내가 베어버릴 거야. 난 그렇게 살아왔어.”

“아니야, 아니야.”

소녀가 더욱 세차게 도리질했다.

“난 볼 수 있어. 넌 죽어. 죽을 거야. 나랑 같이 있으면 죽을 거야. 난 볼 수 있어, 앞날을. 그래서 넌 죽어, 운명의 손에.”

소년이 도리질하는 소녀의 턱을 부드럽게 쥐었다.

소녀가 소년의 두 눈을 보았다.

새파랗고 짙은 회색의 각기 다른 두 빛이 투명하고 깊은 두 눈에 담겼다.

“내가 지켜줄게. 내가 약속할게, 죽지 않겠다고. 그리고 널 별림에 데려다 주겠다고.”

“약속? 약속… 하는 거야?”

소년이 고개를 끄덕였다.

“하아…….”

소녀는 안심이라도 되는 듯 소년의 가슴 사이로 더욱 깊숙이 고개를 묻었다.

　꽉 부여 쥔 소녀의 손이 떨렸다. 부드러운 피부. 가쁜 호흡. 온몸으로 느껴지는 향기. 코로 느껴지는 향기가 아닌 온몸으로 느껴지는 향기. '아!', '미안'. 부스럭부스럭. 옷깃 스치는 소리. 옷이 땅에 떨어지는 소리. 손끝에 느껴지는 어깨는 부드럽다. 뺨에 젖은 손은 축축하다. 긴장. 수축. 팽창. 가쁜 호흡. 달디단 입 냄새. 혀가 얽혔다. 손가락과 손가락이 사이를 파고들어 깍지를 꼈다. 가녀린 떨림. 더운 열기. 온몸에 피가 거꾸로 돌고 저도 모르게 침을 넘겼다. 귓전에 느껴지는 거친 호흡. 달뜬 숨소리. 발이 얽히고 가슴과 가슴이 맞닿았다. 심장의 고동소리. 열기가 전해지고, 더 뜨거운 열로 바뀌어 뼈 안에 올올히 박혔다. 더욱 가빠진 호흡 소리. '여기?' 끄덕이는 고개. 목이 타오르고. 온몸에 느껴지는 갈증. 온몸이 갈라지는 듯한 열기. 심장이 터질 것 같고, 다시 가쁜 호흡. '윽!' 짧은 비명. '괜찮아?' 부드러운 움직임. 곤두서는 솜털. 혈관의 팽창. 숨이 가쁘고 온몸의 힘이 한곳으로 집중될 때. '악!' 고통의 비명. 그 안의 희열. 막힌 숨이 터지듯 알알이 터져 나오는 신음과 쾌락. 그리고 폭발……. 아득함. 나른함. 뿌듯함. 미안함. 어지러움. '괜찮아?', '응'. 왠지 모를 친밀감. 뺨을 타고 턱에 머물다 떨어진 땀이 소녀의 가슴을 적셨다. '왜?', '…….' 아무 말 없음. '또?' 가벼운 힐책. '안 될까? 미안', '…….' 짧은 정적. 떨어지는 몸체. 다시 목을 부여 쥐는 소녀. 소년의 양 뺨에 느껴지는 젖무덤. 다시 가쁜 숨. 긴 밤. 하얀 꿈…….

　그 모든 게 두 사람을 휩싸고 돌다가 다시 흘러 멀리 아득한 한 점

공간으로 떨구어 내렸다, 이름 모를 작은 초가 위로.

"비 와?"

소녀는 잠이 덜 깬 목소리로 속삭였다.

"아까부터 왔었어."

소년의 건조한 목소리엔 왠지 물기가 함빡 묻은 듯했다.

그 촉촉함이 소녀의 어깨에 내려앉았는지 소녀는 몸을 부르르 떨며 소년의 품을 파고들었다.

"추워."

소년은 조심스럽게 소중히 소녀의 몸을 안았다.

비는 땅을 두들겼고, 작은 집 천장을 두들겼다.

톡톡톡 일정한 가락이 소년의 심장 고동 소리의 운율과 절묘하게 엮여진 채 소녀의 가슴속으로 흐르고 있었다.

밤새 뜨겁게 데워진 열기를 식히는 듯한 빗소리에 소년의 어깨가 한 뼘쯤 커진 것 같았다. 소녀의 가슴이 한 치쯤 더 봉긋해졌다.

단 하룻밤 사이를 두고 소년과 소녀는 몇 년 동안 잠들어 있었던 것 같았다.

그렇게 소녀는 여인이, 소년은 사내가 되었다.

정답게 내리는 빗소리 사이에서.

천둥이 쳤다. 편안한 적막이 사정없이 깨지고 찢어졌다.

바람이 초옥을 사정없이 흔들어댔다.

바람은 초옥의 지붕을 날리고, 기둥을 이루던 나무를 조각 내버리다 못해 소녀의 봉긋한 가슴에 멍울을 지게 만들었다.

“왔어…….”

소녀는 가슴을 감싸 안고 새우처럼 등을 말았다.

그리고는 잊고 싶은 기억을, 아니, 결코 잊을 수 없는 기억 하나를 가슴에서 심장을 게워내듯 힘겹게 토해냈다.

“……?”

소년은 소녀를 바라보았다.

거친 바람은 소년의 머리카락을 헝클어놓다 못해 찢어낼 듯 흔들어댔고, 허리 아래 하의는 비바람에 몸에 착 달라붙어 소년의 굵고 탄탄한 허벅지의 윤곽을 드러내게 만들었다.

하지만 소녀를 보는 소년의 눈만큼은 절대 흔들리지 않았다.

“왔어… 운명이…….”

소녀는 눈을 뜨지도 못했다.

질끈 두 눈을 감은 채 배어 문 입술 사이로 가는 숨소리 하나를 토해놓을 뿐이었다.

움츠린 발가락이 곱아들고 가슴을 안아 어깨에 얹은 손가락은 소녀의 어깨에 힘껏 박혀들어 손톱 사이로 피가 배어 나올 정도였다.

소년은 그런 소녀를 바라보다 묵묵히 자리를 박차고 일어섰다.

바람은 산을 들었다. 강을 쪼갰다. 굵은 나무를 동강 냈고, 커다란 바위를 허개며 그렇게 미친 황소처럼 소년 앞으로 달려와 끝내 소년의 허리를 감아 안았다.

그렇게 들어 올리고, 땅에 처박고, 허리를 동강 내고, 가루로 박살 낼 것 같은 바람은 소년의 꾹 다문 입과 힘껏 부여 쥔 주먹 아래서 도리어 허물어지고 있었다.

그리고 운명이 눈앞에 나타났다.

운명, 그것은 거대한 석상이었다.

석상은 마치 하늘에서 뚝 떨어진 것처럼 한걸음에 산을 넘고 강을 건넜다.

태산보다 더 키를 돋웠으며, 천 년 거목보다 더 단단히 땅을 딛고 섰다.

머리엔 면류관을 썼고 옷은 장포를 걸친 채 한 손엔 비스듬히 내려비낀 커다란 칼을 앞을 향해 곧추세워 들었다.

고리눈은 웬만한 집 대문만했고, 힘차게 뻗은 콧대는 보통의 거목보다 더 큰 크기였다.

석상은 그렇게 내려와 소년 앞을 가로막았다.

하지만 정작 소년 앞에 선 석상은 그리 크지 않았다.

소년 키의 두 배 정도가 조금 넘는 일 장 반 정도의 크기였다.

그러나 소년에게 석상은 그 어떤 크기보다 더 크게 다가왔다.

돌을 섬세하게 쪼아 미묘한 표정이 어린 얼굴이었지만, 돌로 만든 몸을 감싼 천은 폭풍처럼 몰아치는 폭풍 속에서도 옷깃 한 자락 움직이지 않았다.

당연한 일이었다. 앞을 가로막은 것은 돌을 쪼아 만든 석상이었고, 그래서 살아 움직이는 것은 하나도 없었다.

하지만 소년은 눈앞을 가로막은 석상이 그저 돌 조각에 지나지 않는 존재란 걸 믿을 수가 없었다.

태산처럼 다가온 석상이 자연스럽게 내뿜는 기운 때문이었다.

석상이 손에 들고 있는, 아니, 손에 한 조각으로 붙어 있는 돌에 지나지 않는 검은 지금이라도 소년의 심장을 반쪽 낼 것처럼 날카로운 예기를 발하고 있었다.

그리고 소년은 그 움직이지도 않는 기다란 돌 조각이 자신의 심장을 베어낼 거란 걸 믿었다.

너무도 확실한 믿음.

그것은 석상이 취하고 있는 묘한 자세나 손에 든 석검(石劍) 때문이 아니었다.

그저 얼굴 한가운데 움푹 패어낸 것처럼 파내어진 두 눈 때문이었다.

그 눈 속에 일렁이는 묘한 기세가 소년을 손끝 하나 움직이지 못하게 만들고 있는 것이다.

내려 비낀 검을 든 채 다른 한 손으론 묘한 검결을 짚은 단순하고도 경직된 석상의 자세가, 석상의 눈과 마주친 직후부터 살아 움직이기 시작했다.

소년이 그 어디로 움직여 도망친다 해도 석상이 들고 있는 검끝을 피할 수는 없었다.

소년은 그것을 알았다.

그래서 소년은 아무런 움직임도 없이 석상의 두 눈만을 쳐다보았다.

석상은 말했다.

"넌 누구냐!"

천둥보다 더 크게 물었다.

굳게 다물어진 입은 열리지 않았지만 소년은 들을 수 있었다.

석상의 묻는 소리는 너무나 커서 검붉은 하늘을 쪼개고, 세상을 무너뜨리는 것만 같았다.

소년의 신형이 휘청거렸다.

오금이 저리고, 힘줄엔 더 이상 힘이 주어지지 않았다.

그대로 무너지듯 자리에 털썩 무릎을 꿇었다.

아래턱은 떨렸고, 목은 꽉 조이는 것 같았다.

석상은 아무런 행동도 취하지 않았다.

그저 뻥 뚫린 눈으로 지켜봤고, 소리를 넘어선 큰 천둥 같은 물음을 던졌을 뿐이다.

그것에 소년의 무릎이 꺾이고 숨이 막혔다.

석상의 눈빛에 머리통이 뻥 뚫려 버린 것 같았다.

석상의 손에 들린 검에 몸이 반쪽으로 갈라지는 것 같았다.

땅을 단단히 딛고 선 석상의 굵은 발아래 온몸이 짓밟히는 것 같았다.

석상이 나타나고부터는 허술히 세운 목옥도 사라졌고, 하늘은 빛을 잃었으며, 갈라진 땅이 그 모든 것을 삼켰다.

그래서 소년은 옥죄인 가슴과 함께 자리에서 허물어진 것이다.

숨은 막혀오는데 이상하게도 석상에게서 눈을 떼지 못했다.

커다란 석상이 눈앞에 나타나고 두 눈빛이 부딪친 이후, 소년은 숨조차 몰아쉬지 못하면서도 눈을 돌리지도, 감지도 못했다.

"킥~"

어디선가 묘한 억눌린 신음 소리가 들렸다.

소년이 낸 것도 아니었다.

석상이 낸 것도 아니었다.

세상 만물과 함께 사라진 소녀가 낸 것도 아니었다.

바람이 성난 호랑이처럼 땅을 긁어댔다. 하늘을 찢고 땅을 쪼겠다.

순간 소년의 눈빛이 달라졌다.

이대로 시간이 지나면 죽었다.

정말 심장이 갈라져 죽을 것이다.

움직이지 않는 석상을 앞에 두고, 그저 스스로가 가슴을 헤집고 심장을 가져다 받칠지도 모를 일이었다.

그럴 수는 없었다.

이대로 아무것도 해보지 않고 무너질 수는 없었다.

소년이 천천히 한 팔을 앞으로 내뻗었다.

손에는 어디서 생겼는지 모를 기다란 장검이 언젠가부터 들려 있었다.

장검을 잡은 소년의 어깨가 요동쳤다. 팔뚝엔 굵은 힘줄이 솟았다. 어금니를 악다문 소년의 두 눈에서 새파란 요기가 불꽃처럼 일렁이고 있었다.

그렇게 천천히 손에 든 장검을 앞으로 내뻗었다.

소년은 몰랐지만, 지금 간신히 버틴 채 검을 앞으로 내뻗는 소년의 자세는 석상의 자세와 무척이나 닮아 있었다.

비스듬히 내뻗은 소년의 장검이 석상의 장검과 맞닿았다.

바로 그때, 맞닿은 장검 끝에서 작은 불꽃과 함께 파문이 일었다.

파문은 점점 번지듯 크기를 키우더니, 석상의 장검을 가루고 만들고 석상의 팔을, 몸통을, 다리를, 그리고는 끝내 머리를 가루로 만들었다.

조금 전 보았던 거대한 크기의 석상이 몇 줌 되지 않는 재로 변해 세상에 흩뿌려졌다.

소년은 그 순간 허물어지듯 쓰러졌다.

땅을 두 손으로 짚은 채 엎드리고는 거친 숨을 몰아쉬었다.

죽음을 맛본 것 같았다. 아니, 운명이란 이름의 석상은 죽음 그 자체였다.

하지만 깨고 말았다. 석상은 가루가 되었고, 소년은 살아 남았다.

그 희열의 빛이 소년의 요안에 가득할 때, 갑자기 소년은 한 팔을 들어 땅속 깊숙이 박아 넣었다.

마치 갯벌 깊숙한 곳에서 싱싱한 장어를 뽑아내듯 소년의 팔이 천천히 땅 위로 올라왔을 때, 거기엔 한 사람의 목이 잡혀 있었다.

눈빛이 그윽한 깡마른 노인은 놀란 빛으로 소년을 바라보았다.

소년 또한 의외라는 눈빛으로 노인을 바라보았다.

이 늙은이가 맞을 것이다. 운명이란 이름의 석상이 나타났을 때 켁켁 하던 비명을 질러댄 게 분명 이 노인이었다.

하지만 처음 보는 노인의 눈이 왠지 낯익었다.

마치 거울을 보듯 소년의 요안이 노인의 눈 안에 담겨 있었다.

소년의 놀라움보다 노인의 놀라움이 몇 배는 더 큰 게 틀림없었다.

노인은 마치 홀린 듯 소년의 요안을 마주 보다 곧 두 손가락을 꼿꼿이 편 채 스스로의 눈동자 위로 쑤셔 박았다.

그리고 파내었다, 눈알 두개를. 소년의 요안이 아닌 자신의 두 눈동자를. 그래야 한다는 듯 거침없는 행동이었다.

이해할 수 없는 일에 멍해진 소년 앞에서 더 이해 못할 일이 벌어지고 있었다.

분명 꽉 붙잡은 소년의 손아귀 속에서 노인은 한 줌 연기로 변하고 있었다. 마치 아지랑이처럼 흔들리는 묘한 자취만을 남기고 노인이 연기처럼 꺼져 버렸다.

이해할 수 없는 일이었다.

하지만 석상이 부서지고 노인이 스스로 눈을 파낸 뒤 연기와 함께 사라진 직후 어디선가 커다란 범종이 울었다.

범종은 마치 소이보의 온몸을 깨고 영혼을 움켜쥐듯 그렇게 큰 소리로 울었다.

"아미타불."

종소리는 마치 불호령처럼 내리 꽂히며 소년, 즉 소이보의 온몸을 뒤흔들어 깨워놓았다.

"드디어 정신을 차렸다!"

소이보 귀에 커다란 종소리를 만들어내었던 목소리가 외치는 소리가 들렸다.

소이보는 감았던 눈을 천천히 떴다.

그러자 사람이 있었다.

하얀 눈썹이 뺨을 타고 아래까지 탐스럽게 내려뜨린 노인이었다.

머리카락은 하나도 없었고, 그 대신 이마 위로 아홉 개의 계인이 선명하게 찍혀 있었다.

목 아래로는 황금색 가사와 장삼으로 감쌌으니 분명히 불문에 귀의한 노승이 틀림없었다.

소이보가 왜 자신이 여기에 와 있는 것인지 알 수 없어 눈을 동그랗게 뜨고 노승을 바라보았다.

그러자 노승, 소림사의 방장을 맡고 있는 굉소가 만면에 함박웃음을 지으며 다시 한 번 크게 외쳤다.

"놈! 정말 사람들의 영혼을 빨아들이는 눈동자를 가졌구나!"

소이보가 갑작스럽게 나타난 사람이 내뱉은 뜻 모를 이야기에 다시 눈을 몇 번 끔뻑거렸을 때였다.

굉소는 정말 마음에 든다는 듯 누워 있는 소이보의 어깨를 손으로 두들기며 자애로운 목소리로 물었다.

"네놈이 분명 요안이렷다!"

소이보는 고개를 끄덕이고는 바싹 갈라진 입술을 열어 되물었다.

"그러는 네놈은 뭐냐?"

혼절에서 깨어난 소이보의 첫마디였다.

그 한마디에 한없이 자애로웠던 굉소의 표정이 딱딱하게 변했고, 잠시 후에 통쾌하다는 듯, 하지만 감히 큰 소리는 내지 못한 채 숨죽여 키득거리며 웃는 굉지의 웃음소리가 작은 방 안을 가득 채웠다.

◆ 第八章 ◆
귀령(鬼靈), 그리고 마안(魔眼)

"**마**도칠가 때문이지."

노승은 인자한 표정으로 함께 입을 열었다.

부드러운 눈매와 자상한 미소는 마치 어떤 심통을 부려도 부드럽게 품에 안아줄 것처럼 포근했다.

하지만 소이보는 영문을 모르겠다는 듯 노승을 바라보고만 있었다.

아니, 정신을 차린 후부터 온몸에 솜털을 곤두세우고 있었다.

눈앞의 노승이 소이보를 그렇게 만들고 있었다.

노승은 무치를 대했을 때와는 또 다른 위압감을 가져다 주고 있었다.

오랜 경륜과 함께 소림을 실질적으로 움직이는 힘이 노승에겐 있었고, 그래서 자연스럽게 노승이 온몸에서 내뻗는 기도가 소이보의 신경을 건드리고 있었다.

권력(權力). 노승의 온몸에서 뻗어 나오는 기도는 바로 그것이었다.

물에 젖든 온몸에 자연스럽게 배어든 그 같은 힘을 소이보는 본능적으로 노승에게서 느낄 수 있었다.

하지만 노승, 즉 굉소 역시 소이보에게서 또 다른 것을 느끼고 있었다.

바로 파랗고 잿빛인 두 눈을 통해서.

말을 멈추고는 한참이나 소이보의 두 눈을 뚫어져라 쳐다보던 굉소가 나지막한 한숨과도 같은 불호를 토해내었다.

"아미타불."

굉소는 두 눈을 감고 자신이 무치로부터 전해 들었던 말을 다시 한 번 되새겨 보았다.

왜 요안이 죽어가게 되었냐고 물었을 때 무치는 침을 꿀꺽 삼키고는 더듬거렸다.

"소사가 그랬다. 어쩔 수 없었다. 안 그러면 소사가 죽었다."

그 말에 굉소뿐만 아니라 굉요와 굉지까지 크게 놀라야만 했다.

무치 정도의 무공이라면 상처 하나 없이 손쉽게 처리할 수 있었다.

무치가 이토록 과하게 손을 썼다면 상대의 무공 역시 만만치 않음을, 아니, 엄청나게 높다는 말이 되었다.

더욱이 무치는 스스로의 입으로 '죽을 뻔했다' 고 말하지 않는가.

그렇다면 이건 있을 수 없는 일이었다. 아니, 상상조차 되지 않는 일이었다.

굉소는 마음속의 파문을 지우려는 듯 한참 동안이나 무릎 위에 놓은 녹불옥장을 쓰다듬고는 다시 눈을 떴다.

"아, 미안하구나. 잠시 다른 생각을……. 아미타불. 성녀와의 일에 왜 소림이 관계되는지에 대해 물었지?"

굉소는 소이보가 천천히 고개를 끄덕이는 것을 보고는 빙긋 웃으며 말을 이었다.

"그 일에 대해선 아주 예전 이야기를 해야겠구나. 그래야 이해가 편할 거고. 예전에 한 계집아이가 태어났단다."

굉소는 눈을 감고 정말 손자에게 구수한 옛날이야기를 전해주는 것처럼 미소를 띠었다.

그리고는 온화한 목소리로 음률에 맞추듯 느리게 말을 이어나갔다.

"그때나 지금이나 사람 살기는 힘들지만, 그때는 더욱더 힘들었던 모양인지 익녀(溺女)의 풍습이 성행했단다. 지금도 간혹 비정한 사람들은 곧잘 저지르곤 하지. 특히 화북지방(華南地方)에서 성행했는데, 남자 아이를 물에 빠뜨려 죽이는 것을 익아(溺兒)라고 하고 계집아이의 경우는 익녀(溺女)라고 한단다. 익아, 익녀라고 해서 강에 빠뜨려 죽이는 것은 아니고, 물을 담은 그릇에 얼굴을 빠뜨려 죽였는데, 갓 태어난 아이는 사람이 아니라고 믿었기 때문이지. 아미타불. 가난한 집에선 입 하나 덜 요량으로, 또 잘사는 집에선 재산을 쪼개는 게 두려워 남자 아이를 죽였고, 계집아이는 별로 쓸모가 없기에 잘사는 집, 못사는 집 가리지 않고 죽였지. 아미타불, 아미타불, 어찌 그 죄를 감당하려고 하는지……."

거기까지 얘기한 굉소는 안타깝다는 듯 두 눈을 감고는 두 손을 합장한 채 잠시 경문을 중얼거렸다.

아마도 죽은 아이들의 영혼을 달래주는 경문인 듯했다.

경문을 그치고 다시 눈을 뜬 굉소가 말을 이었다.

"그때 그렇게 죽어가던 아이를 거두어 키우는 여인이 있었단다. 거둔 아이가 처음엔 십수 명에서 나중엔 수백 명으로 불었는데도 여인은 모두 거둬 먹였지. 풍족할 때 물건을 사서 거두어 흉년에 비싸게 되파는 등 수완이 좋을 뿐만 아니라 모습 또한 꽃과 같이 어여쁘고 신비한 기운이 어려 있어 사람들은 점차 그 여인을 두려워하게 되었지. 그 여인은 신비한 능력이 있었단다. 앞날을 예견하는 것은 물론 사람들을 끌어당기는 신비한 힘까지도 있었으니. 더욱이 아이들을 무사히 거두어 키우는 것이 앞날을 예지하는 능력 때문이란 걸 알고는 더욱 사람들은 경외했단다. 그리고는 그녀를 이렇게 불렀지. 천모(天母)라고. 그녀가 바로 하리저(訶利底), 곧 환희모(歡喜母)이자 공덕천(功德天)의 화신이라고 믿었던 게지."

굉소는 지금 돌이켜 봐도 그녀의 행실이 기특하다는 듯 미소를 띠고는 고개를 주억거렸다.

"처음엔 포악하기 그지없어 다른 사람의 아이를 잡아먹는 야차녀(夜叉女)였으나, 후에는 석가의 교화를 받아 불법을 지키고 또한 아이들을 지키고 키우는 신이 된 여인으로 여긴 게야. 원래 야차녀는 너무도 사악(邪惡)하여 왕사성(王舍城)에 와서는 아이를 잡아먹곤 하였는데, 석가가 그녀를 제도하기 위하여 그녀의 한 아들을 숨겨놓자, 야차녀는 비탄에 빠져 슬피 울었지. 이때 다른 부모의 슬픔을 상기시켜 주는 석가의 설법을 듣고 불교에 귀의하여 안산(安産)과 함께 아이들을 지켜주겠노라고 서원(誓願)을 했다는구나. 그러니 자연 사람들은 그녀가 바로 야차녀이자 성녀라고 믿은 게지. 더욱이 앞날을 예지까지 했으니……"

굉지의 말에 소이보는 요선보의 사람들이 때때로 성녀(聖女)를 왜 야차녀라고 불렀는지 깨달을 수 있었다.

처음엔 비웃기 위해 고귀한 성녀란 명칭을 흉악하기 짝이 없는 야차녀로 바꾸어 부른 줄로 알았지만, 지금에 와서야 성녀가 곧 야차녀였음을 안 것이다.

"그런데 왜……?"

소이보가 입을 열어 탁하고 껄끄러운 목소리로 물었다.

그렇게 좋은 일을 한 사람이라면 설령 흉악한 얼굴을 지닌 야차녀라도 충분히 성녀로 불리는 게 당연했다.

하지만 결국 황제의 토벌이 이어졌고, 결국 마도칠가가 생기지 않았는가.

소이보의 물음이 무엇인지 알겠다는 듯 굉소가 미소를 띠었다.

"성녀 아래로 사람들이 너무 많이 모인 게 죄라면 죄인 게지. 아이들뿐 아니라 그 아비와 어미 역시 성녀에게 몸을 의탁하게 되었고, 성녀는 그들이 설령 빌어먹는 거지라 해도, 아니, 비적질을 하는 흉악한 범죄인들이라도 마음만 놀이켜 먹는다면 그 품에 너끈히 안았으니 바로 그것이 죄지. 배운 것 없고 가진 것 없는 모든 사람들이 그렇게 한 여인 무릎 아래 모인 게 죄지. 성녀의 예언은 틀린 적이 없었고, 길(吉)한 일만 있지 흉(凶)한 모든 것은 피할 수 있었으니 곡식을 거두어들이는 일에 실패가 없고, 더욱이 산등성이를 손가락으로 가리키면 바로 거기가 금맥(金脈)이었고, 산에 오르면 산삼을 비롯한 온갖 약초를 캐어 내다 팔 수 있었으니 굶주리고 헐벗은 사람들에겐 정녕 성녀였던 게 죄지. 그렇게 성녀가 살린 수많은 사람들이 저희들 딴엔 성녀에게 감사를 드린다고 산에 모여 연회를 연 것이 죄지. 황제의 눈엔 그게 천자(天子)가

수도 백 리 밖에서 행하던 제천의식(祭天儀式), 즉 천단(天壇)을 쌓은 후 하늘에 황제가 났음을 알리는 교사(郊祀)로 보였으니……."

괴소의 표정이 더욱더 어두워졌다.

"소림사의 무승(武僧)들 역시 처음엔 그런 줄 알고 황제의 명을 따라 토벌했단다. 물론 얼마 지나지 않아 성녀의 정체를 알고 후회했지만 이미 늦은 일. 이미 쌓아 올린 혈채는 태산보다 크고 맺은 원한은 바다보다 넓었으니… 또한 성녀가 정녕 야차녀처럼 복수를 다짐했을 때 우리 역시 흘린 피가 많았음에야."

괴소는 고개를 절레절레 흔들었다. 눈꺼풀엔 파르르 경련이 일었고 손에 든 녹불옥장은 가볍게 떨렸다.

깊은 한숨처럼 또 한 번 불호를 나직이 토해낸 괴소는 잠시 후 말을 이었다.

"더욱이 제일대 성녀가 사라진 지금 성녀에 대한 믿음은 흐려지고, 얻은 위세는 더욱 강대해지니 마도칠가에서도 성녀의 참뜻은 사라진 지 오래, 그저 힘으로써 상대의 것을 더 많이 빼앗으려는 흑도의 무리만이 가득한 지 오래인 것을… 아미타불, 아미타불."

"일대 성녀?"

소이보가 되물었다. 지금 괴소가 말하는 내용은 얼추 짚어봐도 꽤나 오랜 시간이 흐른 것임을 알 수 있었다.

그렇다면 눈앞에 늙은 승려가 말한 성녀는 결코 자신을 가지고 놀던 그 성녀는 아닌 게 분명했다.

괴소는 소이보의 물음이 무엇인지 알겠다는 듯 고개를 끄덕였다.

"그렇지. 마도칠가를 만들어낸 성녀는 이미 사라진 지 오래란다. 마도칠가의 세력이 안정을 얻은 어느 날 성녀는 어디론가 홀연히 사라졌다가 아이를 뱃속에 담은 채 돌아왔단다. 일 년 후 여자 아이를 낳았지만 그 누구도 그 여자 아이의 아비가 누군지 알 수 없었지. 하지만 성녀를 믿는 사람들은 그 누구도 성녀가 불결하다고 믿지 않았단다. 도리어 하늘의 기운을 받아 잉태했다고 믿었을 정도였지. 처녀였던 야차녀에서 아이를 가진, 그래서 위대한 모성(母性)을 지닌 완벽하고도 진정한 성녀로 받아들였을 때 성녀가 사라졌단다. 전쟁의 종식을 바란다는 말을 마지막으로. 그리고 성녀가 낳은 아이만이 남게 되었지.”

소이보를 바라보는 굉소의 눈빛이 다시 빛나기 시작했다.

굉소는 지금부터 하는 이야기가 가장 중요한 대목이라는 듯 낮은 목소리에 더욱 힘을 주었다.

“성녀가 그렇게 사라지고 난 후 불완전한 평화가 찾아왔단다. 하지만 미움을 마음속으로부터 털어낸 진정한 평화가 아닌 갑자기 닥친 평화였지. 정도무림을 압박해 오던 마도칠가 사람들은 처음엔 당황해서 성녀를 찾느라, 그 이후엔 구심점을 잃어버린 탓으로 우왕좌왕하느라 큰일을 벌이지 못했지. 그래서 불안한 평화가 찾아왔단다. 성녀는 성녀다운 모습을 보여주고 가버렸지만, 그러나 남아 있는 마도칠가의 사람들은 그렇지 못했지. 마도칠가의 사람들은 다시 성녀의 딸을 제이대 성녀, 즉 두 번째 성녀로 삼고 받들기 시작했단다. 마도칠가의 수장을 맡고 있는 예영당이 이대 성녀를 이용해서 더욱더 큰 힘을 얻기 시작한 게 그때부터지. 그 후 두 번째 성녀가 성숙한 여인이 되던 해, 홀연히 사라졌다가 되돌아오는 일이 생겼지. 그리고 열 달 후 마도칠가는 세 번째 성녀를 얻게 되었단다. 그 후 그 일은 계속해서 이어졌단다. 성녀는 어느 시기가 되면 홀연히 사라졌다가 되돌아와 아비 모를 딸을 낳은 후 홀연히 사라졌고, 그 딸은 어김없이 예영당 손에서 키워져 다시 어머니의 뒤를 따라 똑같은 일을 행했지."

소이보는 잠시 눈을 감았다. 머리 속으로 지금 눈앞의 노승이 한 말을 토막내고 잘라내어 이어 붙였다가 다시 가루를 내었다.

상대를 알아야 이길 수 있었다. 더욱이 상대는 마도칠가가 신처럼 떠받드는 성녀였다. 왜 성녀의 어머니, 즉 전대 성녀들이 화냥년처럼 몰래 빠져나가 누구 씨인지 모를 딸아이를 잉태해 와야 했는지 알 수 없었다. 상대를 구하려면 마도칠가라는 거대한 세력 속에서 찾으려면 얼마든지 찾을 수 있었다. 그런데 왜?

눈을 감은 채 소이보가 고개를 흔들었다. 거기까지는 발정난 암캐들의 일로 치부하면 그뿐이었다. 하지만 성녀라는 엄청난 존재가, 또한 인생의 밑바닥을 기던 모든 이들을 감싸 안을 만큼 따스한 마음을 지닌 존재가 왜 자신의 딸을 내팽개쳐 두고 사라지는지는 이해하기가 힘들었다.

'이해할 수 없는 것은 그대로 두는 게 좋겠지.'

생각을 정리한 소이보가 눈을 떴을 때 세상은 가벼웠다. 티끌 한 톨이 작은 들창에서 쏟아져 내려오는 햇살 속에서 나른한 유영을 하고 있었다. 맑은 햇살은 소이보의 솜털을 간질이고 있었다. 그리고 그 가운데서 갑자기 한 여자의 눈망울이 떠올랐다.

무섭도록, 아니, 심혼을 얼릴 정도로 투명했던 눈빛. 바로 자신이 보았던 성녀의 눈망울이었다.

돌이켜 생각해 보니 나이 어린 계집애 눈빛이 왜 그렇게 투명해야 했는지 알 수 있었다. 어머니의 따사로운 정이란 받아보지도 못한 채 마도칠가라는 험악하고 거대한 세력을 지탱해 나가려면 인간의 감정을 잃어버린, 아니, 잊어버린 듯한 그런 눈빛일 수밖에 없을 것 같다는 생각이 들었다.

거기까지 생각한 소이보가 탁하고 걸끄러운 목소리로 물었다.

"그런데 왜 소림이……."

"예영당 때문이란다."

굉소는 바로 그 물음을 기다렸다는 듯 인자한 미소와 함께 대답했다.

"예영당, 성녀의 보호자이자 마도칠가의 맏이를 자임하는 곳. 바로 예영당 때문이지."

굉소는 거기까지 말한 후, 마치 듣는 사람의 호기심을 불러일으키려는 듯 잠시 숨을 멈추었다. 그리고 그사이의 여운을 즐기려는 것처럼 지그시 눈을 감고는 느리게 다시 말을 이어갔다.

"처음 집을 짓는 사람들의 작은 모임에서 출발했지만, 어느덧 마도칠가를 호령하는 위치에 올라서자 생각이 달라진 예영당이 문제였단다. 성녀는 비록 대를 이어왔지만, 마도칠가의 충성과 믿음은 점점 옅어져 갔지. 공공연히 성녀의 존재를 인정하지 않으려는 것은 물론, 도리어 예영당과 반목을 거듭하고 심지어 예영당을 꺾고 스스로 마도칠가를 이끌어가려는 가문도 나올 정도였으니. 결국 예영당은 그 이유를 성녀에게서 찾았단다. 비록 성녀의 보호자로 자처하고 있지만, 그저 아래에서 성녀의 명을 받는다는 점에선 다른 마도칠가와 다를 바가 없었으니, 스스로 성녀를 만들어내려 했지. 바로 다음번 성녀는 예영당의 사람이어야 한다는 생각을 한 게야."

굉소는 몸을 가까이 앞으로 숙여 소이보의 파랗고 잿빛인 두 눈을 바라본 채 말했다. 마치 비밀스럽고 은밀한 이야기를 전하려는 듯 보였다.

"바로 성녀의 몸에 예영당 당주의 씨앗을 심겠다는 것. 즉, 다음 차례의 성녀는 예영당 당주의 딸이 되는 게지. 그렇게 된다면 예영당은 성녀의 진정한 보호자이자 성녀의 아비로서 다른 마도칠가를 통일할 수 있으리라 본 거란다."

소이보는 히죽 웃었다.

자신이 생각하기에도 예영당 당주의 생각은 그럴듯했다.

예영당의 위세가 아무리 뛰어나다 한들 성녀란 한낱 계집아이 아래일 수밖에 없었다. 더욱이 지금의 성녀의 위세는 예전보다 못하고 마도천하라 할 만큼 마도칠가의 세력은 나날이 강성해졌으니.

만약 계획대로만 된다면 성녀의 존재는 땅 아래로 끌어내리고, 예영당의 당주가 하늘이 될 수 있는 절묘한 계획이었다.

그러나 성녀는 그것을 거부했고, 결국 도망쳐 나온 것이다.

그리고 예영당주의 계획을 성녀보다 더 싫어하는 존재들이 있었다.

소림사를 위시한 구파일방이 그들이었다.

지금의 예영당도 두려운 눈빛으로 바라보던 그들이 호랑이 등에 날개를 다는 꼴은 지켜볼 수 없었을 게 분명했다.

그 때문에 어쩌면 적보다 더 큰 원한을 가진 성녀와 소림사가 비밀리에 손을 잡은 게 틀림없었다.

하지만 소이보는 이해하지 못했다.

성녀와 예영당, 그리고 소림사의 일에 왜 자신이 연루되었단 말인가. 그래서 입을 열어 물었다.

"그런데 왜 내가 여기에……?"

그러나 굉소는 대답 대신 소이보의 물음이 황당하다는 듯 눈을 동그랗게 떴다.

잠시 생각을 정리하는 듯 아무런 말이 없던 굉소가 눈을 감고는 혼잣말처럼 웅얼거렸다.

"어두운 달밤. 붉은 달이 지면 파란 잿빛 달이 뜬다. 세상이 그 빛으로 물들면 사람들의 영혼은 요안의 것이 된다……."

마치 자장가처럼 부드럽게 노랫가락을 이어가던 굉소가 눈을 뜨고 물었다.

"요즘 이 노래가 유행이더구나. 그래서 세상 사람들은 요안이 성녀의 영혼을 훔쳤다고 믿는단다. 물론 난 그렇게 믿지는 않지만, 다른 쪽으로 생각하고 있었지. 성녀가 점찍은 사람이 네놈이라고."

굉소는 마치 당연한 말을 한다는 듯, 아니, 당연히 그렇게 되어야 한다는 듯 소이보의 눈을 쏘아보며 말을 이었다.

"다음번 성녀의 아버지로서."

소이보는 한동안 말을 잇지 못하다가 크게 웃었다.

그저 소리 내지 않은 채 히죽거리던 웃음이 아닌, 정말 오랜만에 호쾌하게 웃어보는 웃음이었다.

정말 재미있었다. 성녀가 가지고 놀았던 것은 결코 소이보 하나뿐만이 아니었다. 그 간특한 계집은 세상을 가지고 놀고 있었다.

세상 모든 것이 성녀의 손 아래서 놀아나고 있었다.

심지어 소림의 방장마저도.

2

"여기는?"

음습한 습기 때문인지 껄끄러운 소이보의 목소리가 낮게 잦아들었다.

"참회동이란다."

굉지였다. 말을 닮은 기다란 얼굴엔 긴장된 기색이 가득했다.

하지만 멀뚱히 쳐다보는 소이보의 얼굴을 보자, 당연히 알고 있으리라 생각한 자신의 생각이 짧았다는 것을 깨달았다.

"죄인을 가두는 곳이다. 아니, 그랬었지, 마도칠가가 생기기 전까지는."

죄인을 가두어두는 곳. 하지만 정작 가두어야 마땅한 마도칠가가 세상이 좁다 하고 떵떵거리는 세상이었다. 당연히 죄인들로 가득 차 있어야 할 참회동은 텅텅 비어 있는 상태였고, 소림사 승려들 중 이곳에 와본 이들 역시 손에 꼽을 정도였다.

하지만 가두어두는 곳이란 말과는 달리, 적어도 핏빛 가득한 음울함은 이곳에 없었다.

굉지가 조금 분위기를 바꾸려는지 소이보에게 물었다.

"왜 방장께서 네게 성녀에 대한 이야기를 했는지 알겠느냐?"

"……."

소이보는 아무런 말이 없었다. 아니, 할 말이 없었다.

단지 내상을 입고 꿈속을 헤매다 깨어난 곳이 소림사였다.

그것이 확실한 꿈이었는지는 깨어난 지금도 장담하지 못할 정도로 생생했다.

그저 깨어나 보니 내상이 치유되어 있고, 그것이 소림사의 솜씨라는 것 정도가 소이보가 묵묵히 굉지의 뒤를 따르는 이유였다.

소림사 같은 것은 마음에 들지 않았다.

비록 무치라는 존재가 그런 거북함을 어느 정도 가시게 만들었다 해도, 껄끄러운 감정은 쉽게 지워 버릴 수가 없었다.

속세의 미혹을 벗어났다 자부하는 사람들, 그리고 문파들일수록 지옥의 나찰보다 못한 심성과 행동을 한다는 것을 잘 알고 있었다.

당장 별림의 할아버지 역시 무당의 도사들 때문에 숨어 살고 있지 않은가.

소이보의 퉁명스런 침묵을 나름대로 편리하게 해석한 굉지가 조심스럽게 말을 이었다.

"네가 만나야 할 사람은 사도(邪道)를 걷는 사람이다. 더욱이 성녀와 끈이 닿아 있는 사람이니 그 어떤 말로 널 현혹하려 할지도 모른다. 조심해야 한다."

굉지는 말을 끝맺는 것과 동시에 발걸음을 멈췄다.

자신에게 허락된 공간은 여기까지라는 듯이.

소이보는 흘낏 굳어진 굉지의 얼굴을 바라보고는 천천히 발을 옮겼다.

참회동의 가장 깊은 곳은 어둠으로 일렁이고 있었다.

마치 소이보의 발걸음을 반가움으로 맞이하는 춤사위처럼…….

소이보의 눈썹이 움찔했다.

굉지가 여러 차례 주위를 준 것과는 달리, 너무도 초라하고 형편없이 구겨진 노인 하나만이 널브러지다시피 앉아 있었다.

깊고 두터운 철문을 몇 겹이나 열어젖히고, 더욱 깊숙한 곳으로 이어진 계단을 숨이 차 오를 거리를 휘돌아 내려가야만 닿는 곳.

그곳엔 깡마른 노인이 가쁜 숨을 토해내며 가부좌를 튼 채 앉아 있었다.

뺨 위론 두 줄기 핏줄기가 흘러내린 모습 그대로 말라붙었고, 그 위론 마치 누가 두 눈알을 힘주어 뽑아내기라도 한 것처럼 뻥 뚫린 구멍 두 개만이 자리잡았다.

그렇게 뻥 뚫린 두 개의 빈자리가 마치 소이보를 바라보는 것처럼 노려보았다.

손가락으로 긁어도 물기 하나 느껴지지 않을 만큼 갈라진 노인의 입술이 천천히 열렸다.

"요안?"

노인의 입술보다 더 건조한 물음이 툭 튀어 나왔다.

소이보는 그저 고개를 끄덕였다.

노인은 분명 눈알이 없었다. 하지만 노인은 분명 소이보를 보고 있었다.

몸에 걸친 옷은 거의 넝마와 다를 바 없었고 뼈에 겉가죽만 겨우 걸쳐 놓은 것 같았지만, 전신에는 범접치 못할 기묘한 기운이 흐르는 노인이, 마치 염주를 굴리듯 한 손바닥 위에 올려놓고 굴리고 있는 두 개의 물건은 분명 눈알 두 개였다.

방금 전까지도 이마 아래에서 맑고 그윽한 빛을 뿜어내었을 눈알 두 개는 핏빛으로 물든 채 뽑히어 노인의 손바닥 위에서 천천히 굴러가고 있었다.

그리고 소이보는 그 눈알이 노인 스스로 잡아 빼낸 노인의 눈알이라는 것을 알았다.

"아⋯⋯!"

그제야 알겠다는 듯 소이보는 짧은 탄성을 발했다.

왠지 눈에 익으면서도 처음에 알아보지 못한 이유가 있었다.

꿈속에서 마주쳤던 노인, 자신을 보고 온몸을 떨다 스스로 눈을 손가락으로 파내었던 사람이 바로 눈앞에 있는 노인이었다.

단지 눈알을 빼내어 텅 비어버린 눈 때문에 전혀 다른 사람으로 보였던 것뿐이다.

노인, 필기삼괴 중 안개처럼 꿈속으로 찾아와 차가운 죽음만을 남기고 사라진다는 나추몽마 팽유가 웃었다.

소이보는 그때 헛헛한 웃음이 어떤 것인지 처음으로 알 수 있었다. 팽유가 물었다.

"색안노조와는 어떻게 되는 사이지?"

색안노조. 어디서 들은 적이 있는 이름이었다.

소이보의 발걸음을 이리로 인도했던 그 핏빛처럼 어두웠던 형거(刑車) 안에서.

"그런 건 몰라. 단지 광마(狂魔) 이장(李暲)이란 사람은 알지."

"광마 이장? 그 미친?"

의외라는 듯 팽유의 건조한 목소리가 조금 높아지더니 곧 키득거리는 웃음으로 변했다.

마치 폐병을 앓는 것처럼, 숨 끊어지듯 가파르게 이어지던 웃음이 잦아들더니 건조한 목소리로 팽유가 다시 물었다.

"만났나?"

끄덕끄덕. 구태여 말할 필요도 느끼지 못했다.

형거 안에서 마주쳤던 두 사람. 날혼자심(捺魂刺心) 갈중(葛重)과 광마 이장은 평생 가도 잊지 못할 사람들이었다.

그때 분명 사팔뜨기 눈동자를 더욱 가운데로 가득 몰아 넣은 채 갈중이 말했었다.

색안노조는 자신의 색안공을 전수해 줄 제자를 길러냈고, 색안공을 익히지 못해 굶주림에 지쳐 끝내 미쳐 버린 제자는 끝내 스승을 먹어 버렸다고.

그 이후 식인 습성을 버리지 못한 광마 이장은 사람들을 두 눈알로 홀리고는 그 살을 뜯고 피를 마시고 뼈를 핥았다고.

그 이후의 일은 구태여 갈중에게 전해 들을 필요도 없었다.

소이보 역시 광마가 사람을 홀리고 끝내 잡아먹는 것을 바로 옆에서 생생히 보고, 소리를 들었으니.

그래서 절대 잊을 수 없는 기억이었다.

팽유가 재미있다는 듯 다시 물었다.

"눈이 마주쳤나, 이장이란 아이와?"

끄덕끄덕. 소이보는 다시 고개를 끄덕였다.

손바닥 위에서 굴려지는 두 눈동자를 통해서인지, 아니면 심안(心眼)이 열어 보는 것인지 모르겠지만 분명 소이보는 자신의 고개 짓을 팽유가 보고 있다는 걸 확신하고 있었다.

"그럼 죽었겠군, 요안과 마주쳤으니. 아니, 이젠 마안(魔眼)이라 해야겠군. 귀령(鬼靈) 역시 관심을 기울였으니 틀림없는 마안이야. 왜 그걸 진작 몰랐던고."

한동안 말없이 가느다란 숨을 이어가던 팽유가 다시 입을 열었다.

"내가 왜 두 눈을 파내었는지 아는가?"

팽유가 손을 들어올렸다. 그러자 깡마른 손가락 사이에 끼워져 있는 두 개의 눈동자가 너무도 분명히 초점을 맺은 채 소이보의 요안을 바라보고 있었다.

그 두 개의 눈동자에 혼이라도 빼앗긴 것처럼 소이보의 파랗고 잿빛인 요안이 마주 보았다.

팽유가 얇은 입술을 뒤틀며 웃었다.

"살기 위해서지. 요안, 아니, 마안과 마주친다면 혼을 빼앗길 수밖에 없거든. 특히 우리 같은 사람들은. 그래서 내가 이 두 손가락으로 파내었지. 내 혼유귀몽 안에서 자네와 두 눈이 마주친 이후에. 그 수밖에 없었네. 나 역시 살아 있는 동안 마안을 보게 될 줄은 몰랐거든. 아니, 그런 존재가 있다는 것 역시 믿지 않았었지."

"귀령? 그리고 마안?"

소이보가 탁하고 껄끄러운 목소리로 물었다.

팽유가 그제야 웃으며 말했다.

"그래, 이제 내가 진실을 말해 주겠네. 밖에 있는 멍청한 소림사 땡중들이 뭐라고 했는지 모르겠지만, 적어도 이 일에 대해선 나보다 더 잘 알고 있는 사람은 세상에 없으니. 그러니까 꽤나 오래전이군."

팽유의 길다면 길고 짧다면 짧은 설명이 그 뒤로 이어졌다.

역대 황실이 제일 두려워하는 것들 중 하나가 바로 종교였다. 종교에 빠진 사람들은 그 믿음 때문에 무엇도 두려워하지 않았다. 심지어 죽음마저도.

죽음 이후 도착할 극락 세계에 대한 약속이 달콤하면 달콤할수록, 또 그와 반대로 현실 세계가 고달프면 고달플수록 사람들은 더욱더 미친 듯이 종교에 빠져들었다.

그런 사람들이 늘어나 자신들만의 세계를 꿈꾼다면? 그것이 곧 민란

이었다. 반역이었다. 황실의 적통을 끊어놓고 황조를 쓰러뜨릴 힘이
되었다.

그 힘은 백련교의 힘을 빌어 나라를 얻은 지금의 황조가 가장 잘 알
고 있었다.

그래서 영종(英宗) 정통제(正統帝) 때부터는 모든 도관과 사찰에 환
관을 내려보냈다.

무당파와 화산파뿐 아니라 소림사에까지.

그들 환관의 역할은 단순했다. 최대한 도관과 사찰의 힘을 억제하고
동시에 그들의 힘이 어디서 나오는지 알아오는 것.

그리고 그런 임무를 맡은 환관 중 특별한 재능을 가진 비증(費增)이
란 이름의 한 사람이 있었다.

비증은 천재였다. 사람들의 믿음이 어떠한 기적을 이루어내는지 파
악하는 재주와 그런 믿음을 가능케 하는 무공의 특질을 정확히 꿰뚫는
눈이 있었다.

황제를 등에 업은 비증이 못 가는 곳은 없었다.

소림사의 장경각을 수시로 드나들었고, 무당파의 진무검(眞武劍)을
손에 들고 직접 휘둘러 볼 수도 있었다.

불(佛), 도(道)의 경전은 물론 속(俗)에서 전해지는 모든 잡서(雜書)들
을 주르륵 꿰뚫었고, 사람들을 취하게 만드는 원류(源流)를 찾아내려
노력했다.

그 세월이 얼추 서른 해가 넘어서자 종교를 파헤치려 노력한 것과는
달리 비증은 도를 깨우치게 되었다.

도를 깨우치자 자연히 세상 모든 무공의 이치 역시 깨닫게 되었다.

비증은 이후 어떤 방법을 썼는지는 몰라도 황궁을 나오게 되었고,

아무도 모를 깊은 산속에 은거했다.

비중은 자신의 깨달음을 부려놓을 곳으로 그 산을 선택했고, 자신의 알고 있는 모든 이치를 한데 모아 수련할 동굴을 찾아냈다.

비중이 제일 먼저 한 일은 자신이 알고 있는 강호의 모든 무공을 압축하는 일이었다.

마치 뒤엉킨 실타래를 풀어내어 가지런히 정돈하듯 자신이 깨달은 모든 이치를 구궁(九宮)에 따라 아홉 개의 석상에 고스란히 담았다.

혼신의 힘을 담아 돌을 파내고 깎아서 만든 석상은 이미 사람이 숨결이 흐른다고 느낄 정도로 생생했고, 석상이 든 검은 마주 보는 사람들의 심장을 도려낼 정도로 날카로운 예기를 담고 있었다.

그렇게 자신의 정화를 담아 아홉 개의 석상을 만든 비중은 이후 두 명의 시동을 찾았다.

자신이 등선에 오른 후, 혹시 아홉 석상이 세상에 나온다면 세상은 큰 혼란을 겪을 수밖에 없으리라는 걸 잘 알고 있었기 때문이다.

탈각의 경지에 든 비중이 고르는 아이였으니 남다를 수밖에 없었다.

아니, 남달라야만 했다.

보통의 사람은 비중 앞에서, 아니, 아홉 개의 석상 앞에서 살아 있을 수 없었다.

석상이 들고 있는 검 앞에서 아스라이 부서질 수밖에 없는 보통 몸뚱이로는 석상 앞에서 제를 지내고, 이미 사람의 경지를 벗어난 비중을 가까이에서 모실 수가 없었다.

그래서 고른 것이 작은 계집아이였고, 비중은 그 아이를 귀령(鬼靈)이라 불렀다.

무격(巫覡), 즉 무당의 피를 이어받은 계집아이는 날 때부터 신기를 타고난 아이였다. 그래서 인간 세상엔 맞지 않는 아이였다.

하지만 그 때문에 투명한 두 눈으로 석상을 마주 대하고도 숨결을 흐트러뜨리지 않을 수 있었다.

그러나 다른 아이, 즉 남자 꼬마 아이는 비중의 능력으로도 구할 수가 없었다.

혹시 있을지도 모를, 비중 스스로가 깨우쳐 석상에 남긴 무공을 탐하는 무림인을 상대하기 위해서 마련될 아이의 이름은 마안(魔眼)이었다.

귀령과 마찬가지로 남자 아이 역시 석상을 보고도 숨결을 흐트러뜨리지 않을 만한 능력이 있어야 했고, 그래서 마안이어야만 했다.

그러나 중원을 샅샅이 찾았지만 비중의 능력으로도 찾지를 못했다.

비중은 그래서 만들어내기로 했다, 마안이란 아이를.

정신력이 강하고 심지가 굳은 아이를 찾아내어 섭혼술을 응용한 심법을 가르쳤고, 작은 몸에 기이한 힘을 심었다.

하지만 하늘이 내린 신기를 타고난 귀령과는 달리 인간의 힘으로 만든 마령은 비중의 기대에 미치지 못했다.

비록 무림인들을 상대하기엔 충분했지만, 마령은 아홉 개의 석상 앞에서 오줌을 지릴 정도로 벌벌 떨었기 때문이다.

귀령처럼 호수 같은 심성으로 석상의 노려보는 눈빛을, 들고 있는 칼의 기운을 이겨내지 못했다.

그래서 마안은 귀령과는 달리 제단 삼아 만든 깊숙한 동굴 안에 들지 못한 채 멀리 떨어진 바깥에서 생활할 수밖에 없었다.

그로부터 십수 년 후, 도의 깊이는 더욱 깊어져 비중이 드디어 탈각(脫殼)에 들 때가 다가왔다.

탈각에 들기 전 비중이 제일 먼저 한 것은 자신이 만든 아홉 개의 석상을 파괴하는 것이었다.

자신의 깨달음을 남기고 싶다는 작은 욕심, 그리고 그것을 재려는 교만함, 더욱이 그 속에서 자부심을 느끼려던 자신의 모든 의도가 궁극의 경지에 한발을 들여놓는 순간 모두 부질없는 짓이란 걸 깨달았기 때문이다.

하지만 두 개의 석상을 부수고 막 세 번째 석상을 부수려는 비중을 막아선 것은 귀령이었다.

십수 년간 같이 호흡하며 존재해 온 석상이 한 줌의 가루로 변하는 걸 보지 못하겠다는 듯 귀령은 투명한 눈으로 비중을 바라보았다.

비중은 갈등했다. 석상은 부수어 버리면 그만이지만, 자신이 찾고 만들고 기른 귀령까지 죽일 수는 없었다.

어쩌면 자신이 이대로 탈각에 든 후 나머지 험한 세상을 헤쳐 가야 할 몫은 귀령과 마안이었다. 비중 자신이 그렇게 만든 것이다.

비중은 나지막한 한숨과 함께 귀령과 마안을 제단으로 꾸민 동굴 밖으로 내보내고는 남은 일곱 개의 석상 앞에 가부좌를 취한 채 마지막 숨을 내쉬었다.

그러자 동굴이 무너졌다. 계곡이 허물어졌다. 산이 울부짖었다. 세상이 흔들렸다.

작은 지진이 산을 덮치자 비중의 흔적은 그 어디에도 있질 않았다.

귀령과 마안이란 두 사람만 남은 채.

귀령과 마안은 철이 든 이후 그렇게 처음으로 강호에 나왔다.

귀령은 아이들을 품었으며, 마안은 세상에 숨었다.

　귀령의 이름이 천모(天母), 즉 환희모(歡喜母)이자 공덕천(功德天)의 화신으로 떠받들어질 동안 마안은 제자 둘을 거두었다.

　이끌어줄 비중이 없는 이상, 비중의 작은 맥을 이은 마안의 뜻은 변질되기 시작했다. 아니, 속세의 때를 지닌 제자 둘이 문제였다.

　만들어진 마안이 죽자 제자 둘 중 한 사람은 비중의 섭혼의 묘법으로 여자들을 건드리기 시작하다 끝내 색안노조로 불리게 되었고, 다른 한 사람은 무림에 뛰어들어 가장 손쉬우면서도 신비에 싸인 꿈속의 살인을 만들게 되었다. 그게 나추몽마 팽유였다.

　잠자코 이야기를 듣던 소이보는 깊게 숨을 내쉬며 물었다.

　"그 일곱 개만 남았다는 석상이 내가 꿈에서 본 그것이겠군."

　"그렇지, 그중 하나야. 나 역시 실제 본 적은 없어. 지금의 성녀도 이야기로 전해 들었을 뿐이고. 하지만 귀령은 석상과 묘한 인연으로 이어져 있지. 꿈에서 본 것은 완전하진 않아도 석상과 그리 다르지 않을 거야. 내 혼유귀몽 안에 나타난 모든 것은 사실 지금의 귀령, 즉 성녀가 만들어낸 것이니까."

　"그런데 왜 도망을 다니는 거지?"

　"예영당의 욕심이 너무도 컸으니까. 사실 귀령이 백도 무림인에게 쫓기다 일곱 가문을 만들어낸 후 처음 한 일이 일곱 가문 중 제일 무공이 강한 세 가문의 수장과 함께 비중의 유적을 찾는 것이었어. 성녀와 나머지 세 명은 결국 산을 찾았고, 무너진 동굴을 헤쳐 남은 일곱 개의 석상을 찾아냈지. 하지만 그 순간 귀령은 알게 된 거야. 그 석상들은 결코 세상에 나와선 안 되는 물건이라는 것을. 그저 비중의 무공 한 조각이나마 얻으려는 생각이었지만, 석상이 가진 힘은 귀령의 예상을 넘어선 것이었어. 석상을 마주친 직후 세 명의 가주는 모두 칠공(七孔)으로 피를 쏟고 혼절해 버렸으니까. 석상을 마주 본 모든 사람들이 모두 그렇게 된다는 걸 뒤늦게 깨달은 거지. 어쩔 수 없이 귀령은 자신의 신력으로 세 사람의 기억을 봉인하고 백치로 만들어놓았지. 그것 역시 실수였어. 그 세 명의 사람은 석상을 마주치고도 가느다란 숨결을 이어갈 정도로 고수였다는 걸 잊은 거지. 그렇게 귀령은 세 사람을 데리고 다시 동굴을 나왔어. 세 사람은 비록 깨어났지만 석상이 가져다 준 거대한 충격에 자신이 어느 곳에 갔다 왔는지 잊게 되었지. 그중에 기현소축의 가주는 석 달을 앓다 죽었고, 요선보의 보주는 밤마다 꿈에 나타나는 석상의 그림자를 지우지 못해 바깥일은커녕 요선보마저도 제대로 꾸리지 못할 정도가 됐지. 지금까지도.”

소이보는 그제야 알 수 있었다.

문기서에게 무림을 호령할 인재로 요선보주가 어떠냐고 물었을 때, 피식 웃으며 소이보가 아직 요선보주를 만나보지 못했다는 걸 금방 알아챈 이유를.

요선보주는 그저 숨만 쉬고 있을 뿐 병신이 되어버린 것이 분명했다, 석상이 가져다 준 충격에.

그래서 요선보가 그렇게 굴러갔던 것이다. 보주가 없으니 대제자 역시 힘이 없었다. 그래서 강요맹이, 이화림이, 교단서가 대제자는 염두에 두지 않고 세력 싸움을 했던 것이다.

팽유의 뻥 뚫린 눈 깊숙이 무언가 번질거린 것은 그 순간이었다.

마른 입술을 혀로 축인 다음 팽유가 계속 말을 이었다.

“하지만 예영당주만은 달랐지. 석상이 가져다 준 충격에 석상이 있는 위치, 아니, 아예 그 석상을 찾아갔던 모든 일들은 잊었지만, 그 석상의 모습만은 잊을 수가 없었어. 비록 반 폐인이 되다시피 했지만 그의 제자가 남았지. 제자는 모든 비밀을 알고 있었어. 그래서 귀령의 목을 죄고는 그 위치를 내놓으라고 했지. 하지만 귀령은 말하지 않았지. 귀령이 딸을 낳자 딸의 목숨으로 협박했지만, 귀령은 그래도 말을 하지 않았어. 지금까지도. 그토록 오랜 세월 동안 협박해 온 거야. 마도칠가의 가주라면 다 아는 사실이고 귀령도 알아. 나 역시 알고. 단지 그 외엔 아무도 모르지. 지금 귀령은 그래도 용기있는 아이야. 백도무림인과 손을 잡고 도망칠 생각이라도 했으니. 물론 네가 없었다면 그런 시도도 안 했겠지만."

소이보는 히죽 웃었다. 말도 안 되는 소리. 그 빌어먹을 년은 날 만나기 전부터 일을 꾸민 거라고. 그렇게 속으로 되뇌이며.

팽유가 소이보의 마음속을 짐작이라도 한 듯 말을 이었다.

"성녀니까, 아니, 그 이전에 귀령이니까 가능한 일이야. 만나지 않았다 해도 이 모든 일을 다 알고 있었을 거야. 귀령이 왜 귀령이겠어. 앞날을 예측할 수 있으니 그런 거겠지. 귀령처럼 마안은 타고나야 하는 거야. 귀령, 그러니까 지금 성녀 역시 그래서 널 알아봤을 거야, 네놈이 마안이란 것을."

"그게 무슨 상관이지?"

"원래 귀령과 마안은 한 몸이 되어야 했어. 귀령의 남편은 마안이될 수밖에 없고, 마안의 아내는 귀령이어야만 했지. 그게 세상 이치였어. 하지만 비중이 만들어낸 마안은 진실된 마안이 아니었던 게 문제였지. 그래서 귀령은 자신을 닮은 딸을 낳아야 했던 거야. 언젠가 만나야 할 마안을 기다리며 자신의 피를 그렇게 딸로 이어준 거지. 둘은 만나야만 하는 운명이야. 귀령의 피를 이어받은 지금의 성녀가 모를 리가 없겠지."

"그래서 모든 일을 나한테 떠맡기고 도망간 건가? 예영당의 이목을 속이려?"

"그렇지. 예영당은 지금 애태우고 있을 거야. 귀령이 마안을 기다리며 바깥에서 몰래 씨를 받아 이어져 온 피는 많이 옅어져 있어. 아마 다음 대면 이미 귀령이 가지고 있는 신비한 힘은 모두 사라져 있을 거고. 그걸 막아야 하지. 그래야만 석상이 있는 곳을 알아낼 수 있고, 석상의 힘을 가질 수 있으니까. 지금의 예영당주인 동무군의 능력은 예전 비중이 가지고 있던 재주와 천골에 못지않다 들었으니."

소이보는 이야기를 들으며 눈을 감았다, 마치 무언가 생각하는 듯이.

그리고 나서 다시 떠진 소이보의 두 눈은 앞을 볼 수 없는 팽유마저도 그 기세에 움찔할 정도로 강한 요사스런 빛을 토해내고 있었다.

"성녀는 속았군."

"……?"

팽유는 그저 입을 멍하니 벌리고 있을 뿐이었다.

비록 볼 수는 없지만 피부를 찌를 듯 다가온 강한 소이보의 눈빛까지 못 느끼는 것은 아니었다.

비중의 맥을 이어온 팽유였다. 자연 진실된 마안의 힘을 느끼자 온몸이 움츠러드는 것은 당연한 일이었다.

"예영당은 속은 게 아니야. 그저 도망치게 일을 꾸민 것이지. 성녀가 도망을 간다면, 그것도 중원에서 예영당이 모르는 곳으로 도망가려면 어디로 가야 하지?"

팽유는 소이보의 강한 기세에 잔뜩 움츠린 채 끄응 하는 한숨 소리만 토해냈다.

"…단 한 곳. 석상이 묻혀 있는 동굴이겠지. 예영당이 찾아내지 못한 곳이 바로 그곳이었으니. 허허, 성녀가 속았군. 세상이 속았어."

소이보는 그저 한숨처럼 토해내는 팽유의 말을 뒤로 남긴 채 몸을 돌려 참회동을 벗어나고 있었다.

참회동 가장 깊은 곳에서 팽유가 얼굴을 구기며 비명을 토해내었다. 멀어진 소이보의 뒷등을 향해서.

"자네가 막아야 해, 예영당의 당주를! 비중이 남긴 일곱 개의 석상은 절대로 세상에 나오면 안 되는 귀물(鬼物)이야! 그걸 막아야 해! 자네는 그러기 위해 태어난 마안이니!"

소이보는 그저 묵묵히 걸을 뿐이었다. 팽유의 단말마 같은 비명 소리를 꾸욱 내질러 밟듯이 그렇게 묵묵히 걸었다.

잠시 후 팽유의 비명이 멎었다. 팽유의 숨도 멎었다.

진실된 마안과 마주친 만들어진 마안의 한계였고 또한 운명이었다.

두 눈을 스스로 뽑고 벌레처럼 꿈틀거리며 살아남아 말 한마디를 전하기 위해 팽유는 그렇게 고통을 감내했고, 참회동 안에서 마지막 숨을 토해놓았다.

팽유의 싸늘하게 식은 심장은 더 이상 뛰지 않았다.

◆ 第九章 ◆
어미대(魚尾隊) 이활(李闊)

둔비는 뺨을 긁으며 왕방울만한 눈동자를 뒤루룩 굴렸다.

둔비의 독특한 버릇이었다.

무언가 불만에 가득 찼을 때나, 아니면 이해 가지 않는 일을 생기면 어김없이 뺨을 긁었고 눈을 둥그렇게 떴다.

그래서 굉요는 둔비를 보는 순간 저도 모르게 무릎을 꿇을 뻔했다.

둔비의 모습, 그것은 정말이지 달마와 장비를 반쯤 섞어놓은 것 같았기 때문이다.

소림사의 전설로 남은 달마였다. 그래서 소림 근처의 인가는 잡귀를 막기 위해 집집마다 달마상을 그려 벽에 붙이곤 했다.

더욱이 숭산 오유봉에는 달마가 구 년의 면벽수행을 거쳤다 하여 달마동이란 이름이 붙은 동굴이 있었고, 그 말을 증명이라도 하듯 달마동의 끝에는 달마의 형상이 그림을 그리듯 새겨져 있는 면벽석이 있었다.

물론 굉요에겐 가끔 몰래 숨어들어 개고기를 뜯어 먹기에 딱 알맞은 장소에 지나지 않았지만, 그 안에 새겨져 있는 달마의 얼굴까지 잊어버린 것은 아니었다.

그런데 눈앞에 떡하니 달마가 있지 않는가!

눈썹은 사자의 갈기처럼 사방으로 뻗쳐 있고, 그 아래로는 손바닥만 한 눈알이 뒤룩거리며 쳐다보고 있었다.

수북하고 거친 수염은 코 아래부터 턱까지 가리지 않고 모두 휘감고 있었다.

굉요가 놀랍다는 듯 쳐다보자 둔비가 더운 콧김을 불어 내쉬었다.

갑작스레 나타난 승려 하나가 자신을 멍하니 바라보니 당연한 일이었다.

승려는 진한 회색 가사에 등 뒤엔 바랑을 짊어지었다. 낡고 후줄근한 승복은 팽팽하게 당겨져 있었다. 승복이 작다기보다는 승려의 몸집이 오동통했기 때문이다.

키는 작았다. 얼추 범우 정도와 눈썹을 맞출 정도로 작았다.

나이는 꽤 든 것이 분명했는데, 윤기 나는 통통한 얼굴 때문인지 주름살은 얼마 없어 보였다.

거기다 대머리 한가운데 있는 아홉 개의 계인보다 더 눈에 띄는 그것이 있었다.

간(姦).

굵은 붓글씨로 새겨놓듯 커다랗게 이마 정중앙에 커다란 글씨 하나가 찍혀 있었다.

분명 승려의 직분에 어울리지 않게, 어느 여염집 여인네를 건드리다 들통나 범죄의 사실을 이마 한가운데 문신을 해 넣는 자자묵형(刺字墨刑)을 받은 것이 틀림없었다.

그럼에도 승려는 당당하고도 여유있는 웃음을 웃으며 혈랑대 앞에 길을 막듯 나타난 것이다.

안 그래도 소이보를 찾느라 날카롭게 신경을 곤두세운 혈랑대였다.

마치 그 앞을 준비했다는 듯 가로막고 선 승려의 정체는 신경을 긁는 존재임이 분명했다.

승려, 정확히는 소림사 방장의 심부름을 맡아 길을 나선 굉요가 특유의 유들유들한 웃음과 함께 말을 건넸다.

"빈승의 눈이 틀리지 않았다면 시주들께선 요선보의 혈랑대, 그중에서도 삼팔구라 칭하는 분들이 분명하겠지요?"

범우가 경계한 듯 얼굴을 딱딱히 굳힌 채 고개를 끄덕였다.

그러자 굉요가 한숨 놓인다는 듯 정말 커다란 한숨을 내쉬고는 곧 소리 죽여 말했다.

"휴우~ 부처님의 가피를 입은 덕에 이토록 수월히 찾았구려. 빈승은 소림 문하의 굉요라 하오."

"소림?"

곽예주가 뾰족한 목소리로 되물었다.

소림사의 승려가 왜 이 자리에 나타난단 말인가. 그것도 머리 위에 간 자를 떡하니 박아 넣은 채.

굉요 역시 곽예주의 시선이 자신의 머리 위를 향한 것을 보고는 빙긋 웃으며 손바닥으로 머리를 쓸었다.

"아! 이건 마도칠가 여러분의 이목을 숨기기 위해서……. 보시기엔 화문(華紋:문신) 같지만 사실 한 달 후엔 깨끗하게 지워지는 물건이라오. 미친개… 아니, 방장께서 특별히 명하신 일이라……."

겉으론 유들유들하게 웃고 있었지만 굉요가 소림 방장을 말할 때 어금니를 힘주어 으드득 깨무는 소리를 만들어내고 있었다.

"그런데 여기는……?"

범우가 물었다.

안 그래도 소이보의 뒤를 쫓는 지금, 낯선 물건들이 요선보 땅을 누비고 다녔다. 요선보를 제외한 다른 마도칠가들이었다.

분명 위로부터, 아니, 정확히는 예영당으로부터 명령을 받아 소이보를, 그리고 성녀를 찾아다니는 것이 분명했다.

요선보로선 왜 우리 구역에 들어왔는지 변변히 항의조차 못할 일이었다. 요선보주는 제 몸 하나 꾸리기에도 힘겨워했고, 성녀를 잃어버린 일은 요선보의 잘못이었다.

그래서 신경을 잔뜩 곤두세우던 중이었는데 갑작스레 소림사의 승려가, 그것도 굉자배를 쓰는 높은 사람이 눈앞을 막아섰으니 범우가 잔뜩 긴장하는 것도 무리가 아니었다.

지반월이 굉요의 머리를 보며 머리를 갸우뚱거리다가 둔비에게 말했다.

"그런데 저게 더 눈에 띄는데? 아무리 마도칠가라 해도 저런 괴상한 몰골은 찾아보기 힘들지. 안 그래?"

굉요가 입맛을 다셨다. 지반월의 말이 맞았다.

마도칠가의 종자들이 늙은 홀아비 속곳 속 서캐처럼 많을 거란 방장의 말에 얼굴에 그럴듯한 문신을 흉내 내어 새겼다.

아마 마도칠가란 종자들은 극악하기 그지없는 종자들이니 그들의 의

심을 사지 않으려면 이런 겉모습쯤은 되어야 할 거란 생각 때문이었다.

하지만 정작 오면서 마주친 마도칠가의 사람들은 모두 멀쩡해 보였다. 결국 굉요 하나만이 오뚝하니 눈에 띄는 모습이었던 것이다.

굉요는 여기 오는 동안 그동안 맞았던 빗줄기보다 더 많은 시선을 받아야 했음을 상기하고는 쓸쓸하게 웃으며 바랑에서 기품있는 섭선을 꺼내 들었다.

"대강 이 물건이면 빈승을 믿어줄 수 있을는지……."

요선보 사람들 중 그 물건을 모를 사람은 없었다.

항상 짜릿한 강탈이 끝나면 요선보주가 자신의 얼굴 앞에 대고 흔들어대던 섭선이었다. 그리고 요선보주의 손에서 요선보주의 대제자 손으로 넘어간 물건이었다.

대제자는 그런 행위를 요선보의 대권을 자신에게 넘겨준 상징이라 여겼겠지만, 그렇게 봐줄 사람은 요선보 사람 중엔 아무도 없었다. 병든 요선보주와 실권을 쥐지 못한 대제자란 그저 귀찮은 존재에 지나지 않았다.

"대제자였군!"

곽예주가 그제야 이해가 간다는 듯 뽓속하게 소리쳤다.

아무리 요선보가 괴상하게 돌아간다지만, 요선보의 이목을 피해 성녀가 도망가긴 어려웠다.

대제자였다. 성녀에게 반해 그토록 탐내던 요선보주 자리도 집어던지고 성녀의 도피를 도운 것이다.

아니, 대제자는 더 큰 것을 바라고 있는지도 몰랐다. 만약 성녀의 마음을 훔쳐 맺어진다면 다음 마도 본가의 자리는 자신에게 돌아올 거라 믿는 것인지도 몰랐다.

그래서 이화림이 비림을 움직이고 혈랑대가 미친 듯 찾아다녀도 성녀의 뒤꽁무니조차 찾지 못한 것이다.

대제자가 성녀의 곁에 있기에, 그래서 요선보의 움직임을 손바닥 들여다보듯 잘 알기 때문에.

"대제자가 이 일을 꾸민 거요?"

섭선에서 시선을 떼지 않은 채 범우가 물었다.

비록 존댓말은 아니었지만, 그리 기분 나쁘진 않았다.

범우의 성격이 어떻다는 것은 소림 산문 깊숙이 살고 있던 굉요 역시 들은 바가 있기 때문이었다.

굉요는 고개를 저었다.

"아니, 성녀가 꾸민 것이오."

"그깟 년은 신경 안 써!"

곽예주였다. 뾰족한 목소리로 부르짖은 것은 곽예주였지만 모든 삼팔구의 심정은 곽예주의 말과 다르지 않았다. 지금 이 모든 일이 성녀로부터 시작된 것이었다.

무치로 의심되는 괴인이 나타난 것도 성녀 때문이었다.

그리고 그 괴인의 몇 수 안 되는 손짓 발짓에 범우는 발을 꿰뚫렸고 사검정은 양어깨를 다쳤다. 아니, 삼팔구 모든 사람들의 목숨이 경각에 다다랐다.

그래서 소이보는 마지막 도박처럼 단전을 허물어 역천파사공을 운기했고, 결국 삼팔구는 살았지만 정작 소이보의 생사는 알 수 없는 지경이 되었다.

그리고 지금은 요선보의 땅을 다른 마도칠가들이 제집처럼 휘젓고 있었다.

그 모든 것이 성녀 때문이었다.

자연히 성녀에 대한 삼팔구의 감정이 좋을 리가 없었다.

그때였다. 이때까지 잠자코 있던 문기서가 한발 나서며 말했다.

"찬찬히 이야기를 들어봐야 할 것 같습니다."

"너!"

곽예주가 뒤돌아 문기서를 쏘아보았다.

하지만 문기서는 곽예주 쪽은 바라보지도 않았다.

굉요를 향해 눈빛을 번뜩이며 조용히 한마디를 내뱉을 뿐이었다.

"아무래도 요안과 관련된 것 같아서 하는 말입니다."

"……."

무언가 퍼부으려던 곽예주가 입을 닫았다.

성녀는 모르지만 요안이라면 또 다른 문제였다.

지금 자신들이 헤매고 있는 이유가 바로 그것 때문이었으니.

굉요가 잘됐다는 듯 유들유들하게 웃었다.

"흠흠, 바로 그거요. 지금은 시간이 없소. 요안이란 아이에겐 시간이 필요하오. 그래서 내가 여기 온 거요. 시간, 바로 그것을 벌어주기 위해. 시간을 벌어줄 친구들이 있다기에."

굉요는 등에 지었던 바랑을 앞으로 돌려 안고는 그 안에서 검은 천으로 이루어진 야행복을 몇 벌 꺼냈다.

"내 말은 이거요. 시간이 필요하다. 하지만 지금 우리에겐 시간이 없다. 그래서 우리가 요안으로 변해야 한다. 요안에게 꼭 필요한 시간을 벌어주려면. 바로 이 말이오."

굉요의 짧은 말속엔 많은 것이 함축되어 있었다.

이대로 시간이 지난다면 마도칠가가 요안을 찾아낼 것이다. 하지만 그런 일이 벌어지면 안 되기에 우리가 요안처럼 꾸미고 마도칠가를 혼란에 빠뜨려야 한다는 것.

지반월이 반쯤 감은 눈에 못마땅하다는 기색이 흐르는 듯싶더니 졸린 듯한 목소리로 말했다.

"그러니까 우리보고 광대 짓을 하라 이거군. 검은 복면을 쓴 채 소림사의 입맛에 맞는 춤까지 추어가면서. 소림의 승려들이 이토록 교활하고 뻔뻔할 줄 미처 몰랐는걸?"

지반월의 말에 굉요가 당연하다는 듯 고개를 끄덕였다.

"요안을 살려야 하니까. 그러려면 시간이 필요하니까. 또한 요안이 살아야 예영당의 뜻을 꺾을 수 있으니까. 그래서 이 늙은 중이 여기 온 거요. 그 일을 부탁하러. 듣기로는 요안의 친구는 당신들밖에 없으니, 자연 요안의 흉내를 비슷하게라도 낼 수 있겠다 싶어서."

만약 다른 소림의 승려였다면 지반월의 말에 부끄러워했겠지만, 굉요는 떳떳하다는 듯 유들유들하게 웃고 있었다.

지반월마저 어이없다는 표정으로 굉요를 볼 정도였다.

겉으로는 매우 우둔하고 단순해 보이지만, 상대하기엔 굉요 같은 인물이 더 까탈스러운 법이었다.

저런 우둔함과 미련함은 철저하게 계산된 우둔함이고 미련함이었으므로.

지반월의 눈이 아예 감기듯 얇게 떠졌다.

"요안이 아니라 성녀겠지, 보호하려는 게. 요안을 내세워 성녀를 숨기려는 수작이군."

"그런 것도 있고."

하지만 이번에도 굉요의 유들유들한 웃음이 대답으로 돌아왔다.

소림이 원한 것이 바로 그것이었다.

단순히 소이보를 도망치게 하려는 것이 아니었다.

소이보는 철저히 숨겨져야 했다.

그래서 예영당의 눈길을 두 개로 분산시켜야만 했다.

성녀와 소이보 쪽으로.

소이보가 예영당의 눈길을 더 끌어줘야 성녀가 안전했다.

너무 일찍 예영당의 손에 들어가서도, 또 너무 늦게 사로잡혀도 안 되는 일이었다.

성녀가 나름대로 꾸미고 있는 복안(腹案), 즉 예영당의 힘을 약화시키고 정파무림과의 원만한 관계를 회복시키는 계획을 위해서 소이보란 존재는 매우 중요했기 때문이다.

문기서가 앞으로 나섰다. 굉요가 들고 있던 몇 벌의 야행복을 잡아채듯 빼앗아 들고는 범우 앞에 와 섰다.

이때까지 사람 좋게 웃던 문기서의 표정이 아니었다.

무언가 굳은 결심을 하듯 딱딱하게 굳어진 표정으로, 문기서가 말했다.

"해야 합니다. 이유는 나중에 물어도 됩니다. 꼭 해야 합니다, 요안을 살리기 위해서는."

범우가 아무런 말 없이 문기서를 바라보았다.

교단서 밑에 있던 놈이었다. 부훼광(孵喙駽)란 이름으로 불리던, 그래서 비밀스런 정보를 잔뜩 뱃속에 담은 놈이었다. 아니, 문기서 인간 자체가 비밀이었다.

어쩌면 지금 이 일이 어떻게 돌아가는지 가장 잘 아는 사람이 문기서일지도 몰랐다.

범우가 아무런 말 없이 콧구멍을 벌름거리며 바라보다 천천히 문기서 품 안에서 검은 복면을 집어 들며 물었다.

"요안은… 사는 거겠지?"

"제가 보증합니다, 목숨을 걸고."

문기서가 대답했다.

"그럼 됐어."

범우가 집어 들자 문기서가 천천히 옆으로 발걸음을 옮겨 곽예주 앞에 섰다.

곽예주는 마뜩찮다는 표정을 짓고는 물었다.

"내 동생도 살아야 하겠지만, 이 일이 예영당을 물 먹이는 일도 되겠지?"

"제가 보증합니다, 목숨을 걸고."

문기서의 대답에 곽예주가 가느다란 한숨을 쉰 채 복면 하나를 집어 들었다.

"나한테 맞는 게 있으려나?"

문기서가 자신 앞에 서자 둔비가 걱정된다는 듯 중얼거리며 문기서가 들고 있는 복면을 들쑤실 때였다.

"모두 여덟 벌이겠지?"

지반월이 물었다.

문기서가 눈을 동그랗게 떴다가 곧 씨익 하고 웃었다.

지반월이 굉요를 바라보자 굉요가 무슨 뜻이냐는 듯 멍한 표정을 지었다.

자신의 눈앞에 있는 혈랑대의 인원은 모두 일곱이었다.

대장인 범우, 비도의 달인인 지반월, 사내 스스로가 검인 사검정, 귀신같은 화살의 곽예주, 피만 보면 아수라로 변하는 부흥. 달마를 꼭 빼어 닮은 둔비, 그리고 정체 모를 문기서까지.

그런데 왜 여덟 벌이 되는지 알 수 없었기 때문이다.

곽예주가 무슨 뜻인지 알겠다는 듯 종달새 울듯 지저귀었다.

"당연하지. 내가 이렇게 지랄하는데, 그저 가만히 지켜보겠다는 놈이 있다면 이마 한가운데 바람구멍을 내줄 거야!"

그제야 굉요는 왜 여덟 벌이 필요한지 알 수 있었다.

놈들은 굉요 자신까지 숫자에 넣고 있었다.

만약 요안 소이보를 위한 일이라는 자신의 말이 틀리다면, 그 즉시 자신은 이 괴물들에게 죽임을 당할 것이 분명했다.

굉요는 자신도 모르게 범우의 눈을 바라보았지만, 범우의 눈동자는 흔들림이 없었다. 곽예주의 말이 맞다는 듯, 아니, 만약 곽예주가 바람구멍을 내지 않는다면 자신이 나서서 손수 목뼈를 꺾어주겠다는 듯 범우의 눈동자엔 힘이 들어가 있었다.

굉요는 저도 모르게 마른침을 꿀꺽 삼켰다.

이제 자신도 복면을 뒤집어쓴 채 팔자에도 없는 요안 흉내를 내야 하는 것이다. 지금 눈앞에 서 있는, 다시 보고 싶지 않은 종자들과 함께.

2

"제길……."

굉요는 욕설을 퍼부었다.

승려, 그것도 불문에 든 지 얼추 일 갑자 가까운 고승으로서는 내뱉으면 안 되는 말이었지만 괭요는 연거푸 입 밖으로 내뱉었다.

'보는 사람도 없는데… 아니, 보면 또 어떻다구.'

괭요는 떳떳했다.

어릴 때 개를 구워 먹다 사부에게 걸렸을 때보다 더욱 떳떳했다.

지금 욕설을 입 밖으로 퍼붓는 사람은 소림의 괭요가 아닌, 정체불명의 복면인이었기 때문이다.

'제길, 이 죽각(竹脚)은 불편하기 짝이 없구나.'

괭요의 불평은 계속되었다.

괭요가 소이보 곁에 선다면, 괭요의 키는 소이보의 가슴에도 오지 않을 정도였다. 그래서 괭요는 대나무를 발밑에 이어 붙였다.

사람의 몸집이 부풀 수는 있어도 어느 날 갑자기 키가 작아지는 일은 없기 때문이다.

'없긴 왜 없어! 무릎 위를 칼로 싹 뚝 자르면 그날로 난쟁이가 되는 거지.'

괭요의 투덜거림은 계속되었다.

만약 지금 눈앞에 소이보가 있다면, 언제든 칼로 무릎을 베어 꼭 괭요만큼의 키로 만들어주고 싶을 만큼 짜증나는 일이었다.

삐익~

자신을 미치게 하는 소리가 등 뒤 어디선가 들려왔다.

"제기랄!"

괭요는 다시 욕설과 함께 굵은 가래침을 퉤 하고 뱉어냈다.

입 안이 쓰고 텁텁했다.

명적(鳴鏑).

소리 내어 우는 화살. 바로 그것이 뒤를 쫓고 있었다.

화살 끝에 작은 도자기나 토기를 달아 쏘아 보내면 소리를 내는 화살이 굉요의 뒤를 끈질기게 따라다니고 있었다.

삐익~

이번엔 좀 더 가까운 데서 또 한 대의 명적이 하늘을 갈랐다.

'급하게 됐군. 아미타불. 부처님의 가호가 있기를……'

굉요는 흐릿한 주위 경물을 신경 써 살피며 한 발을 크게 들어올려 허공을 박차 오르고 바위를 크게 휘돌아 내렸다.

그런 굉요를 처음 맞은 것은 보라색 장포를 입은 사내였다.

사내는 양 콧구멍 아래로 길게 팔(八) 자 모양의 수염을 기르고 있었다.

사내의 눈매는 매서웠다.

눈매만큼 손도 매우리란 생각을 하며 굉요가 잔뜩 긴장할 때였다.

굉요 옆으로 다행히 또 다른 복면인들이 하나둘 나타나 일렬로 섰다.

굉요처럼 검은 복면을 덮어쓰고 소이보 행세를 해야 하는 삼팔구들이 틀림없었다.

여기서 모이기로 약속한 것은 아니었지만, 서로가 쫓기다 보니 이렇게 모이게 된 것이었다.

'아니면 아직 날 믿지 못해서 주위를 맴돌았거나.'

굉요는 자신 옆으로 다가와 서 있는 짧고 단단하게 생긴 검은 복면인, 즉 범우를 보며 그렇게 생각했다.

하지만 갑작스레 불어난 복면인들을 대하는 사내의 시선은 흔들림이 없었다.

날카로운 눈매로 사내는 주위를 둘러보다가 조심스럽게 입을 열었다.

"혹시……."

범우가 얼굴에 쓰고 있던 복면을 벗고는 포권을 취해 보이며 인사를 건넸다.

"요선보의 범우요."

"아!"

사내가 알겠다는 듯 고개를 끄덕이고는 친근하게 웃으며 포권을 취했다.

"수상방의 이활(李闊)이오. 삼팔구 영웅들이시구려."

범우가 복면을 벗고 인사를 건네자 다른 삼팔구들 역시 복면을 벗었다. 얼굴을 보여줘도 된다는 듯 거리낌없는 행동이었고, 보고 있던 이활이란 사내 역시 복면인들이 삼팔구란 걸 알고도 그리 놀라지 않는 모양이었다.

삼팔구들이 일제히 포권을 취하며 고개를 숙이자 이활이 손사래를 치며 다시 인사를 건넸다.

"뭐, 한두 번 보던 사이도 아닌데. 그런데 왜 그런 차림새로……?"

마도칠가 중 대대로 수상방과 요선보는 친분이 있는 관계였다.

수상방의 방주인 삼안조옹(三眼釣翁)과 요선보의 보주와는 절친한 사이였으니 어쩌면 자연스러운 일이었다.

더욱이 요선보는 육지를 터전으로 삼고 수상방은 장강을 기점으로 움직였으니 자연 이와 잇몸처럼 서로에게 필요한 존재였고, 범우와 이활이 손을 합쳐 비밀스런 일들을 해치운 것 역시 손가락에 꼽기 힘들만큼 많았다.

깊은 얘기는 오가지 않았지만 서로가 잘 알고 뜻이 통하는 사람들이었다.

이활은 이때를 틈 타 사람들의 얼굴을 기억하려는 것처럼 매서운 눈으로 사람들의 얼굴을 하나하나 들여다보았다.

범우와 곽예주, 둔비와 지반월, 그리고 부홍까지는 알고 있다는 듯 고개까지 끄덕였다.

하지만 문기서를 보고는 고개를 갸웃거렸다.

자신이 아는 삼팔구에 저런 사람은 없었기 때문이다.

"새로 몇이 들어왔습니다."

지반월이 나른하게 웃으며 말했다.

그러자 이활이 그러냐는 듯 고개를 끄덕이고는 문기서를 살피던 시선을 돌렸다. 그리고 보았다.

굉요를.

"풋~"

이활은 웃음을 터뜨렸다가, 곧 자신의 실태를 깨닫고는 얼굴을 붉히며 사과했다.

"미, 미안하오. 다른 생각을 좀 하다가……."

이활이 사과의 말을 건넸지만, 굉요는 왜 이활이 웃는지 이미 알고 있었다.

아마도 이마 한가운데 새겨진 글자 때문일 게 틀림없었다.

오동통한 데다 얼굴엔 윤기까지 흐르는 승려가 이마에 간 자를 떡하니 문신하고 있으니 우습기 짝이 없었다.

그리고 그 글자와 굉요의 유들유들하게 웃는 웃음이 오묘하게 어울려 보이니 더 더욱 우스웠다.

하지만 이활의 웃음이 사람들을 끌어 모았다. 이활 뒤에서 이활과 같은 차림새의 사람들 이십여 명이 나왔다. 하나같이 고수의 풍모를 풍겼다.

이활이 이끄는 수상방의 어미대(魚尾隊)였다.

긴장된 얼굴로 서둘러 나타난 어미대의 대원들은 이활이 얘기하는 상대가 삼팔구라는 것을 보고는 곧 안심하는 듯했다.

하지만 왜 삼팔구가 붉은 옷을 걸치지 않고 검은 야행복을 걸치고 있는지 의아해하는 표정이었다.

이활이 되돌아가라는 손짓을 했지만, 이활의 좌우 부장 중 우부장을 맡고 있는 증영(曾英)이 조심스럽게 말했다.

"검은 옷의 사람들이 이쪽으로 왔다는 소식이 있습니다."

말을 하면서도 시선은 삼팔구의 검은 옷차림을 향한 것이, 이미 삼팔구가 자신들이 쫓던 복면인이 틀림없다고 생각하는 것 같았다.

"어머, 어떤 그림자가 저쪽으로 가는 것 같던데요?"

곽예주가 꾀꼬리처럼 지저귀었다.

하지만 증영의 눈매는 더욱 치켜 올라갈 뿐이었다.

"그쪽은 아니네."

"그럼 저쪽이었나?"

곽예주는 얼른 고개를 돌려 반대 방향을 바라보았지만, 증영의 눈매는 더욱 날카로워질 뿐이었다.

"확실한가?"

사내가 추궁하듯이 물었다.

곽예주는 예쁜 입술을 뾰족하게 내밀었지만, 순간 할 말을 잃었다. 지금 증영의 눈빛은 자신을 속인다면 지옥 끝까지 쫓아가서라도 추궁하겠다는 눈빛이었다.

그러나 다행히 곽예주를 도와주는 목소리가 있었다.

"아미타불. 사실 무슨 소리를 듣긴 했지만 관심을 두지 않아서… 아미타불. 아미타불."

굉요가 태연히 두 손으로 합장을 하며 말하자 매섭던 중영의 눈매가 둥글게 변했다.

분명 웃는 눈이었는데, 필사적으로 웃음을 참으려는지 고통 때문에 찡그린 표정처럼 보일 정도였다. 굉요의 얼굴을 본 다른 수상방 어미대의 대원들 역시 같은 표정이었다.

굉요는 그것이 더 기분 나빴다.

그러나 어쩔 수가 없었다.

퉁퉁한 승려란 물과 기름처럼 어울리지가 않았다.

채식을 주로 하는 승려의 생활 때문에 굉요같이 비만한 사람은 드물었기 때문이다.

굉요의 체질이 살이 찌기 쉬운 체질이기도 했지만, 사실 굉요가 익힌 무공이 반양음선공(反陽陰禪功)이기 때문이었나.

그러나 어미대 사람들의 눈에 비친 굉요의 모습은 그런 게 아니었다.

어디서 정력제랍시고 실컷 처먹어 살이 오른 색을 밝히는 파계승의 모습이었다.

그때였다, 이활이 입을 연 것은.

"복면인은 없다. 설령 눈앞에 보이더라도 허깨비다. 괜히 홀리지 말고 제자리를 지키면 된다."

중영의 얼굴에 의외라는 표정이 떠올랐다.

이활의 말뜻은 명백했다.

설령 복면인이 눈에 띄더라도 잡거나 아는 척하지 말 것.

하지만 그것은 예영당으로부터 시작되어 위로부터 내려온 명령을 어겨야 하는 일이었다.

자신이 받은 명령은 수상한 자들은 모두 잡아들이라는 것이었으므로.

잠시 생각하던 중영이 곧 고개를 숙이고는 말했다.

"예, 알겠습니다. 너희도 들었겠지? 우린 여기서 물러난다."

사내들이 물러나 사라지자 이활이 범우 옆으로 다가가서 목소리를 낮추어 물었다.

"지금 이 일이 어찌 된 거요. 성녀가 없어졌다던데?"

"나도 모르겠소."

범우가 굳어진 얼굴로 대답했다. 이활 역시 얼굴을 굳히고 말을 이었다.

"마도칠가들은 다 이곳에 모이라고 한 걸 보면 성녀 때문만은 아닐 거요. 어쩌면 성녀 일도 예영당주가 꾸몄을지 모르지. 내가 볼 때는 이거요. 예영당주는 이번 기회를 이용해 다른 마도칠가를 모두 종속시키고자 하는 것 같소. 사실 요선보와 우리 수상방 역시 예영당주 동무군(董武君)을 인정하지 않으니, 이 기회에 확실히 눌러두려고 하는 게 틀림없소. 얼마 후 있을 마도본가를 뽑는 비무대회 같은 건 이제 안 하겠다 이거지."

범우가 고개를 끄덕이자 이활이 눈빛을 발했다.

"그래서 요안이란 아이든 성녀든 난 신경 안 쓴다오. 만약 예영당주 동무군이 힘으로 우릴 굴복시키려 한다면 수상방을 대표해 나부터 저

항할 거요. 기꺼이 내 한 팔을 걸고, 아니, 내 목숨을 걸고 저지할 것이오. 범 대장도 뜻이 있다면 언제든 말하시오. 우리가 맡은 구역은 저기 저 산부터……."

이활은 손을 치켜들어 멀리 떨어진 산을 가리키고는 다시 선을 쭉 잇듯이 다른 쪽으로 손을 옮겼다.

"저쪽까지요. 힘들면 이곳으로 오면 언제든지 쉴 수 있을 거요. 내가 그렇게 명령하겠소. 그대들은 혼자가 아니오. 그저 요선보의 혈랑대가 아닌 예영당주 동무군에게 반기를 든 상징이 되었소. 그 정점이 요안이란 아이고. 사람들이 파란 달이 뜨면 세상은 요안의 것이 된다고 노래를 하니 동무군 역시 가만히 있지 못하겠지."

이활이 몸을 돌려 나가며 말했다.

"나 역시 요안을 보고 싶소. 내 혼을 가져갈 만한 아이인지 알고 싶어서. 그럼 난 복면인을 잡으러 이만……. 찾을 수나 있을지 모르겠지만."

범우가 고맙다는 눈빛으로 몸을 돌려 나가는 이활의 뒷등을 보았다. 아직 혼자가 아니있다. 삼팔구가 있기에 요안이 혼자가 아니듯 삼팔구 역시 수상방의 어미대가 있어 혼자가 아니었다.

범우는 고개를 돌리고는 손가락으로 한쪽을 가리키며 말했다.

"둔비는 이쪽. 곽예주는 저쪽. 나는 반대쪽으로."

짧은 말과 간단한 행동으로 각자의 갈 방향을 정해주었다.

상대에게 철저히 혼란을 주기 위해, 요안을 살리기 위해 다시 쫓겨야 하는 것이다.

3

둔비는 처음으로 자기 자신에 대해 되돌아보고 있었다.

다시 복면을 쓰고 가짜 소이보 역할을 하던 중이었지만, 자신이 생각하기에도 어울려 보이지 않았다.

'제길, 내 어디를 봐서 요안과 비슷하단 말이냐!'

억울함에 속으로 욕설을 퍼부어봐도 소용없었다.

눈빛부터가 달랐다. 기세가 달랐다. 하지만 뒤쫓는 사람들은 그런 사실을 모를 게 틀림없었다. 그저 이야기로 전해 들었을 뿐.

그래도 한눈에 알아볼 수 있는 차이점은 있었다.

"일단 덩치부터가 다르잖아!"

답답한 마음에 둔비는 그렇게 호통 소리처럼 외치며 주먹을 내뻗었다.

주먹은 커다란 고목 가운데에 박혔다. 그리고 또 한 번의 주먹질.

얼추 한 사람이 팔을 둘러도 다 안을 수 없을 정도로 거목이었다.

그러나 둔비의 주먹 역시 웬만한 아이 머리통보다 더 큰 주먹이었다.

무식한 주먹질 두 번에 나무는 허리를 꺾고 천천히 옆으로 쓰러지기 시작했다.

우르르~

거목은 주위의 작은 나무들을 꺾으며 함께 쓰러졌다.

"아악~"

둔비의 뒤를 쫓던 무인들이 비명을 질렀다.

거목이 옆으로 굴러 떨어지며 비탈길에 서 있던 십수 명을 함께 쓸어갔기 때문이다.

둔비는 허공으로 몸을 띄워 발끝으로 쓰러지는 고목을 디뎠다.

그렇게 탄력을 얻어 더 높이 몸을 띄우고는 언덕 위로 나 있는 길 한가운데로 내려섰다.

쓰러진 고목 때문에 주춤하는 듯했던 추적자들과의 거리가 다시 가까워지기 시작했다.

하지만 둔비로서는 어쩔 수 없었다.

아무래도 덩치가 문제였다.

다른 삼팔구들처럼 좁고 촘촘한 숲 한가운데로 들어가는 것은 엄두도 내지 못했다.

도리어 숲 한가운데로 뛰어들었다간 앞을 가로막는 나뭇가지들 때문에 뒤를 쫓는 무인들과의 거리만 더욱 가까워질 뿐이었다.

그래서 둔비에겐 다른 방법이 없었다.

그저 자신의 덩치가 지나갈 만한 큰길로 그저 내쳐 달리는 수밖에는.

"잡아라! 그쪽으로 간다!"

하지만 소용이 없었다.

뒤를 쫓는 놈들 중에 둔비만큼이나 목소리가 큰 놈이 고래고래 고함을 질러댔다.

아무리 빨리 거리를 벌린다 해도 앞에 있을 마도칠가 중에 저놈 목소리를 못 들었을 사람은 없을 게 분명했다.

빠르게 치달리던 둔비가 말뚝을 박은 듯 제자리에 우뚝 멈춰 섰다.

그러자 더 당황한 것은 둔비를 잡기 위해 뒤를 쫓던 무인들이었다.

대략 둔비와는 삼 장여 거리를 두고 급히 멈추느라 우당탕거리며 넘어지는 무인까지 있을 정도였다.

한바탕 소란이 일으킨 먼지가 가라앉자, 거대한 그림자가 이때까지 태도와는 달리 뒤를 돌아보고 있었다.

"꿀꺽~"

둔비를 쫓아왔던 무인들이 저도 모르게 침을 삼켰다.

뒤를 따를 때는 몰랐던 둔비의 체격이 현실감있게 다가오고 있었다.

커다란 곰 같은 체격의 사내가, 거목을 주먹 두 방에 무너뜨린 사내가 자신들을 향해 뒤돌아선 광경은 끔찍한 것이었다.

둔비는 삼 장여 앞에 우르르 몰려 눈만 멀뚱멀뚱 뜨고 있는 사람들을 보고 씨익 웃었다.

그리고는 두툼한 손가락으로 자신의 눈동자를 가리켰다.

"……!"

뒤따라오던 사람은 저도 모르게 진저리를 쳤다.

왕방울만한 눈알이 자신들을 쏘아보고 있었기 때문이다.

둔비는 진지하게 물었다.

그래서 목소리는 낮추고 진심이라는 듯 눈에 힘을 주었다.

"니들 보기엔 어떠냐?"

"……!"

대략 삼십명의 무인은 아무런 말도 못하고 둔비만을 멀뚱멀뚱 쳐다볼 뿐이었다.

둔비는 약간 답답함을 느꼈지만, 그래도 최선을 다해 다시 한 번 물었다.

"내 눈깔이 요안 눈깔 같냐?"

"……!"

삼십여 개의 대가리가 일제히 좌우로 돌아갔다.

아무리 봐도 저 괴물은 요안이 아니었다.

아니, 비슷하지도 않았다.

요안, 사람의 영혼을 빼앗는다는 무시무시한 존재.

그러나 요안은 지금 눈앞에 커다란 눈알을 뒤룩뒤룩 굴리고 있는 사람에 대자면 별것 아닐 게 분명했다.

"흐음……."

둔비는 원하는 대답을 얻었다는 듯 손으로 뺨을 긁었다.

그리고는 진짜 하고 싶은 질문을 토해놓았다.

약간의 분노를 담아서.

"근데 왜 따라오냐?"

삼십여 명의 무인의 발바닥이 간질간질해졌다. 심장이 발아래로 뚝 떨어지는 것 같았다.

사실 둔비와 마주친 무인들은 둔비가 좋아서 쫓은 것만은 아니었다.

예영당이 내려보낸 명령이 있었기 때문이다.

〈수상한 사람이라면, 아니, 사람 비슷한 것이라도 마도칠가의 사람이 아니라면 무슨 수를 쓰든 잡아들일 것.〉

바로 그것이었다.

수상한 것이라면 사람 비슷한 것이라도 잡아들여야 하는데, 사람과 매우 비슷한 곰이라면 뒤따르지 않을 수 없는 것이다.

그것도 자신들이 맡은 구획을 넘기 전에.

마도칠가라 해도 서로가 서로를 손금 들여다보듯 다 아는 것은 아니었다.

아니, 요선보 정도 되는 규모라면 요선보 안의 사람들끼리도 얼굴이 낯설기 마련이었다.

그런데 요선보 정도의 규모의 세력이 여기 다섯 개나 와 있는 것이다.

그래서 마도칠가가 한데 섞여 수상한 사람을 뒤쫓는다면 요선보는 태활장을, 태활장은 기현소축을, 기현소축은 수상방의 사람들을 잡으려 들 것이 분명했다.

아니, 수상하지 않아도 서로가 서로를 잡아 넣고 죽일 게 너무도 분명했다.

마도칠가들은 예영당의 강력한 힘과 권력 하에 서로 눈치를 살피고 있을 뿐이었다.

만약 기회만 닿는다면, 아니, 서로가 서로의 뒤통수를 칠 기회가 자연스럽게 주어진다면 언제든 서로의 등에 자신의 칼을 꽂으려 광분할 게 분명했다.

그래서 어쩔 수 없이, 예영당에선 구획을 정하고는 칙령을 선포했다.

—자신이 맡은 구획은 철저하게 지킨다.

—자신이 쫓던 수상한 사람이 다른 마도칠가의 구획 안에 들어가면 추적을 멈춘다.

—하지만 그렇게 추적을 실패하면 책임자는 예영당의 문책을 당하게 된다.

예영당은 마도칠가가 서로의 구역을 철저히 지키게 하기 위한 칙령을 발표했고, 결국 나름대로의 질서가 지켜지게 된 것이다.

하지만 자기 꾀에 자기가 넘어갔다고나 할까?

예영당의 그런 조치들 때문에 가짜 소이보가 활개칠 수 있는 기회가 만들어진 것이다.

마치 논밭을 갈라놓은 듯한 구획 때문에 삼팔구와 굉요는 등에 날개를 단 듯, 논두렁 사이로 난 길을 헤쳐 밟듯이 무사히 돌아다닐 수 있었다.

삼팔구들의 행동은 매우 간단한 것이었다.

검은 복면을 쓰고 구획과 구획 사이에 나뉘지는 공간, 바로 그 빈틈만을 골라 행동했다.

만약 발견당한다 해도 문제가 없었다.

태활장에 발견되면 곧 흑수문 쪽으로 숨었다. 흑수문에서 발견되면 기현소축 쪽으로 숨었다.

놓친 쪽에선 문책을 우려해 보고조차 안 했고, 복면인이 숨은 쪽에선 복면인보다는 뒤따라온 다른 마도칠가에게 신경을 곤두세울 뿐이었다.

만약 양쪽으로 쫓겨 어느 한쪽으로도 도망 못 갈 처지라도 상관없었다.

그 즉시 복면을 벗고 요선보의 삼팔구로 돌아가면 그뿐이었다.

소이보는 요선보의 혈랑대 대원이었고, 그중에서도 삼팔구 중 한 사람이란 걸 모르는 사람은 없었다.

잃어버린 대원을 찾는 것은 당연한 일이었고, 그래서 삼팔구의 앞길을 막는 존재는 아무도 없었다.

마도칠가들이 우글거리는, 그래서 그 어떤 존재도 출입이 통제되는 공간을 오로지 삼팔구만이 아랑곳 않고 돌아다니고 있었다.

그러나 항상 문제는 있었다.

아무리 복면으로 가린다 해도 가려질 수 없는 사람이 있었다.

키가 작거나 크고, 또 덩치가 크거나 작은 사람은 마도칠가 중에도 많았다.

하지만 키는 무지막지하게 크고, 덩치는 곰만한 사람은 드물었다.

애써 찾는다면 수상방의 흑웅이나 태활장의 오립이란 사람 정도였지만, 그 사람들은 검은 복면을 쓰고 다른 마도칠가 구역을 돌아다닐 이유가 없었다.

그렇다면 한 사람밖에 없었다.

둔비.

인간과 비슷하게 생긴 곰.

바로 그 한 명의 존재가 문제였다.

눈에 너무나 잘 띄었고, 숨으려 해도 숨을 수 없는 거대한 몸집 때문이었다.

결국 둔비 한 명만이 삼팔구와 멀리 떨어져 외롭게, 처절하게 쫓기고 있는 것이었다.

◆ 第十章 ◆

예영당주 동무군(董武君)

예영당주 동무군(董武君) 1

둔비가 다시 눈을 뒤룩 굴리며 눈앞에 선 사람들을 쏘아보았다.

하지만 마치 석상이 된 것처럼 사람들은 아무런 행동도, 말도 없었다.

그저 숨소리만 쌔액쌔액 들릴 뿐이었다.

"좋아, 그럼 난 간다."

둔비는 더 이상 상관 안 하겠다는 듯 곧 몸을 돌렸다.

그리고는 천천히, 조금 전처럼 그저 쫓기지만은 않겠다는 듯 크게 한 발을 내디뎠다.

저벅.

저―저―저―저―벅―벅―벅―벅.

저벅.

저―저―저―저―벅―벅―벅―벅.

둔비의 눈썹이 움찔거렸다. 마치 송충이 떼가 둔비의 눈 위에서 우글거리는 것 같았다.

자신이 크게 두 발자국을 걸었지만, 뒤를 쫓는 무인들과의 거리가 조금도 벌어지지 않고 있었기 때문이다.

둔비는 다시 고개를 돌려 정면을 바라보고 걸었다.

저벅.

저―저―저―저―벅―벅―벅―벅.

저벅.

저―저―저―저―벅―벅―벅―벅.

둔비는 도저히 참지 못했다.

자신이 한 발 내디디면 뒤를 쫓던 사람들은 일제히 한 발을 따라 내딛는 것이었다.

이대로라면 보기 흉하게 쫓기지 않는다는 것뿐, 느린 속도로 뒤를 따라올 것이 분명했다.

뛰든 걷든 결국 쫓긴다는 것은 달라질 게 없었다.

그래서 둔비는 굵은 목을 돌렸다.

으드드득~

마치 거목이 쓰러질 때와 비슷한 소리가 둔비 목에서 흘러나왔다.

"꿀꺽~"

뒤를 쫓던 무인들은 또 한 번 무시무시한 소리에 침을 삼켰다.

둔비는 그렇게 무시무시한 기세를 드러내며 나름대로는 조용히 을러댔다.

"죽을래?"

둔비의 낮은 목소리.

그것은 왠지 깊은 산속에서 으르렁거리는 곰의 포효와 매우 비슷했
다.

'아무래도 말로 해선 안 되겠군.'

둔비는 자신의 주먹을 자랑스레 쓰다듬으며 한 발 앞으로 걸어나갔
다.

멍하니 입을 벌린 채, 질린 눈으로 자신을 쳐다보는 무인들을 향해.

저벅.

저―저―저―저―벅―벅―벅―벅.

둔비의 눈썹이 또 한 번 움찔거렸다.

하지만 더운 콧김을 한 번 내쉬고는 다시 한 발을 걸었다.

이젠 아예 얼굴이 시퍼렇게 변한 서른 명의 무인 앞으로.

저벅.

저―저―저―저―벅―벅―벅―벅.

하지만 소용이 없었다.

둔비를 따라올 때처럼, 둔비가 한 발을 내디디자 놈들은 그만큼 뒷
걸음을 걷고 있었다.

'이것들이 장난하나?'

둔비는 더 참을 수가 없었다.

쿵쿵쿵―

우―다―다― 우르르― 쿵― 쿵― 쿵―

놈들은 아예 몸을 돌려 도망가고 있었다.

아무래도 화가 난 사람보다 목숨이 걸린 사람이 더 빠른 법이었
다.

이젠 누가 누굴 쫓는 것인지 알 수 없을 정도였다.

그러자 상황은 더욱 복잡하게 변하고 있었다.

둔비의 절대적인 기세를 보지 못한 태활장의 무인들이 뒤늦게 앞선 동료를 도와주러 왔지만, 혼란만 가중시킬 뿐이었다.

급히 뒤따라간 사람들 눈엔 눈을 허옇게 까뒤집은 자신들의 동료가 미친 듯 자신들을 향해 도망 오는 광경이 도저히 이해가 가지 않았기 때문이다.

우르르— 쾅!

결국 둔비에게 쫓긴 태활장의 무인들과 동료를 도우러 갔던 무인들이 한 덩어리가 되어 땅에 뒹굴었다.

그리고 그때서야 뒤따라간 태활장의 사람들은 똑똑히 볼 수 있었다.

선불 맞은 멧돼지, 아니, 선불 맞은 거대한 곰이 자신들 앞으로 땅을 꿍꿍 울리며 다가오는 것을.

커다란 눈이 튀어나올 듯 불거져 나온 채 사람들을 잡아먹을 듯, 아니, 자신이 잡아먹어야 하는 먹이를 보듯 쳐다보며 달려오고 있었다.

"우와~ 아!"

이젠 더 이상 태활장의 무인들 머리 속엔 요안이란 존재는 없었다.

곰 같은 사내 하나와 곰에게 쫓기는 사람들만이 있었다.

바로 그때였다.

휘—이—익~

하늘을 가를 듯한 휘파람 소리였다. 아니, 땅을 헤집어놓을 듯한 소리였다.

"……!"

둔비는 저도 모르게 발을 멈추었다.

하지만 앞서 도망가던 태활장의 무인들은 휘파람 소리에 다리가 꼬여 넘어질 뿐이었다.

"아악~"

비명이 토해졌다. 아니, 비명이라도 지를 수 있는 사람은 다행이었다. 아예 정신을 놓은 듯 힘없이 쓰러지는 사람들의 눈과 코, 그리고 귀에는 선혈이 흘러내리고 있었다. 그나마 서 있던 몇몇 역시 술에 취한 듯 비틀거렸다.

'굉장하군!'

둔비는 눈살을 찡그리며 생각했다.

자신 역시 고막이 터지는 듯한 고통, 아니, 머리 속을 쪼갤 것 같은 음공(音功)에 고통을 받아야만 했기 때문이다.

우―우―우―웅―

휘파람 소리는 점점 더 가까워지고 있었다.

아니, 그것은 소리가 아니었다.

뱃속을 뒤집고, 사람의 뇌리를 쪼개놓는 참을 수 없는 고통이었다.

그리고 소리는 빠르게 자신을 향해 일직선으로 다가오고 있었다. 단 한 순간도 머뭇거리지 않은 채.

둔비는 자신의 몸으로 낼 수 있는 최대한의 속도로 몸을 돌렸다. 그리고 빠르게 도망갔다.

아무리 둔한 둔비일지라도 천하에서 저런 휘파람 소리를 낼 수 있는 사람은 단둘밖에 없다는 것쯤은 알고 있었다.

더욱이 다른 한 사람의 휘파람은 이미 들어본 경험이 있었다.

'소림무치!'

하지만 소림무치가 여기 나타날 이유는 없었다.

그렇다면 단 한 사람밖에 없었다.

'예영당주 동무군!'

아무리 생각해도 그 사람이 맞았다.

휘—이—익~

휘파람 소리는 둔비의 뒷덜미를 잡아챌 듯 울려댔다.

사람은 멀리 있지만, 그 사람이 토해낸 휘파람 소리가 엄청난 기세
와 함께 둔비의 등을 때리고 있었다.

'환장하겠군.'

둔비는 아예 두 눈을 질끈 감고 주저앉고 싶은 충동을 느끼고 있었다.

2

쐐액—

무언가 둔비의 귀청을 찢을 것 같은 굉음을 토해내었다.

쿠웅—

그리고 굉음이 둔비 바로 앞에서 폭발하듯 터져 나왔다.

끼—이—익—

둔비가 주먹으로 쓰러뜨린 거목보다 두 배는 더 커 보이는 거목이
생애 마지막 비명과도 같은 굉음과 함께 천천히 둔비 쪽으로 쓰러지고
있었다.

'제길! 저 정도 거리에서……'

힐끗 돌아본 상대는 대략 삼십여 장 밖에 있었다.

사람이 엄지손톱보다 더 작게 보이는 거리.

하지만 놈은 그 정도 거리에서 손가락을 들어 지공을 쏘아낸 것이었다.

'백보신권만큼이나 엄청나군!'

둔비는 짧은 순간 저도 모르게 비교를 하게 되었다.

바로 소림무치의 백보신권과 예영당주의 일섬지(一閃指)를.

하지만 둔비 스스로 판단 내리기 힘들었다.

소림무치의 백보신권은 모든 것을 쓸어내 버릴 수 있었다.

설령 태산이라도 먼지 하나 남기지 않고 없애 버릴 수 있는 거대한 파도와 같았다.

'그걸 견딘 요안도 참 대단하지…….'

둔비는 다시 한 번 무치의 백보신권을 생각하며 고개를 저었다.

그걸 정통으로, 한 번도 아닌 두 번을 맞고도 살아 있는 요안 때문이었다.

그러나 예영당주의 일섬지 역시 대단했다.

백보신권이 풀어헤쳐 놓은 것이라면, 일섬지는 그걸 하나의 선으로 응축시켜 놓은 것 같았기 때문이다.

아무래도 비교는 불가능해 보였다.

소림무치와 동무군 둘이 만나 직접 손발을 겨뤄보기 전까지는.

하지만 지금은 한가롭게 그런 것을 생각할 때가 아니었다.

둔비는 쓰러지는 거목을 가볍게 손가락으로 찍었다.

나무는 컸고, 더욱이 쓰러지고 있는 중이었다.

아무리 둔비의 경공이 뛰어나다 한들 한 번에 뛰어넘기엔 불가능했다.

손가락 다섯 개가 거목에 푹 박혀들었다.

둔비는 손가락에 힘을 주어 자신의 몸을 끌어올렸다.

그렇게 거목의 위에 도달했을 때 발끝으로 찍고 하늘로 날아올랐다.

쿠웅─

굉음과 함께 거목은 그렇게 땅으로 쓰러졌다.

자욱한 흙먼지를 이 장여 하늘까지 날려 보내며.

그것이 둔비의 목숨을 살렸다.

둔비는 최대한 빠른 속도로 자신이 지금 할 수 있는, 아니, 해야만 하는 행동을 할 수 있었기 때문이다.

자욱한 흙먼지가 예영당주의 눈을 가려주는 순간 동안에.

둔비는 급히 몸을 일으켰다.

흙먼지는 이제야 천천히 가라앉고 있었다.

자신이 할 수 있는 것은 모두 다 끝냈다. 이제 결과는 하늘에 맡길 수밖에 없었다. 그리고 흙먼지 속에서 그것이 나타났다.

사람의 손.

세상의 모든 것을 움켜쥐겠다는 듯 갈고리 모양으로 굽혀진 손가락이 마치 벼락처럼 둔비의 머리 위로 떨어져 내렸다.

그리고 그 손에 붙은 팔꿈치가, 어깨가, 머리가 드러났다.

“……!”

둔비는 이제 자신의 머리가 두부처럼 으스러질 일밖에 없다고 믿었다. 그래서 눈을 질끈 감고 다가올 죽음의 아득한 어둠을 기다리고 있었다.

“……?”

하지만 아무런 일도 벌어지지 않았다.

자신의 머리엔 아무런 느낌도 없었고, 세차게 다가오던 기세도 멈춰 있었다.

"꿀꺽~"

둔비는 마른침을 억지로 목구멍 안으로 넘긴 후에야 자신이 살아 있음을 알 수 있었다.

둔비가 천천히 눈을 뜨자 눈앞에 한 사람이 있었다.

머리엔 철관모를 썼다. 네모난 철관모는 넓고 컸지만, 사내의 어깨는 커다란 철관모로도 채 덮지 못할 만큼 넓은 것이었다.

전체적으로 검었다. 처음엔 얼굴도 제대로 알아보지 못할 만큼 검디검었다.

사내가 걸치고 있는 옷이 검었고, 피부가 검었고, 머리에 쓴 철관모가 검었다.

하지만 그것 때문만은 아니었다.

바로 사내의 몸에 흐르는 기운 때문이었다.

그리고 둔비는 그것이 무엇인지 알아볼 수 있었다.

'죽음……'

둔비는 짧게, 신음성처럼 속으로 생각했다.

바로 죽음 속에서, 피에 절어 생활하던, 마음이 없는 사람만이 그런 검은빛이 흐를 수 있었다.

"꿀꺽~"

둔비는 저도 모르게 침을 삼키고는 두 눈을 다시 감았다.

도저히 눈을 마주치고 얼굴을 볼 자신이 없었기 때문이다.

그리고 천하의 둔비를 그렇게 만들 수 있는 사람은 단 한 사람밖에 없었다.

'예영당주 동무군!'

드디어 그가 둔비의 눈앞에 나타난 것이다.

시간이 흘렀다. 짧은 시간이었지만 둔비에겐 한없이 길었다.

그 시간 동안 둔비는 자신의 삶을 되돌아봤고, 요선보 안에서의 추억을 되새겼다.

그리고 단 한 사람을 떠올렸다.

요안 소이보.

바로 그 사람이었다.

이상하게 요안의 파랗고 잿빛인 두 눈이 떠올랐다.

어쩌면 같이 지낸 시간이 가장 짧은 사람이었다.

하지만 그 만큼 강렬한 인상을 심어준 것도 요안이었다.

그러자 둔비는 마음이 편해졌다.

'어쩌면… 복수를 해줄 수도 있겠지…….'

둔비는 그렇게 생각했다.

비록 무치의 백보신권에 무너진 소이보였지만, 분명 소이보가 둔비 자신을 위해 복수해 줄 거라고 믿었다.

그것은 자신의 이름이 둔비라는 사실보다 더 명확하게 둔비에게 다가왔다.

이유는 알 수 없었지만, 또 왜 그런 느낌이 들었는지 알 수는 없었지만 그렇게 될 것이 분명했다.

상대가 요안이었기 때문이다.

그래서 둔비는 미소를 띠었다.

이젠 죽을 수 있었다.

비록 다른 사람 행세를 하다가 죽는 것이긴 해도 억울하지는 않았다. 자신을 위해 복수해 줄 믿음직한 한 사람이 있었기 때문에.

"요선보 사람인가?"

차가운 목소리였다.

마치 얼음 속에 잠겨 있는 새파란 칼날이 말하는 것 같았다.

그래서 둔비는 조심스럽게 눈을 떴다.

예영당주가 묻고 있었다.

깊은 눈매엔 사람의 감정이 전혀 담기지 않았다.

그러나 그 눈은 분명 둔비를 보고 있었다.

그리고 둔비가 마지막으로 준비한 한 수가 제대로 먹힌 것이 틀림없었다.

거목이 쓰러지고, 먼지가 일어나고, 그 틈을 빌어 둔비가 한 것은 바로 복면을 벗어버린 것이었다.

머리와 몸에 걸친 검은 야행복을 뜯어내고는 원래 요선보의 혈랑대가 입는 붉은 옷을 드러낸 것이다.

그렇다고 해서 동무군의 눈을 피할 수 있을 거란 생각은 하지 않았다.

커다란 흑곰이 갑자기 사라지고 커다란 붉은 곰이 갑자기 나타난다면, 털 색깔이 바뀌었을 뿐, 같은 곰이라고 생각할 수밖에 없었기 때문이다.

하지만 둔비는 미친 듯 고개를 끄덕였다.

동무군은 그런 둔비를 재미있다는 듯 쳐다보다가 고개를 천천히 옆으로 돌렸다.

그리고 거기에 있었다, 쓰러진 커다란 거목 아래 깔린 야행복이.

'제길, 안 보이게 잘 쑤셔 넣는 건데……'

둔비는 아쉽다는 듯 인상을 찡그렸다. 하지만 그럴 틈이 없었다. 옷을 벗고 쓰러진 나무 밑에 숨긴다는 생각을 해낸 것만으로도 둔비에겐 벅찬 일이었다.

사라진 거구의 복면인.

둔비와 벗어놓은 야행복.

이 두 가지가 나타내는 것은 확실했다.

"놈을 놓쳤나 보군."

하지만 동무군은 야행복에서 시선을 떼지 않은 채 물었다.

"……?"

둔비는 멍청하게 있다가 곧 그것이 자신을 향해 묻는 것임을 알아차렸다.

"넵!"

크게 고함을 지르듯 대답하자 예영당주는 그럴 줄 알았다는 듯 고개를 끄덕였다.

"놈을 잡을 수 있었는데, 아쉽게도 옷만 찢어진 거로군."

동무군이 다시 물었다.

"넵!"

둔비는 더욱 크게 대답했다. 아니, 그렇게밖에 대답할 수 없었다.

그러나 뭔가 이상했다. 자신이 아는 예영당주는 비록 냉혹하긴 해도 바보는 아니었다. 앞뒤 분간하지 못하고 순진하게 속아 넘어가기엔 너무도 뛰어난 사람이었기 때문이다.

"놈을 놓쳤군. 삼팔구가 놓쳤으니 내가 뒤따라가도 소용이 없겠고… 안 그런가?"

"넵! 아마도……."

예영당주는 둔비의 즉각적인 대답, 그것도 귀청이 떨어져 나갈 듯 크게 대답하는 소리를 들으며 웃고 있었다.

마치 얼음 위에 금이 가듯, 차가워 보이는 얼굴에 소름이 끼치는 미소가 번져 가고 있었다.

그렇게 웃으며 예영당주는 아무 말 없이 둔비를 쳐다보고 있을 뿐이었다.

둔비의 커다란 몸에 마치 종기처럼 커다란 소름이 돋았다.

3

"저기, 어디로……."

둔비는 조심스럽게 물었다.

하지만 지금 둔비의 모습을 보는 사람들은 저 사람이 둔비가 맞는지 의심스러워할 게 분명했다.

엉덩이는 마치 똥이라도 지린 것처럼 뒤로 뺀 채 공손하게 두 손을 모으고는 조심스럽게 걷고 있었다.

마치 달걀을 세워놓고 그 위를 걷는 것처럼.

"글쎄?"

하지만 예영당주의 대답은 간단했다.

예영당주의 대답은 한가로웠다. 걸음걸이는 마치 유람이라도 나온 것처럼 여유가 있었다.

'뭔가 꿍꿍이가 있나?'

둔비는 눈알을 뒤룩뒤룩 굴리며 생각했다.

아마도 그럴 것이다. 그렇다면 둔비의 능력으로는 알아낼 수 없는 일이었다.

그냥 이대로 속 편하게 뒤를 따라가는 수밖에는.

'대단하군. 안정감이 있고.'

둔비는 앞서 가는 예영당주를 보며 감탄했다.

다른 나쁜 감정, 즉 예영당주에 대해 들었던 것은 다 접어둔 무인 대 무인으로서의 순수한 감탄이었다.

여유있는 발걸음은 어떠한 법도도 없었다. 독특하지 않았기에 더 독특한 발걸음이었다.

만약 무인이라면, 그것도 수준있는 무인이라면 그럴 수가 없었다.

자신이 익힌 무공, 그래서 몸에 담은 내공의 영향 때문이었다.

그래서 초식이 몸에 익으면, 더욱이 자신이 추구하는 무도가 어떤 것이라는 감이 잡힐 때면 자신만의 특유의 기운을 담아 행동하게 되는 것이다.

'맞아, 그런 것이었는데……. 예를 들면 사검정이나 지반월 같은.'

둔비는 마치 이해할 수 없는 난해한 문제를 앞둔 사람처럼 콧등을 찡그렸다.

사검정의 모든 것, 그것은 칼과도 같았다.

앉아도 칼을 땅에 박아 넣은 것처럼 허리를 직각으로 세운 채 꼿꼿하게 앉았다. 서고 눕는 것 역시 마찬가지였다. 그래서 걷는 것 역시 그랬다. 보폭은 자로 잰 듯 일정했고 걸음걸음은 칼날처럼 날카로웠다. 마치 칼이 걸어가는 것 같은 그런 느낌.

반대로 지반월은 안개였다. 꿈속처럼 몽롱하고 아지랑이처럼 형체가 없는 나른함. 지반월의 졸린 듯 휘청이는 걸음 또한 그랬다.

'그걸 뭐라고 해야 하나……'

둔비는 말로 표현하고 싶었지만, 불행히도 자신이 아는 어휘는 그렇게 많지 않았다.

그러나 딱 쳐다보면 알 수 있었다.

몸으로, 느낌으로.

둔비 자신이 고수인만큼 고수만이 알아볼 수 있는, 바위에 송곳으로 파 새긴 글씨처럼 지워지지도, 지워질 수도 없는 그런 것.

만약 자신이 그것의 벽을 깨고 한발 나선다면 또 다른 차원의 경지에 다가설 그 어떤 것이었다.

하지만 예영당주는 아니었다.

예영당주는 그 모든 구속을 벗어난 것처럼 보였다.

발걸음은 한없이 가벼웠다.

아니, 아예 발바닥이 땅에 닿지 않는 것처럼 보일 정도였다.

구름 위를 걷듯, 봄날 새벽 물 위의 안개 위를 걷듯 그렇게 새털처럼 가벼운 발걸음이었다.

그러나 결코 무게를 느낄 수 없는 것은 아니었다.

발이 땅에 닿을 때는 마치 지축을 관통할 것 같은 무게가 있었고, 땅을 쪼개고 거대한 쇠기둥을 박아 넣은 것처럼 흔들리지 않는 굳건함이 있었다.

굳건함과 가벼움.

무거움과 부드러움.

전혀 이질적이고 한데 합쳐지기 불가능한 것들이 예영당주의 발걸음에 담겨 있었다.

그러나 그것이 이상해 보이지는 않았다.

무거움에서 가벼움으로, 또한 굳건함에서 부드러움으로의 변화는 너무도 자연스러운 것이었다.

발이 닿고 허리가 앞으로 나가고, 다시 어깨가 올라가는 걸음걸이는 특이하면서도 자연스러웠다.

발걸음의 폭은 일정치가 않았다. 걸음과 걸음 사이에 걸린 시간 역시 달랐다.

하지만 분명 무언가가 있었다. 그러나 그게 무엇인지 알아낼 수는 없었다.

'나보다 경지가 높아서 그런가?'

둔비는 왕방울만한 눈을 뒤룩뒤룩 굴리며 예영당주의 발을 바라보다가 곧 멍하니 하늘을 보았다.

누구는 황제의 아들로 태어나 황제가 되었다.

누구는 거지의 자식으로 태어나 거지가 되었다.

그냥 그런 것이었다.

사람이 다른 것이다. 그래서 차원이 다른 것이다. 자신은 꿈도 못 꾸어볼 그런 차원. 그냥 그걸 인정하는 게 자연스러웠다.

예영당주는 천재였고 자신은 둔재였다.

동무군과 둔비라는 이름이 다르듯 그렇게 다른 것뿐이었다.

더 욕심 낸다고 해서 둔비 자신이 황제가 될 수 없듯, 그냥 그렇게 주어진 삶에 맞추어 살며 스스로의 크기만큼 사는 것이었다.

자연스럽게, 그냥 지금 필요한 만큼만 욕심을 내면서…….

파란 하늘을 보자 떠오르는 사람이 있었다.

'요안은 안 그렇겠지?'

둔비는 피식 웃었다.

자신이 요안보다 뒤처진다고는 생각하지 않았다.

요안이 독종인 것은 사실이었지만, 그렇게 따지면 자신도 할 말이 있었다.

요안이 독하다면 자신은 무식했다.

어느 게 더 대단한 것인지는 몰랐다.

그러나 적어도 요안은 지금 자신과 같은 입장에서 포기하고 순응하지는 않을 것이다.

예영당주를 이기기 위해 노력할 것이다.

설령 그것이 불가능한 것이라 해도 요안이라면… 파랗고 잿빛의 두 눈을 가진 그 아이였다면…….

'아마, 예영당주의 뒷등을 찌르기 위해 지금도 눈을 번뜩였겠지.'

둔비는 그렇게 생각하며 또 한 번 피식 웃었다.

그랬을 것이다.

천하의 예영당주 뒤를 따르면서도 기죽기는커녕 항상 뒷등에 칼을 찔러 넣을 빈 공간을 찾고 있을 게 분명했다.

하지만 둔비는 아니었다.

이제야 요안 소이보와 자신의 차이가 난다는 것을 인정해야만 했다.

'그것도 어쩔 수 없는 것이겠지. 지어진 그릇이 다르니 그놈은 그놈 나름대로의 삶을 살아가겠지.'

둔비는 스스로 그렇게 생각하며 고개를 끄덕였다.

그냥 그렇게 주어진 삶에 맞추어 사는 것이다.

요안은 요안의 인생을, 둔비는 둔비의 인생을.

자연스럽게, 그냥 지금 필요한 만큼만 욕심을 내면서.

“아!”

둔비가 갑자기 멈추어 섰다.

그것도 짧고도 큰 탄성을 내지르며.

멍하니 입을 벌린 둔비의 송충이 같은 눈썹이 파르르 떨렸다.

“……?”

암습 따위는 신경도 안 쓴다는 듯 앞으로만 걷던 예영당주가 그제야 뒤를 돌아보았다.

이 곰과 멧돼지를 섞어놓은 듯한 거구의 사내가 무슨 일로 그리 놀랐나 하는 의문이 얼굴에 떠올라 있었다.

“……!”

하지만 둔비는 더 이상 예영당주의 얼굴을 쳐다보지 않았다.

그리고 예영당주가 몸을 돌린 그때, 자신의 생각이 맞았음을 알았다.

자신이 알고 싶어했던 그것, 아니, 이해조차 하지 못했던 그것이 뭔지를 드디어 깨달았기 때문이다.

예영당주의 발걸음.

그것의 비밀은 너무도 간단했다.

아니, 어이없을 정도로 단순했다.

하지만 거기에 비밀이 있었다.

예영당주의 발걸음은 단 두 가지로 이루어져 있었다.

꼭 필요한 만큼 자연스럽게.

‘그랬어! 그랬던 거야!’

둔비의 눈은 더 이상 커질래야 커질 수 없을 만큼 크게 벌어져 있었다.

예영당주의 보폭이 다른 것은 단 한 가지 이유였다.

바로 밟을 곳이 그곳밖에 없었기 때문이다.

그냥 몸이 가는 대로, 밟을 만한 곳을 골라 자연스럽게 발을 옮겨놓은 것이다.

꼭 필요하게 잘려진 발걸음의 보폭과 시간들이 이상해 보이지 않은 것은 그 자연스러움에 있었다.

그리고 그 자연스러움은 예영당주가 몸을 돌린 그 순간 더욱 확실해졌다.

뒷발의 발꿈치를 축으로 몸을 둥글게 돌렸다.

그 회전에 따라 오른발이 따라 돌았고 허리가 움직였다.

어깨가 허리 움직임에 맞추자 이윽고 예영당주가 몸을 완전히 돌린 채 둔비를 보고 있었다.

어디 한 군데 흠잡을 수가 없었다.

마치 장인의 손에 빚어진 명품처럼 꼭 있어야 할 것은 있었고, 없어야 할 것은 없었다.

그리고 지극히 자연스러웠다.

'저, 저것은 마치……!'

예영당주의 움직임은 사람이 낸 길을 보는 듯했다.

사람이 많이 다녔던 길은 안정되고 단단했으며 편안했다.

높은 곳은 갈지자로 올랐고, 내려 꺼지는 곳은 빙글 돌았다.

앞에 높은 장애물이 있으면 그 옆으로 휘돌아 감겨들었다.

무리하게 낭떠러지 아래로 내려가려고도 하지 않았고, 바위를 뚫고 지나가려 하지도 않았다.

꼭 필요한 만큼, 너무 멀지도 않고 가깝지도 않은 곳으로 길이 나 있었다.

위험에선 멀리, 하지만 불필요하게 멀리 떨어지지 않은 꼭 안성맞춤으로 골라낸 듯 나 있는 길.

예영당주의 움직임은 그런 것이었다.

'세상에! 어찌 사람이……'

둔비는 입을 떡 벌리고 예영당주를 바라보았다.

예영당주가 둔비의 얼굴만 보고도 무슨 일인지 알겠다는 듯 다시 몸을 돌렸다.

"제법이군."

싸늘하고 낮은 목소리.

하지만 그것은 분명히 칭찬이었다.

자신의 무공을 알아본 둔비를 향한.

그러나 범우는 그 순간 싸늘한 얼음물을 등줄기에 퍼부은 듯한 기분을 느꼈다.

몸을 돌리는 예영당주의 눈빛에서 그 무언가를 봤기 때문이다.

그것은 적을 향한 눈빛이었다.

아직 완전한 적수는 아니지만, 적어도 적이 될 만한 잠재력을 가진 사람을 볼 때의 눈빛.

둔비는 저도 모르게 마른침을 삼켰다.

이제 자신은 원하지도 않는 순간에 예영당주가 눈여겨보는 사람이 되어버린 것이다.

갑자기 발걸음이 몇 배로 무거워진 것 같았다.

그러나 둔비로서는 어쩔 수 없었다.

마치 도살장에 끌려가는 기분으로 앞서 가는 예영당주의 뒤를 따라

가는 수밖에는.

예영당주는 뒤도 돌아보지 않은 채 물었다.

"삼팔구라… 그중엔 너같이 재미있는 사람도 많겠구나."

"넵? 아~ 넵."

둔비는 저도 모르게 목소리가 떨렸다.

만약 둔비가 예영당주 동작의 비밀을 알지 못했다면 느끼지 못했을 위압감 때문이었다.

그러나 어쩌면 예영당주의 발걸음을 보았기 때문에, 그 안의 비밀을 풀어낼 정도로 둔비의 무공이 높아진 것인지도 몰랐다.

예영당주의 무색 무취한 목소리가 계속되었다.

"삼팔구라……. 처음엔 신경 쓰지 않았지. 하지만 그놈이 삼팔구를 이용해서 무언가 꾸미고 있다는 것을 알고는 관심을 가지게 되었다. 귀찮은 적은 환영하지만 성가신 부하는 짜증나는 것이거든."

둔비는 다시 침을 꿀꺽 삼켰다.

예영당주가 말하는 '그놈'은 분명 요안일 게 분명했기 때문이다.

'귀찮은 부하.'

예영당주는 그렇게 말했다.

마치 땅 위에 기어가는 개미를 눌러 터뜨리듯 아무런 감정 없이 그렇게.

'세상에! 요안을 그렇게 부르는 사람이 있다니. 하긴 예영당주라면…….'

둔비는 그렇게 생각했다.

아무리 요안이 강하고 독하더라도 예영당주에 대면 태양 앞에 반딧불이었다.

그러나 그저 반딧불로만 그치는 것이 아니었다.

요안이란 반딧불은 장차 태양을 삼켜 버릴 놈이었다.

예영당주의 발걸음에서 무공을 읽어낼 수 있는 둔비의 눈썰미가 틀리지 않았다면 분명한 사실이었다.

그러기엔 물론 좀 더 시간이 필요한 일이긴 했지만.

그러나 둔비의 생각을 비웃듯, 그 뒤에 이어진 예영당주의 말은 전혀 뜻밖이었다.

"그런데 그놈이 삼팔구만 아니라 요안과도 손을 잡더군. 의외였지. 그때 처음 요안을 알았다. 그놈 역시 재미있는 놈이더군, 그것도 아주 많이."

'으잉?

둔비는 갑자기 아득한 절벽이 눈앞을 가로막는 것 같았다.

'그놈이 그놈이 아니었나 보네?

분명 예영당주는 그놈이 요안과 손을 잡았다 말하고 있었다.

그렇다면 처음에 말한 그놈은 요안일 수 없었다.

'그럼 누구지?

둔비는 맹렬하게 머리를 굴려봤지만 누구인지 알 수가 없었다.

예영당주의 말이 다시 이어지고 있었다.

"그래서 만나보고 싶군, 삼팔구의 사람들을. 과연 그놈이 그렇게 관심을 기울일 만한 종자들인지 봐야 할 것 같으니 말이야."

둔비는 그제야 예영당주가 자신의 뒤를 따라온 이유를 알 것 같았다.

아니, 분명 자신을 둔비라고 생각한 게 틀림없었다.

그래서 복면을 벗었어도 쉽게 속아 넘어가 준 것이었다.

예영당주는 수상한 복면인 뒤를 쫓은 것이 아닌, 바로 삼팔구의 둔비, 자신의 뒤를 쫓아온 것이었기 때문이다.

"다들 어디에 있는지 알겠지? 즉시 모아오도록. 곧 재미있는 구경을 시켜줄 생각이니까. 시간은 반 시진 내로."

둔비는 대답하지 않았다.

대답 대신 뒤로 몸을 돌려 눈썹을 휘날리며 뛰어가고 있었다.

예영당주의 말에는 그것에 대한 대답보다 더 중요한 것이 걸려 있었다.

바로 둔비의 목숨이었다.

그저 아무렇지도 않은 듯 내뱉은 예영당주의 말이었지만 둔비는 직감적으로 알 수가 있었다.

만약 반 시진 내로 삼팔구가 예영당주 앞으로 모이지 않는다면 더 이상 둔비는 숨 쉬고 살아갈 수 없음을.

둔비에게 그것은 밥을 못 먹으면 굶어 죽는다는 사실보다 더욱 명확한 사실이었다.

◈ 第十一章 ◈
주먹 속의 동전

"**헉**헉. 이제 하나만 남았지?"

둔비는 숨이 턱에 닿을 듯이 숨 가빠하며 물었다.

"그렇다니까!"

조금은 신경질난 듯한 뾰족한 목소리가 둔비 뒤에서 튀어나왔다.

그러나 곽예주의 타박에 둔비는 아무런 말도 하지 않았다.

수다쟁이의 말을 들어주는 것보다 자신의 목숨을 돌보는 게 먼저였기 때문이다.

삼팔구는 대강 모았다.

물론 하나하나 찾아다니는 것은 매우 어려운 일이었지만, 그렇다고 안 할 수는 없는 일이었다.

다행히 마도칠가들의 영역 사이만을 골라 다닌다는 사실을 알았기에 이 시간 동안 이만큼이라도 모은 것이었다.

하지만 부홍이 문제였다.

지반월 등 뒤나 곽예주 옷자락을 붙잡고 있을 줄 알았더니 아무 곳에도 없는 것이었다.

그러나 둔비는 잘 알고 있었다.

왜 부홍이 한쪽 구석에 아무도 모르는 곳에 숨어 있는지.

바로 그 미치도록 싫어하는 피 때문이었다.

복면을 썼다고 해도 사람들에게 쫓기다 보면 손을 써야만 했다.

아니, 필요에 의해서가 아니라 하고 싶으면 하는 것이었다.

친분이 있는 수상방, 그리고 요선보를 제외한 다른 마도칠가라면 때려죽이지 못해 안달인 것이 삼팔구였다.

그래서 곽예주 같은 경우, 도망가기는커녕 사람들 무리 속에 뛰어들어 발뒤축 근육을 끊어놓은 사람이 한둘이 아니었다.

"도대체 어디로 간 거야!"

둔비는 화가 난다는 듯 크게 외쳤다.

산은 깊었고 땅은 넓었다. 그리고 부홍의 덩치는 작디작았다.

만약 그가 숨을 결심을 했다면 찾아내는 것은 불가능에 가까운 일이었다.

"도저히 못 찾겠군."

둔비는 찾아다닌 면적과 찾아다닐 면적을 머리 속에 그려보다 한숨을 토해내었다.

그나마 찾아나설 면적에 부홍이 숨어 있다면 다행이었다.

그리고 그곳이 다른 마도칠가의 구역이라 해도 괜찮았다.

삼팔구들은 이미 복면을 벗어 던진 후였고, 다른 마도칠가가 왜 요선보의 삼팔구가 자신들 영역에 들어왔는지 항의해도 할 말이 있었다.

"예영당주의 명령이야."

그 한마디만 하면 무사통과였다.

둔비는 이미 예영당주를 본 이후였지만, 다른 마도칠가들에겐 그 이름만으로도 공포로 다가오는 존재였기 때문이다.

"부흥을 찾는 것이죠?"

방금 찾아내 합류한 문기서가 뒤에서 물었다.

"당연하지. 이때까지 그럼 뭘 한 것 같아!"

둔비는 짜증난 목소리로 쏘아붙였지만, 문기서의 얼굴은 웃고 있었다.

"아, 제가 잠시 생각해야 할 게 있어서요. 부흥의 문제라면 제가 알 것 같군요, 어디에 있는지."

"숨은 곳이라도 본 거야?"

문기서의 말에 둔비가 반색하며 물었다.

하지만 문기서는 그저 사람 좋은 얼굴로 미소를 띤 채 고개를 저을 뿐이었다.

그 얼굴이 왠지 밉살스럽게 보여 둔비가 짜증 어린 소리로 타박하듯 말했다.

"제길! 그럼 이 넓은 곳에서 어떻게 안단 말이냐. 네놈이 무당의 자식이라도 되는 게냐!"

문기서는 흥분한 둔비를 재미있다는 듯 지켜보다가 천천히 말했다.

"무당의 자식이 아니더라도 생각해 보면 알 수 있지요."

"뭘!"

안 그래도 예영당주를 직접 본 탓에 기분이 꿀꿀한 둔비가 쳐죽일 듯이 쏘아보면서 버럭 고함을 질렀다.

하지만 문기서의 얼굴은 표정의 변화가 없었다.

사람 좋은 미소가 조금 더 짙어졌을 뿐이었다.

"일단 싸움의 격전지에서 멀리 떨어져야 하지 않겠습니까."

"그러니까!"

그 정도는 알겠다는 듯 둔비가 고함을 질렀다.

"하지만 또한 너무 떨어져서도 안 되겠지요, 언젠가 우리와 만나야 하니까."

"물론이지."

"그렇다면 우리가 가는 길에선 멀리 떨어지고 정보는 쉽게 얻을 수 있는 곳이 어딜까요?"

"글쎄?"

이상한 일이었다.

문기서의 말을 듣다 보면 화가 났더라도 어느새 귀 기울여 듣게 되기 때문이다.

일리가 있었다. 아니, 분명 문기서의 추측이 맞을 것이다.

하지만 그곳이 정확히 어딘지는 아무리 생각해도 알 수 없었다.

"아! 그렇군. 바로 마도칠가의 가주나 인솔자 옆이야."

지반월이 그제야 알겠다는 듯 고개를 끄덕이며 말했다.

"그래, 맞아!"

곽예주가 알겠다는 듯 손뼉을 쳤다.

"우린 마도칠가들 사이로만 다녔으니까! 만약 부흥이라면 그곳엔 없겠지. 만일 충돌이 일어나면 피를 볼 테니까. 그래서 외곽으로 다니는 우릴 피해서… 가만! 그럼 어느 마도칠가에 있는 거지?"

하지만 문기서는 그저 빙긋 웃었다.

거기까지 생각해 낸 것이 대견하다는 듯한 웃음이었다.

하지만 이때까지 아무 말 없던 범우가 성큼성큼 걸어나가며 짧게 한 마디를 했다.

"이활. 수상방."

범우의 말은 항상 그렇듯 짧았다.

하지만 결코 틀리는 일은 없었다.

범우는 항상 신중했고, 또한 겉모습과는 달리 현명했기 때문이다.

둔비는 끄응 하는 신음 소리를 내뱉고는 범우의 뒤를 따랐다.

그리고 얼마 후 부홍을 발견했다, 이활의 바로 옆에서.

"……."

부홍은 얼굴을 붉게 물들였다.

하지만 미안하다거나 어떻게 알고 여기까지 왔는지는 묻지 않았다.

사실 미안해할 일이 아니었다.

삼팔구 역시 부홍이 복면을 쓰고 사람들 사이를 파고들며 활동하리란 기대는 하지 않았다.

"감사하오."

부홍을 발견한 범우가 이활을 향해 포권을 취했다.

이활이 서둘러 답례하며 조심스럽게 물었다.

"그런데 어디를 가시는데 이렇게 서두르시는지……."

이활로서는 어리둥절할 일임에 틀림없었다.

갑자기 부홍이 나타나 아무런 설명 없이 자신 옆에 머물러 있었다.

이활은 이미 부홍의 성격이 어떠한지 들어서 잘 알고 있었다.

그래서 부끄러워 미치겠다는 듯 붉어진 얼굴을 아래로 푹 숙이고 그저 자신의 발끝만을 바라보는 부홍에게 아무것도 묻지 않았다.

단지 조금 신경 쓰일 뿐이었는데, 대범한 이활의 성격상 물어보거나 하는 일은 없었다.

부홍은 그렇게 묵묵히 이활의 옆에 서 있을 뿐이었다.

원래 요선보와는 친한 사이였던 수상방이었다.

그저 나름대로 이유가 있겠거니 생각한 이활은 그렇게, 부홍이 원하는 방식대로 가만히 놔두기만 했다.

그러나 그 후 갑자기 삼팔구 대원들이 우르르 몰려들어 와 부홍을 데려가는 것은 확실히 이상한 일이었다.

더욱이 원래 표정이 없는 사람이긴 했지만, 범우의 긴장으로 딱딱하게 굳어진 얼굴 역시 낯선 것이었다.

"예영당주가 보자고 하오."

"예영당주가?"

이활에겐 확실히 의외였다.

말로만 들었던 사람이었다.

그래서 예영당주란 사람은 하늘 위에 존재하는 듯 무게감이 전혀 느껴지지 않는 사람이었다.

그런데 그런 사람이 요선보주도 아닌, 그렇다고 강요맹도 아닌 삼팔구를 보고자 했다고 하지 않는가.

"왜 불렀는지 이유를 알 수 없는 상태에서 부른 것이오?"

이활의 물음에 범우가 고개를 끄덕였다.

"삼팔구만 부른 것이오?"

이활이 한 번 더 물었다.

"현재까지는."

범우가 대답했다.

이활이 잠시 아무런 말도 없이 곰곰이 생각하다가 곧 옆에 있는 좌우부장 두 사람에게 명령을 내렸다.

"좌부장은 여기 남아 계속 주위를 관찰하도록. 그리고 우부장은 나를 따라오고."

우부장인 중영 옆에 있던 대꼬챙이처럼 마른 좌부장이 고개를 숙이며 다시 물었다.

"그럼 아이들은……?"

이활이 무언가 결심했다는 듯 말했다.

"데려가는 게 좋겠지. 하지만 예영당주 앞까지는 아니고, 주위에서 기다렸다가 내 신호가 떨어지면 오도록 해. 만약 일이 커지면 우부장은 아이들을 내 편으로 보내고 곧 방주에게 지원을 요청하도록."

이번엔 이활의 오른편에 있던 중영이 고개를 숙이며 물었다.

"존명, 그런데 뭐라고 방주겐 설명할까요?"

이활이 굳은 표정으로 말했다.

"전쟁이라고. 예영당주 동무군이 판돈을 다 긁어가려 한다고만 전하면 알아들으실 게야."

중영의 얼굴엔 경악의 표정이 어렸다.

하지만 평소 훈련이 잘되어 있었던 듯, 곧 얼굴을 굳히며 고개를 숙였다.

"자, 갑시다."

이활이 범우를 바라보며 말했다.

범우는 잠시 이활을 바라보다 포권을 취하며 고개를 숙였다.

"고맙소. 대주를 대신해서……."

범우의 뜻은 명백했다.

예영당주와 척을 지는 위험을 무릅쓰면서까지 나서주는 데 대해 감사함을 표한 것이다.

지금 이곳에 있는 요선보의 세력이라고는 삼팔구밖에 없었다.

다른 요선보의 사람들은 예영당주가 술수를 부렸는지 여기까지 오지 못하고 있었다.

그런 상태에서 수상방의 지원은 너무나 큰 힘이 되는 일이었다.

더욱이 그것은 어쩌면 수상방의 존폐와 직결된 일일지도 몰랐다.

그런 위험을 무릅쓰고 도와준다는 말에 범우가 지금 이 자리엔 없는 강요맹을 대신해서 고개를 숙인 것이었다.

이활 역시 그런 사실을 잘 알고 있는지 답례로 고개를 숙이며 대답했다.

"무슨 말씀을. 우리 수상방의 일이 그랬어도, 혈랑대 대주께선 분명 그렇게 행동하셨을 것이오."

말이 필요없었다.

이활과 범우가 서로 쳐다보는 눈길에는 사내들만이 느끼는 진한 우정이 자리잡고 있었다.

피보다 진한.

2

예영당주는 호기심이 이는 눈길로 바라보고 있었다.

마치 생각지도 않은 물건들이 자연스럽게 자신 앞으로 굴러왔다는 듯이.

하지만 그것은 결코 사람을 보는 눈길이 아니었다.

아이들이 괴상하게 생긴 돌멩이를 발견했을 때의 눈빛이었다.

이리저리 굴리다 싫증나면 언제든 부숴 버리고 되돌아 집으로 갈 아이의 눈빛.

이활은 그래서 처음으로 이곳에 온 것을 후회하고 있었다.

지금 눈앞에 있는 높다란 태사의에 앉아 있는 것은 사람의 형상을 했을 뿐 사람이 아니었다.

이활의 수준 역시 높았기에, 굳이 손발을 나누지 않아도 상대의 수준이 어느 정도인지 깨달을 수 있었다.

그러나 태사의에 앉은 채 한편으론 오만한 눈빛으로, 다른 한편으론 재미있다는 듯 호기심이 이는 눈빛으로 바라보고 있는 존재에게서는 아무것도 느낄 수가 없었다.

아니, 느끼는 것 자체가 불가능한 일이었다.

예영당주 동무군 앞에 선 자신은 그냥 손가락 두 개만 비비면 부서지고야 말 작디작은 존재였다.

단지 언제 그 순간이 오겠는가가 문제일 뿐이었다.

"많이도 왔군. 그런데 수상방은 왜 온 거지?"

예영당주가 물었다.

높지도 낮지도 않은 평이한 목소리였다.

그러나 이활이 느끼는 감정은 그런 것이 아니었다.

마치 얇은 얼음이 가슴을 헤집어놓는 것 같았다.

불덩이가 뇌 속을 파고들어 모든 것을 태워놓는 것 같았다.

천하제일인을 다투는 두 사람 중의 하나.

아니, 천하제일인이었다.

이활은 그렇게 생각했다.

비록 소림무치를 보지 않은 상태였지만, 단언할 수가 있었다.

만약 소림무치가 뼈와 피와 살로 이루어진 사람이라면, 결코 저 괴물을 꺾을 수는 없었다.

이활은 그렇게 생각하며 떨리는 입술을 열었다.

무척이나 힘든 일이었다,

단지 입 위아래에 있는 얇은 두 조각의 입술을 여는 것은.

마치 천 년을 버티고 서 있던 녹슨 철문을 여는 것처럼 힘들었다.

"삼팔구를 부르셨다기에 저희도 부르실 줄 알고 왔습니다. 요선보의 혈랑대와 수상방의 어미대는 한 몸에 난 두 머리와 같기 때문입니다."

이활의 말은 떨렸지만 기개까지 사라진 것은 아니었다.

눈빛만으로 사람의 간담을 옥죄는 상대를 두고 당당히 혈랑대, 그중에서도 삼팔구와 생사를 같이하겠다고 말한 것이기 때문이다.

누구나 생각은 할 수 있지만, 천하제일인을 앞에 두고 말할 수 있는 담력을 지닌 사람은 없었다.

바로 그것을 이활이 한 것이었다.

범우의 굵은 목이 돌아갔다.

그리고는 진심으로 고맙다는 듯 고개를 천천히 끄덕였다.

예영당주는 제법이라는 듯 묘하게 웃으며 말했다.

"오호, 그렇군. 자네가 이활인가?"

이활이 고개를 숙였다.

"예, 수상방의 어미대를 맡고 있습니다."

"오호, 그렇군. 삼팔구와 함께하겠다고?"

예영당주가 다시 물었다.

"예."

비록 떨리는 목소리는 여전했지만 이활의 대답은 거침이 없었다.

예영당주의 눈빛은 이제 아예 불꽃이 일렁이고 있었다.

"그 끝이 죽는 것이라 해도?"

이활은 저도 모르게 눈을 감았다.

'올 것이 왔구나!'

이활은 아랫입술을 질끈 깨물었다.

두려웠다. 정말 두려웠다. 하지만 두렵다고 피할 수는 없었다.

그래서 공포로 좁아진 목구멍 사이로 간신히 바람을 집어넣어 대답할 수가 있었다.

"네."

예영당주는 고개를 끄덕였다.

"자네들 역시 요안이란 아이 때문에 여기 온 것이지?"

이번에 묻는 상대는 범우였다.

범우의 굵은 목이 끄덕여졌다.

"죽을지도 모르는데?"

다시 범우의 고개가 끄덕여졌다.

"이상하군… 이유가 뭐지?"

예영당주는 이젠 지그시 등받이에 등을 기대며 양손으로 깍지를 꼈다.

마치 한가로워 미치겠다는 태도였지만, 보는 사람들은 전혀 그런 것을 느끼지 못했다.

범우는 천천히 말했다. 이활처럼 떨리는 목소리도 아니었다.

도리어 신념을 담은 것처럼 천천히, 또박또박 힘주어 말하듯 짧고 굵은 목소리로 대답했다.

"왜냐하면 남자로 태어나는 것은 쉬워도, 사내로 죽는 것은 어렵기 때문입니다."

"……."

예영당주는 아무런 말이 없었다.

그냥 지그시 범우를 쳐다볼 뿐이었다.

그러다 조용히 혼잣소리처럼 중얼거렸다.

"남자로 태어나는 것보다 사내로 죽는 것이 더 어렵다……."

몇 번을 되풀이해서 중얼거리던 예영당주가 몸을 일으키며 손뼉을 쳤다.

짝짝짝~

갑작스런 행동이었다.

전혀 기대하지 못한 반응에 예영당주를 바라보던 사람들은 일제히 움찔거렸다.

한참을 박수 치던 예영당주는 곧 탄식하듯 말했다.

"이 얼마나 멋진 말인가. 또 말은 하기 쉬워도 지키기란 얼마나 어려운 일인가. 예영당에 자네 같은 사람들만 있어도 내 옆은 외롭지 않았을 것을……."

예영당주의 행동도 의외였지만, 그보다 더 의외인 일이 벌어졌다.

"남자로 태어나는 것도, 사내로 죽는 것도 쉽습니다."

한쪽 구석에서 이때까지 말없이 바라보던 문기서가 예영당주의 말이 틀렸다는 것처럼 큰 목소리로 말했기 때문이다.

예영당주 역시 의외였는지 고개를 돌려 문기서를 바라보았다.

문기서는 더 이상 웃지 않았다.

항상 사람 좋아 보이는 미소가 어려 있던 표정은 딱딱하게 굳어 있었다. 마치 엄격한 아버지에게 어린 나이에 반항을 해야만 하는 아이의 얼굴처럼.

천천히 입술을 연 문기서가 마치 마지막 유언처럼 말했다.

"태어나는 것은 마음대로 못했지만, 죽는 것은 마음대로, 또 원하는 대로 하기 위함입니다. 무엇을 위해, 또 어떤 모습으로, 어디에서 죽어야 하는지 아는 사람은 행복합니다."

예영당주는 문기서를 바라보았다.

한참 동안 말이 없었다.

하지만 얼마 후 예영당주는 고개를 끄덕였다. 마치 문기서의 말이 맞다는 듯.

그리고는 자신 옆에 공손히 시립하고 있던 늙은이를 향해 말했다.

"여기 와 있는 마도칠가의 인솔자 모두를 불러오도록."

예영당주의 명령이 의외였는지 늙은이가 고개를 빼꼼히 쳐들고 예영당주를 바라보았다.

예영당주는 뜻밖에 부드러운 미소를 띠고 있었다.

그 미소는 문기서가 조금 전까지 짓고 있던 미소와 참으로 많이 닮아 있었다.

"사내답게 죽을 놈이 또 있는지 알아봐야 할 것 아닌가."

예영당주는 그 말만을 남겨놓고 조용히 자리를 떴다.

하지만 다른 삼팔구나 수상방의 어미대는 자리를 지킨 채 묵묵히 서 있을 뿐이었다.

방금 전 예영당주의 표정은 부드러웠지만, 말은 살벌하기 짝이 없었다.

만약 자신의 말을 거역하는 자가 있다면 지금 이 자리에서 모두 도륙을 내버리겠다는 것이었기 때문이다.

어디선가 차가운 바람이 사람들의 등줄기를 휩싸 감으며 파고들었다.

3

모두 이천에 가까웠다.

더욱이 종횡을 맞추어 모여 있는 사람들의 색깔은 가지각색이었다.

자색과 백색, 그리고 황색과 청색 등 각각 속해 있는 마도칠가의 색을 상징하는 옷을 입었기 때문이다.

그렇게 모두 무리를 진 채 묵묵히 서 있을 뿐이었다.

아무도 말을 꺼내지 않았다. 숨소리도 크게 내지 않았다.

이천이나 한 공간에 모여 있으면서도 아무런 소리도 들리지 않았다.

마치 한 사람도 이곳에 존재하지 않는 듯한 기묘한 적막감만이 흘렀다.

그리고 이천이나 되는 사람들 앞엔 붉은 옷을 입은 사람 일곱과 보라색이 도는 감색 옷을 입은 사람 하나가 나와 있었다.

삼팔구와 이활이었다.

이천이 넘는 사람들은 그렇게 묵묵히 선 채 앞쪽의 비어 있는 의자만을 노려보고 있었다.

한참의 시간이 지난 후 드디어 한 사람의 모습이 드러났다.

머리에 철관모를 쓰고 검은 옷을 입고 있었다.

나이는 서른 중반에 차갑게 보이는 인상을 지녔다.

각진 턱과 오뚝한 콧날은, 그래서 사람들로 하여금 더욱 강렬한 인상을 받게 만들고 있었다.

예영당주 동무군.

소림무치와 더불어 천하제일인을 다투는 자.

더욱이 마도칠가를 아우르는 만인지상의 자리에 오른 자.

바로 그 사람이었다.

동무군은 천천히 의자에 앉고는 오만한 태도로 주위를 내려다보았다.

태사의는 생각보다 커서 키 큰 사람이 선 높이보다도 높았다.

그러나 그 자리에 앉아 있는 사람의 위엄보다 더 높지는 못했다.

도리어 그 아래에 납죽 엎드려 자리의 주인을 더욱 빛내주는 역할밖에 하지 못했다.

동무군의 위엄은 그렇게 사람들의 어깨를 짓누르고 있었다.

"본좌는 예영당의 당주다."

동무군의 첫 일성이었다.

아무런 소리도 없는 절대 적막을 깨뜨리듯 낭낭하면서도 힘이 넘쳤다.

동무군은 사람들이 자신의 말을 귀 기울여 듣는다는 것을 확인하듯 주위를 둘러보았다.

조금 시간이 흐른 후 다시 동무군의 입술이 열렸다.

"예영당의 당주가 바로 나, 동무군이다."

그 말이 튀어나오자 비로소 모든 것은 완전해지는 듯한 느낌이었다.

태사의에 앉은 채 오만하게 사위를 둘러보는 절대자의 이름으로 그만한 것은 없는 듯이 느껴졌다.

동무군(董武君).

그 이름은 벌써 십수 년 전부터 태산보다 더한 위명을 떨치고 있었기 때문이다.

동무군의 입이 다시 열렸다.

"나 동무군을 반대하는 자 앞으로 나오라."

아무도 없었다.

설령 미친 사람이라도 지금 상황에서는 걸어나가기는커녕 숨이 막힐 정도였다.

동무군의 눈이 다시 주위를 둘러보았다.

그러나 이천여 명이 넘는 무인들은 손가락 하나 움직이지 않고 있었다.

"다시 묻는다."

그것이 마음에 들지 않았는지 동무군이 입을 열었다.

"나 동무군이 하고자 하는 일을 막을 사람은 앞으로 나오라!"

그 말을 듣는 순간 범우는 주먹을 꼭 쥐었다가 슬며시 풀었다.

아직은 아니었다.

동무군이 무엇을 할 것인지 듣기 전까지는.

그래서 물었다.

"무엇을 하실 겁니까?"

범우의 딱딱한 물음.

그러자 이천여 명이 웅성거리기 시작했다.

마치 작은 점에서 시작된 파문이 점점 커지다 모든 연못 안을 가득 채우는 것 같은 광경이었다.

그러나 시끄러워진 것은 아니었다.

이천여 명은 여전히 아무런 소리도 내지 않았다.

단지 범우의 물음이 의외라는 듯, 놀란 마음이 서로의 가슴에서 가슴으로 전해졌기 때문이었다.

동무군은 소리없는 아우성을 즐기듯 한동안 아무런 말이 없었다.

그저 범우만을 지그시 바라볼 뿐이었다.

한참 후에야 동무군은 당연하다는 듯 말했다.

"그야 본좌가 원하는 것이지."

동무군은 그제야 시선을 범우에게서 떼고는 나머지 이천여 명을 둘러보았다.

사람들은 동무군과 감히 시선을 맞추지 못한 채 모두 고개를 떨궜다.

동무군은 천천히, 하지만 모든 사람이 분명히 들을 수 있도록 큰 목소리로 말했다.

"이때까지 내가 원했던 것은 모두 이루었다. 지금 내가 원하는 것을 이루기 위해 노력하고 있다. 그리고 앞으로 내가 원하는 모든 일은 이루어질 것이다. 바로 나 동무군의 이름 아래에서!"

광오한 말이었다.

오만하다기보다는 미친 사람의 헛소리처럼 들릴 정도였다.

그러나 지금 이 자리에 있는 사람들 중에 동무군이 틀렸다고 생각하는 사람은 없었다.

그 말이 바로 동무군의 입에서 나왔기 때문이다.

그 말을 한 사람은 그 말을 할 수 있는 자격이 있었고, 또한 자신이 말한 것을 지킬 힘이 있었다.

동무군은 마치 큰 인심이라도 쓴다는 듯 고개까지 끄덕이며 말했다.

"나 동무군이 세 번 묻겠다. 그 안에 대답을 한 사람은 사내로 인정하고 깨끗하게 죽여주겠다. 그러나 세 번 안에 대답하지 않은 사람이 나중에 뒤로 수작을 피우다가는……."

동무군의 얼굴과 말이 차가워졌다.

그러자 겨울이 다시 온 듯 사람들의 온몸에 소름이 돋았다.

하지만 동무군의 말은 끝을 향해 치달려 가고 있었다.

"태어난 것을 후회하게 해주겠다. 나 동무군이 약속한다!"

동무군은 오만하게 주위를 둘러보며 크게 외쳤다.

"나 동무군을 반대하는 자 앞으로 나서라!"

외침은 하늘을 찢을 듯 높이 치솟아올랐다.

마치 커다란 용 한 마리가 용틀임을 하며 하늘로 오르는 듯, 내공을 가득 담은 동무군의 외침은 사람들 사이를 파고들며 마음을, 영혼을 뒤흔들고 있었다.

동무군은 사람들을 오연히 쳐다보았다.

마치 한 사람이라도 한 발 앞으로 걸어 나오길 기대하는 듯한 표정이었다.

그러나 단 한 사람도 앞으로 나오는 사람은 없었다.

동무군은 특히 마도칠가를 책임지고 있는 사람들을 눈여겨보고 있었다.

그러나 아무도 감히 동무군의 눈을 맞받으려 하는 자는 없었다.

외침의 여운이 흐릿해져 갈 때 다시 동무군이 입을 열었다.

"나 동무군이 하고자 하는 일에 반대하는 사람은 앞으로 나서라!"

마치 벼락 수십 개가 한꺼번에 땅에 내리 꽂히는 것 같았다.

땅거죽이 파헤쳐지고, 산이 뒤집힐 것만 같았다.

이천여 명의 무인들 중엔 동무군의 외침에 저도 모르게 신형을 비틀거리는 사람들도 있을 정도였다.

하지만 그 사람들조차도 한 발 앞으로 나서지 않으려 혼미한 정신 중에도 애쓰고 있었다.

그리고 동무군이 다시 입을 열었다.

"마지막으로 묻겠다. 나 동무군이 걷고자 하는 길을 막아설 자 앞으로 나서라!"

이번 외침은 앞선 두 번의 외침을 합친 것보다 더욱 컸다.

그래서 끝내 견디지 못하고 입으로 피를 게워내는 사람마저 있을 정도였다.

그러나 동부군의 시선은 더 이상 뒤에 있는 이천여 명의 무인을 향하지 않았다.

만약 그 사람 중 동무군 자신의 뜻에 반하는 사람이 있다면 벌써 나왔어야 했기 때문이다.

그래서 동무군은 한 사람을 노려보았다.

역시 그 사람은 동무군의 기대를 어그러뜨리지 않았다.

적어도 자신이 내지른 공력 중에 일 할을 그 사람을 향해 내뻗었지만, 그 사람은 굳건히 자신의 중심을 지키고 있었다.

짧고 굵은 목에 떡 벌어진 덩치.

동무군 자신의 공력에 버티느라 얼굴엔 땀이 송골송골 맺히고 어깨
는 가늘게 떨렸지만, 결코 굴복하는 표정은 아니었다.

'역시!'

동무군은 솔직히 감탄했다.

그리고 그 인물, 즉 범우를 죽여야 한다는 것이 아까웠다.

저런 인재는 두 번 다시 구하기 힘들었기 때문이다.

그러나 지금은 인재보다 해야 할 일이 더 급했다.

예영당의 이름으로, 아니, 동무군 자신의 이름으로 마도일통을 이루
고 난 후에도 저런 인재는 충분히 다시 얻을 수 있을 거라 믿었다.

그리고 지금 이 자리에도 비슷한 사람은 있었다.

바로 이활.

잘 쓰면 범우 이상의 동량이 될지도 모를 일이었다.

그렇게 동무군이 앞날에 대한 생각을 할 때, 정작 범우는 갈등을 느
끼고 있었다.

그래서 두 주먹을 불끈 쥐었다.

자신의 목숨 하나 버리는 것은 아무것도 아니었다.

그러나 삼팔구는? 또 이활은? 그리고 요선보는?

생각을 해야만 할 일이었다.

그러나 동무군은 그럴 틈을 주지 않겠다는 듯 끝내 마지막 외침을
토해놓았고, 외침의 끝은 점차 사그라들고 있었다.

'어쩔 수 없군.'

범우는 입을 열었다.

그리고 자신 가슴속을 채우고 있는 공기를, 울분을 모두 토해놓으려
고 했다.

하지만 범우의 외침은 토해지지 않았다.

막 입을 벌렸을 때 누군가 외쳤기 때문이다.

그리고 그 외침은 범우가 외치려던 것, 바로 그것이었다.

"반대한다!"

"……!"

충격이었다. 그래서 이천여 명이 넘는 무인들은 아무런 말도 토해놓지 못했다. 아니, 숨 쉬는 것조차 잊어버린 듯 아무런 소리도 내지 못하고 있었다.

누가 감히 반대한다는 말을 한단 말인가!

동무군이 앉아 있는 태사의 뒤쪽에서 들려온 외침이었다.

동무군은 뒤를 돌아보았다.

동무군 역시 약간의 충격을 받은 것이 틀림없었다.

누가 감히 자신의 뜻에 저토록 막돼먹은 말로 거역한단 말인가.

설령 혹시나 했던 범우가 말한다 해도 그저 '저는 그 뜻을 좇지 못합니다' 정도였을 텐데 말이다.

그러나 조금 전 있었넌 외침은 환청이 아니었냐는 듯, 또 한 번 낄끄러운 목소리는 쩌렁쩌렁 울리고 있었다.

"나는 반대한다구! 못 들었어?"

껄끄럽고 탁한 목소리.

그 목소리를 들은 범우의 표정이 일순간에 변했다.

그것은 동무군 역시 마찬가지였다.

마치 귀신에 홀린 듯한 표정이었다.

자신이 예영당에서 태어나고 자라온 이후 저런 막말을 껄끄럽고 탁한 목소리로 들어본 기억이 없었다.

그러나 결코 환청은 아니었다.

터벅터벅.

누군가 숲 저편에서 걸어 나오고 있었다.

키가 컸다. 보통의 사람보다 더 컸고, 팔다리는 더욱더 길었다.

그리고 하얀색이었다. 보통 사람보다 더욱더 흰 피부는 겉에 걸친 붉은 옷 때문에 더 두드러지게 보였다.

걸음걸이는 휘청이는 독특한 걸음걸이였다.

더욱이 입에는 히죽 웃는 기분 나쁜 웃음이 매달려 있었다.

그리고…

파랗고 잿빛의 두 눈!

"요안이다!"

제일 먼저 발견한 사람의 입에선 비명처럼 그 한마디가 토해져 나왔다.

그러자 마치 바람처럼 비명은 사람들의 입에서 입으로 전해지고 있었다.

"요안이다!"

"요안이야!"

웅성거림은 잔물결에서 파도로 변했다가 끝내 해일이 되어 사람들을 덮쳤다.

언제까지고 그칠 줄 모르는 메아리처럼, 요안이란 두 글자의 말은 한없이 그렇게 이어지고 있었다.

4

"네가 요안이냐?"

동무군이 물었다.

하지만 소이보는 아무런 대답도 하지 않았다.

단지 다시 만나 반갑다는 듯 동무군 앞에 서 있는 삼팔구를 향해 히죽 웃을 뿐이었다.

그 웃음은 독특한 면이 있었다.

동무군과 다른 사람들에겐 비웃음으로 해석되었지만, 삼팔구에겐 한없이 푸근한, 아무런 악의 없이 친구를 만났다는 반가움으로 해석되었기 때문이다.

그래서 둔비는 한 손을 치켜들었다.

저쪽에서 반가움에 환하게 웃었으니, 자신은 최소한 손이라도 들어 답례를 보내야 한다는 아주 단순한 생각 때문이었다.

소이보는 그런 둔비를 보자 더욱 웃으며 물었다.

썰끄럽고 탁한 목소리로.

"저 재수없는 놈은 뭐냐?"

"……."

둔비는 손을 들어올린 채로, 얼굴엔 반갑다는 미소와 함께 그대로 굳어버렸다.

그리고 지금 자신에게 묻고 있는 상대는 절대 이곳에 나타나면 안 되는 존재라는 것을 그 순간 깨달았기 때문이다.

굳어진 둔비 대신 범우가 입을 열었다.

"예영당의 당주이시다."

“아!”

그제야 알겠다는 듯 소이보가 고개를 끄덕였다.

그리고는 마치 지나가던 똥개를 흘겨보는 것처럼 동무군을 쳐다보며 말했다.

“저놈이 그놈이었군.”

껄끄럽고 탁한 말이었다.

그러나 그 내용이 더욱 껄끄럽고 탁한 것이었다.

감히 동무군 앞에서 놈 운운하는 사람이 있을 수 있다는 걸 상상할 수가 없었다.

그러나 정작 동무군은 만면에 미소를 띠며 소이보의 눈을 바라볼 뿐이었다.

그 미소와 눈빛은 마치 원하는 물건을 손에 넣었을 때만 떠올릴 수 있는 것이었다.

동무군은 그 표정 그대로 물었다.

“나에 대해 듣긴 들은 모양이군.”

하지만 동무군이 그렇게 웃고 있어도 소이보의 표정엔 아무런 변화가 없었다.

아니, 도리어 크게 하품까지 늘어지게 하며 기지개를 켜면서 말했다.

“아함, 뭐 별거 아니야. 성녀한테 하도 껄떡대서 성가시다고 하는 걸 들었지.”

“…….”

그 순간 동무군의 눈이 가늘어졌다.

만약 눈빛만으로 사람을 죽일 수 있다면, 벌써 소이보의 몸은 몇 번이고 조각났을 만큼 강렬한 눈빛이었다.

“성녀가 그러던가?”

하지만 소이보는 철저하게 동무군을 가지고 놀려고 결심한 것 같았다.

별거 아니라는 듯 고개를 끄덕이곤 동무군을 쳐다보며 입을 열었다.

“관심이 많은가 본데, 뭐 그 얘긴 접어두고. 아까 하던 이야기나 마저 하자구. 난 반대야.”

동무군은 소이보를 보다가 천천히 다시 등받이에 깊숙이 몸을 파묻으며 가슴 앞에서 손가락을 마주 댔다.

마치 이제 입 안에 들어온 것이나 마찬가지니 그렇게 서둘 필요가 없다고 느꼈는지도 몰랐다.

“그래, 넌 반대군. 하지만 너 혼자만… 그리고 내 손에 곧 죽겠지.”

이번엔 소이보가 키득키득거리며 웃었다.

마치 아주 우스운 이야기를 들었다는 듯이.

동무군의 눈썹이 움찔거렸다.

“재미있는가 보군.”

“아니, 곧 죽을 놈이 내 앞에 앉아 있는 게 우스워서 그런 것뿐이야. 아, 물론 내가 한 말은 아니지. 누군가 그러더군, 네놈이 내 손에 죽을 거라고.”

동무군의 눈빛이 반짝였다.

“괜찮다면 나도 알고 싶군, 누가 감히 그렇게 말했는지.”

“성녀가!”

소이보가 요안을 번뜩이며 대답했다.

그러자 사람들 사이에 또 한 번 파도가 휩쓸고 있었다.

하지만 더 이상 동무군은 웃고 있지 않았다.

소이보 입에서 성녀란 말이 튀어나온 이후부터는.

성녀란 특이한 존재였다.

아무리 작은 일이라도 모르는 일이 없었다.

성녀의 입에서 튀어나온 이야기라면 설령 하늘이 무너지고 땅이 뒤집힌다 해도 믿어야만 했다.

성녀가 말하고 난 이후 며칠 후면 어김없이 그 일이 벌어졌기 때문이다.

만약 소이보 말이 맞다면, 예영당주는 소이보 손에 죽을 것이다.

다른 사람도 아닌 성녀가 그렇게 말했기 때문이다.

동무군을 죽일 실력이 과연 소이보에게 있는지는 중요하지 않았다.

성녀가 말했으면, 그대로 되는 일만 남았다.

그것은 믿음과는 다른 확신이었고, 확신은 곧 벌어질 사실이 되었다.

이천여 무인들의 요동이 심해지고 있었다.

동무군 역시 그런 웅성거림을 모르지 않았다.

얼른 수습을 해야 했다. 다른 모든 일은 자신있었지만, 성녀의 예언을 뒤집을 만한 힘은 없었기 때문이다.

동무군이 자리에서 일어났다.

그제야 무인들 사이에 오가던 웅성거림이 뚝 멎었다.

동무군은 소이보를 쳐다보며 물었다.

묻는 상대는 소이보였지만, 사실 이천여 명의 무인들을 향한 외침과도 비슷했다.

"그걸 어떻게 믿지? 성녀가 말했다면 그렇게 되겠지만, 성녀가 그 말을 했다는 걸 어떻게 믿을 수 있지?"

소이보는 그저 어깨를 으쓱해 보일 뿐이었다.

네놈이 믿지 않는다면 나로서도 어쩔 수 없다는 듯한 몸짓이었다.

그 모습을 보자 웅성거리던 이천여 명의 무인들의 움직임이 굳어졌다.

동무군의 말이 맞았다.

성녀가 그런 예언을 했다는 증거는 없었다.

아니, 그런 예언이 과연 성녀의 입에서 나왔는지도 의문이었다.

아무리 봐도 소림무치 정도가 아니라면 동무군의 상대는 존재하지 않았기 때문이다.

하지만 바로 그때였다.

"그걸 아는 방법이 하나 있지."

싸늘하고 카랑카랑한 목소리가 동무군과 소이보 사이를 갈라내듯 내리 꽂혔다.

사람들의 시선이 일제히 한곳을 향했다.

목소리보다 더욱 깐깐하게 생긴 매부리코를 가진 노인이었다.

하얀 은발을 휘날리며, 마치 소이보가 그랬듯이 숲 속에서 한 사람이 걸어 나오고 있었다.

그리고 자신을 쳐다보는 동무군을 향해 웃으며 노인이 말했다.

"성녀가 그 말을 했는지 안 했는지 나만은 알 수 있지."

어찌 보면 광오한 말이었다.

아니, 미친 소리와도 비슷했다.

그러나 그 사람은 그 말을 할 자격이 있었다.

"대주를 뵙습니다."

“대주를 뵈어요.”

범우가 먼저 고개를 숙였고, 그 뒤를 이어 삼팔구들이 일제히 그 노인을 향해 허리를 굽혔기 때문이다.

환유도귀(幻釉賭鬼) 강요맹(康窈孟).

바로 그가 나타났기 때문이다.

“강 대주라면 충분히 알아낼 수 있겠지요.”

동무군 역시 강요맹에겐 말을 조금 높였다.

“예영당주께선 무슨 말씀을. 그저 이 노인네의 작은 잔재주에 불과한 것을.”

강요맹은 그렇게 인사를 차리고는 소이보 쪽을 돌아보았다.

강요맹은 마치 자신이 아끼던 상아 주사위를 보는 듯 빙그레 웃으며 인사를 건넸다.

“오랜만이구나.”

“오랜만입니다.”

소이보가 대답하며 웃었다.

한동안 말없이 두 사람은 그렇게 서로를 응시하며 서 있었다.

소이보를 이 자리에 서 있게 한 사람이 바로 강요맹이었다.

시굴에서 건져 낸 후, 별림에 들여 무공을 익히게 한 사람이 바로 강요맹이었기 때문이다.

“성녀가 진정 그렇게 말했더냐?”

“그러더군요.”

다시 강요맹이 묻고 소이보가 대답했다.

강요맹은 미간에 주름을 잡고 생각하다 어쩔 수 없다는 듯 고개를 저었다.

"어쩔 수 없구나. 성녀의 신탁은 그 무게가 크니 확인을 안 해볼 수도 없고."

강요맹은 품속을 뒤져 무언가를 꺼내 들고는 손가락을 튕기자 품에서 꺼낸 그것이 하늘로 튕겨 올라갔다.

그것은 검고 뭉툭한 동전 하나였다.

하지만 강요맹을 아는 사람이라면 그 동전이 어떤 것인지 바로 알아볼 수가 있었다.

바로 강요맹으로 하여금 환유도귀란 별호를 선사해 준 물건이 바로 그 동전이었기 때문이다.

강요맹으로 하여금 '느낌' 을 가져다 주는, 또한 그 '느낌' 이 단 한 번도 비켜나지 않게 해준 동전이었다.

동전은 몇 번 배와 등을 바꾸어가며 허공 중에 맴을 돌았다.

탁~

강요맹이 손을 뻗어 동전을 허공에서 낚아채듯 쥐었다.

빠른 손놀림이었다.

특히 강요맹이 도박을 할 때는 손이 더욱 빨랐다.

아무리 눈이 빠른 사람이라도, 아니, 동무군이라 해도 강요맹의 손놀림을 제대로 보지 못할 정도였다.

당연한 일이었다.

무인 강요맹이 아닌 도박에 환장한 귀신으로 돌아간 강요맹의 솜씨였기 때문이다.

"앞이냐 뒤냐."

강요맹이 물었다.

소이보가 무슨 뜻이냐는 듯 강요맹을 바라보았다.

강요맹은 웃으며 대답했다.

"네놈의 말이 맞는지 안 맞는지 보려는 것이다. 만약 네가 맞춘다면, 네놈의 말이 맞을 것이다. 다른 사람은 어찌 생각하든, 내가 내건 판돈은 바로 그것이니까. 바로 성녀의 신탁! 말하라. 앞이냐 뒤냐?"

강요맹은 동전을 쥔 주먹을 소이보 앞에 내뻗고는 그렇게 물었다.

비록 강요맹의 말 중에 다른 사람이 어찌 생각하는지 모르겠다고 했지만, 모인 사람들 중에는 도리어 성녀의 말보다 강요맹의 도박 운을 더 크게 생각하는 사람도 있을 정도였다.

만약 소이보가 동전의 결과를 맞춘다면, 성녀의 신탁은 실제 있었던 일이 되는 것이다.

하지만 틀린다면 소이보는 그저 사람을 간교하게 속이는 존재에 지나지 않았다.

사람의 영혼을 빼앗는다는 말로 사람들을 속여온 간특한 인간인 것이다.

사람들의 시선은 일제히 소이보를 향했다.

"뒤!"

소이보는 서슴없이 말했다.

파랗고 잿빛인 두 눈으로 강요맹의 투명한 눈을 바라보며.

이제 결과만 보면 되는 것이다.

그러나 강요맹은 주먹을 펴기는커녕 더욱 힘껏 쥐며 천천히 고개를 저었다.

사람들이 의아한 시선으로 바라보는 걸 의식했는지 강요맹이 얇은 입술을 열었다.

"결과는 말했지만, 넌 결과를 볼 자격이 없다."

“……?”

소이보는 말없이 그저 강요맹을 바라보았다.

“설령 성녀가 그리 말했어도 네 혼자 힘으론 예영당주를 죽일 수 없다. 만약 성녀가 그리 말했다면, 네 혼자 힘이 아닌, 도와주는 사람들이 있다는 말이 되겠지.”

“…….”

소이보는 아무런 말도 없었다.

강요맹은 그런 소이보의 요안을 정면으로 바라보며 또박또박 말을 건넸다.

“적어도 열 명. 열 명이다. 만약 예영당주의 뜻을 반대하는 사람이 너 외에 최소한 열 명이 되어야 이 주먹을 열고 결과를 볼 수가 있다.”

“……!”

사람들은 그제야 강요맹의 뜻을 알아차렸다.

만약 강요맹이 손을 펴고 내민 동전이 뒷면이라면 성녀의 신탁은 실제 있는 일이 될 것이다.

그렇다면 동무군이 아닌 소이보 편에 서기 위해 마도칠가는 줄을 설 것이 분명했다.

이때까지 성녀의 신탁은 틀린 적이 없었고, 도귀의 도박은 지는 적이 없었으니…….

하지만 만약 결과가 다르게 나온다면, 마도칠가들은 이번엔 소이보를 죽이기 위해 노력할 것이 분명했다.

성녀의 신탁 따위는 없었고, 동무군에게 잘 보여야 했기 때문이다.

그래서 강요맹은 묻고 있는 것이었다.

동전의 결과와는 상관없이 진정 소이보를 위해 목숨을 걸 사람이 있는지, 그래서 그 힘을 바탕으로 성녀의 신탁이 진짜라면 힘을 모아 동무군을 죽일 수 있는 그런 사람이 있는지를.

만약 그런 사람이 있다면 지금 나서야 했다.

그저 형세를 따라, 성녀의 신탁을 따라 뒤에 줄 서는 사람이 아닌 진정 소이보의 힘이 되어줄 수 있는 그런 사람이.

설령 소이보가 동전의 결과를 맞추지 못하더라도 함께 죽어줄 수 있는 그런 사람이.

"열 명?"

소이보가 재미있다는 물었다.

강요맹이 짧게 대답했다.

"그래, 열 명이다."

"그렇게나 많이?"

소이보가 휘파람을 불며 혼잣소리처럼 중얼거렸다. 재미있다는 듯 히죽 웃으며.

말도 안 되는 일이었다.

동무군을 상대로, 태연히 반역의 뜻을 드러낼 사람은 아무도 없었다.

그 증거가 바로 조금 전에 있었다.

동무군이 세 번 외칠 때 그 누구도 앞으로 나서지 않았다.

"한 명은 있다."

그때였다.

짧고 굵은 목소리가 들린 것은.

소이보는 그 목소리의 주인을 쳐다보았다.

범우는 소이보와 시선을 맞추며 고개를 끄덕였다.

소이보는 히죽 웃었다.

'바보 같은 사람.'

지금 범우의 태도는 분명 바보 같았다.

하지만 범우는 자신이 바보이든 아니든 아무런 신경도 쓰지 않는 것 같았다.

범우의 눈 안에는 그저 소이보의 안위만이 중요하다는 듯 걱정 어린 눈빛으로 가득했기 때문이다.

범우는 강요맹에게 이렇게 돼서 미안하다는 듯 고개를 숙이고는 천천히 걸어와 소이보 옆에 섰다.

하지만 강요맹은 그럴 줄 알았다는 듯 아무런 말도 안 하고 그저 고개만 끄덕일 뿐이었다.

이제 한 명이 나섰다.

그러나 두 번째 사람은 나서지 않을 것이다.

범우 역시 그렇게 생각했다.

그렇다면 동전의 결과는 알 수 없게 되리라.

강요맹은 적어도 자신이 한 말은 철저히 지켰고, 그래서 도귀가 된 것이기 때문이다.

그래서 사람들이 볼 땐 범우가 바보 같았다.

죽을 줄 뻔히 알고서도, 그래서 나타나지 않을 열 명 중 한 명이 되기 위해 기꺼이 나섰기 때문이다.

그러나 그 바보가 또 한 명 있었다.

"두 명이오!"

자신 딴에는 힘을 주어 낮게 으르렁거린 것이지만, 그것을 못 들을 사람은 아무도 없었다.

둔비는 왜 자신을 그런 눈으로 쳐다보냐는 듯 다른 사람들을 쓱 둘러보고는 천천히 걸어와 범우 곁에 섰다.

소이보가 쳐다보자 둔비가 뒤통수를 긁으며 웃었다.

"아무래도 찍힌 것 같아서 말이야, 예영당주에게."

소이보가 대답을 듣고는 히죽 웃었다.

둔비도 역시 웃었다. 마치 소이보의 웃음을 흉내 낸 듯해 보이는 웃음이었다.

고맙다는 말은 필요가 없었다.

그리고 그 말이 필요없는 사람이 또 한 명 있었다.

"동생이 언젠가는 큰일을 저지를 줄 알았어. 대주, 세 명은 되었네요."

곽예주였다.

예쁜 입술을 오물거리며 말을 끝내기도 전에 네 번째 음성이 들렸다.

"네 명!"

전혀 뜻밖의 인물이었다.

사검정이 수염을 휘날리며 곽예주보다도 먼저 둔비 옆에 섰기 때문이다. 그리고 짧은 정적이 흘렀다.

곽예주가 살풋살풋 걸어 사검정 옆에 서는 동시에, 갑자기 조그마한 사람 하나가 조르륵 달려 나왔다.

둔비처럼 큰 목소리도 없었고, 곽예주처럼 예쁜 목소리도 아니었다.

그저 부끄럽다는 듯 얼굴을 숙이고 부홍이 쏜살처럼 달려와 곽예주 뒤로 숨었다.

그저 쫙 벌린 손바닥만 곽예주 옆으로 내민 채.

"다섯이군."

그 뜻을 알아본 강요맹이 웃으며 말했다.

부홍의 뜻은 명백했다.

부끄러워 차마 입 밖으로 말하지는 못했지만, 자신이 다섯 번째 사람이란 것은 손으로 나타내고 있었다.

"혼자 남으면 썰렁하지. 여섯."

지반월이었다.

마치 이번에도 늦잠을 자다 늦었다는 듯 나른한 기지개와 함께 졸린 목소리로 말하고는 천천히, 마치 가기 싫은 길을 억지로 가듯이 걸어서 곽예주 옆에 가 선 것이었다.

"일곱."

사람들의 시선이 의아하단 빛과 함께 일제히 지금 말한 사람을 쳐다보았다.

하지만 자신들이 들었던 삼팔구 대원 중엔 저런 사람은 없었다.

이마에 자랑스럽다는 듯 커다랗게 간(姦) 자를 문신해 넣은 중이었다.

중은 사람들의 시선을 끌기 싫다는 듯 빠르게 걸어서 커다란 둔비 뒤로 얼른 숨었다.

하지만 간단하고도 빠른 그 동작에서, 이때까지 나선 일곱 명의 지원자 중 가장 무공이 출중하다는 걸 누구든 알아볼 수 있었다.

소이보는 의아하다는 듯 쳐다보았다.

소림의 승려, 그것도 얼마 전에 소림사에서 마주쳤던 굉요가 갑자기 이마에 간 자를 써 붙이고는 왜 이 자리에 와 있냐는 듯한 시선이었다.

굉요가 울상을 지으며 소이보를 쳐다보았다.

"날 보지 마. 시선 끌기 싫다구. 그럼 나보고 지금 이 자리에서 어디
에 서 있으란 말인가. 아미타불~"

굉요의 선택은 적절했다.

굉요는 어차피 동무군과 함께할 수 없었고, 여기는 적지 한가운데였
다.

이래도 죽고 저래도 죽는다면, 그래도 마도의 우두머리와 함께 자웅
을 겨루다 죽었다는 말이나 듣는 것이 좋았다.

그리고…

"여덟이군요. 아깝군요, 두 사람이나 비다니."

문기서였다.

마치 한가로운 유람길에 나섰다는 듯 문기서는 섭선을 살랑살랑 부
치며 천천히 소이보 옆으로 걸어오며 한쪽 눈을 찡긋 감고는 말했다.

"아직 뒷등에 칼을 박지 못한 탓에……."

문기서는 재미있는 일이라도 벌이는 표정이었다.

"기회는 생각 외로 빨리 오지."

소이보가 웃으며 대답했다.

"한 사람이 빈다네, 내가 아홉이니까."

이활이었다.

너무도 의외인 인물이었다.

소이보가 누구냐는 듯 쳐다보자 이활이 껄껄 웃으며 대답했다.

"수상방의 이활이네. 하지만 수상방과는 상관없지. 그냥 사내답게
죽고 싶어 이런다고 이해해 주게."

이활이 웃으며 말하자 소이보 역시 고개를 끄덕이며 히죽 웃었다.

적어도 기분에 들떠 이 같은 일을 벌이는 것이 아닌 것만은 확실

했다.

자신의 개인적인 일로 이러는 것이지, 수상방과는 아무런 연관도 없다고 스스로 말했기 때문이다.

그 말 한마디로 혹시 수상방에 돌아갈 동무군의 분노를 차단해 버릴 정도의 생각이 있는 사내라면, 나름대로 이유가 있을 것이 분명했다.

그러나 이활이 마지막이었다.

강요맹이 요구했던 열 번째 사람은 뜨거운 차 한 잔 마실 시간이 지나도록 더 이상 나오지 않았다.

소이보가 강요맹을 바라보았다.

강요맹이 웃으며 말했다.

"아, 이쯤에서 다시 한 번 확인해 봐야겠군. 뒷면이라고 했나?"

다시 한 번 확인하겠다는 듯한 물음이었다.

소이보가 고개를 끄덕였다.

강요맹이 씨익 웃었다.

"좋아! 난 그럼 앞면이군."

말이 끝나기가 무섭게 강요맹이 주먹을 더욱 힘주어 움켜쥐었다.

푸악~

쇠가 부서지는 소리와 함께 강요맹 주먹 사이로는 부서져 가루가 난 동전이 마치 모래알처럼 흘러내리고 있었다.

그러나 강요맹은 동전 쪽으론 시선도 던지지 않았다.

계속 요안만을 들여다보던 강요맹의 얼굴에 미소가 어렸다.

"귀찮게 됐군, 뒷면이라니. 아! 내가 말을 안 했던가? 내가 열 번째 사람이야."

소이보가 웃었다. 강요맹도 웃었다.

이번엔 둔비의 커다란 웃음소리보다 새롭게 합류한 이활의 호탕한 웃음소리가 더욱 크게 하늘을 울리고 있었다.

『귀령마안』 4권에 계속…